BASTEI
LÜBBE
TASCHENBUCH

Über die Autorin:

Katharina Lang, geb. 1987 bei München, hat selbst so einige Frösche getindert. Verliebt hat sie sich allerdings schon mit vier Jahren, und zwar in den Gedanken, Autorin zu werden. Sie arbeitet inzwischen als Drehbuchautorin in München, unter anderem für die bayerische Erfolgsserie *Dahoam is Dahoam*. Ihre Dating-Erfahrungen inspirierten sie zu dem Blog www.150daystodate.de, der 2015 als bester Blog Münchens nominiert war. Die Einladung zur Verleihung war natürlich plus eins.

Katharina Lang

150 DAYS TO DATE

Roman

Eine Hochzeit

150 Tage

Unzählige Dates

BASTEI LÜBBE
TASCHENBUCH

BASTEI LÜBBE TASCHENBUCH
Band 17 512

Dieser Titel ist auch als E-Book erschienen

MIX
Papier aus verantwortungsvollen Quellen
FSC www.fsc.org FSC® C083411

Originalausgabe

Lektorat: Daniela Jarzynka
Titelillustration:
© shutterstock Happy Art | Miloje | Design Seed | Fine | macro-vectors | R_lion_O | R_lion_O
Umschlaggestaltung: Jeannine Schmelzer
Satz: Urban SatzKonzept, Düsseldorf
Gesetzt aus der Caslon Pro
Druck und Verarbeitung: CPI books GmbH, Leck – Germany
Printed in Germany
ISBN 978-3-404-17512-3

2 4 5 3 1

Sie finden uns im Internet unter www.luebbe.de
Bitte beachten Sie auch: www.lesejury.de

Prolog

Samstag, 14.02., Valentinstag (pfui bäh!)

Tick. Tack. Tick. Tack.

Die hippe Flohmarkt-Wanduhr macht ihren Job gut. Sie gibt unablässig und auf atemberaubend nervtötende Art und Weise das Fortschreiten der Zeit zum Besten.

Tick. Tack. Tick. Tack.

Währenddessen tue ich, als emotional gefasster und rational denkender Mensch, das einzig Sinnvolle: Ich stehe im Kopfstand an der Wand und versuche, mir einen Überblick über meine derzeitige verquere Situation zu verschaffen. Sehr meditativ. Dass mir dabei das Blut rauschend in den Kopf schießt, ist weder förderlich noch hinderlich bei diesem Denkprozess. Ufff. Mein Blick wandert angestrengt in Richtung Tisch. Trotz aller Meditation.

»Wir heiraten!«

Die Karte starrt mich an. Ganz heimtückisch. Stilvoll in Altrosa auf Mintgrün. Mit ekelhaft unkitschigem Times-New-Roman-Schriftzug. Ich halte die Luft an. »Wir heiraten!« Exclamation Mark! Als wäre die Aussage nicht schon Ausruf genug. Nebenan quietscht rhythmisch das Bett meiner Nachbarn.

»Schnauze, zefix!«

Ich muss schließlich nachdenken ...

Seufzend steige ich von der Wand ab und begebe mich wieder in eine senkrechte Position.

Wenn einem die beste Freundin erzählt, dass sie heiraten wird, ist *das* die gängige Reaktion: »Oh mein Gott, wow, oh mein Gott ...«, Tränen schießen in die Augen, »Wow, oh mein Gott – ich kann's kaum glauben ...« Der Rest geht in stoßartigen Schluchzern der Freude unter. Beide Freundinnen liegen sich halb weinend, halb lachend in den Armen.

Oder auch Variante zwei: KREISCH! »Oh ... mein ... Gott!!! Wooooooooooooow!«, heftiges fröhliches Quietschen, gefolgt von einer stürmischen Umarmung, bei der sich alle anderen im Restaurant peinlich berührt umdrehen. Beide Freundinnen liegen sich halb weinend, halb lachend in den Armen.

Es gibt noch weitaus mehr Variationen, das Ergebnis ist eigentlich immer dasselbe.

Nur nicht bei mir.

Als mir meine beste Freundin Gitta vor drei Monaten selig strahlend beim After-Work bei unserem Lieblingsitaliener gegenübersaß und mir gerade die romantischste aller Nachrichten offenbart hatte, kreischte ich nicht. Mir schossen auch keine Tränen in die Augen. Und fröhliches Quietschen liegt mir sowieso fern. Ich reagierte ungefähr so: »Wow.« Stille. »Äh ... Und warum?«

»Und warum?« ist NICHT die angebrachte Reaktion auf den Satz »Wir werden heiraten«. Das ging mir in dem Moment, als die Worte meinen Mund verlassen hatten, auch auf. Da war es nur schon zu spät. Ich nahm schnell einen großen Schluck von meinem Feierabend-Radler, um die Stille zu überbrücken.

Und spürte förmlich, wie sich die Blicke aller anderen Gäste im Restaurant vorwurfsvoll auf mich richteten: Wie kann sie nur? Wie unsensibel!

Gitta aber sagte nichts dergleichen. Sie strich sich eine lange blonde Strähne hinter die Ohren, schluckte und blickte mich dann verständnisvoll (!) an: »Feli, ich weiß, der Zeitpunkt ist gerade ziemlich ungünstig ...«

Ich zuckte bemüht nonchalant mit den Schultern. Darin, so bilde ich es mir ein, bin ich Meister.

»Schmarrn. Du heiratest. Wow. Ich freu mich. Oh mein Gott! Wow!«

Ich bemühte mich, die Art weiblichen Enthusiasmus nachzuahmen, den die aufgebretzelten Anne Hathaways und Kate Hudsons dieser Welt in sämtlichen Hollywood-Romanzen immer so toll verkörpern. Klappt gut.

Oder auch nicht.

Gitta sah mich mitleidig an. »Oh shit. Dir geht's wirklich mies!«

Ich hielt mitten im nächsten Zug von meinem Bier inne und schluckte. Im wahrsten Sinne des Wortes und im übertragenen gleich mit.

»Mir geht's gut, wirklich. Mir geht's super. S-U-P-E-R!«

Gitta hatte recht, der Zeitpunkt war denkbar ungünstig. Ich war gerade frisch getrennt. »Frisch getrennt« – pfff! Blöder Ausdruck. Als könnte man »abgelagert getrennt« sein. Mir wurde gerade erst das Herz herausgerissen? Nein, zu hart. Ich bin schließlich Optimist. Wobei ... eigentlich war es genau so.

Während all meine engen Freundinnen ihre Single-Party-Phasen schon hinter sich und nun ihren Partner (den Einen und einzig Wahren) gefunden haben, bin ich plötzlich zum ersten

Mal in meinem Leben so richtig Single. Die Zeit zwischen meiner ersten großen Liebe und meiner letzten, soeben zu Ende gegangenen Beziehung (die optimistische Herzrausreißnummer) war damals gerade mal lang genug, um den Umzug aus der gemeinsamen Wohnung mit meinem Ex (nun, da es zwei gibt, wohl eher der Ex-Ex) zu organisieren. Und um den obligatorischen One-Night-Stand zu absolvieren. Der dann allerdings kein One-Night-Stand blieb, sondern die nächste große Liebe und Beziehung wurde. Das war also abgehakt. Off the list.

Als nächste Punkte standen »Studium beenden« (Check) und »Ausbau der Karriere zu einem höchst zufriedenstellenden Level« (work in progress) auf der Liste. Danach, mit statistisch stabilen circa zweiunddreißig Jahren, könnte man langsam die Punkte »Heirat« und »Familiengründung« in Angriff nehmen. So weit der Plan.

Ich hatte nicht vor, jemals noch mal Single zu sein. Und dann war ich es plötzlich doch. Mit Ende zwanzig. Scheiße.

Gitta fand das alles nicht so dramatisch: »Mann! Du bist doch noch nicht mal dreißig! Du hast alle Zeit der Welt, dich neu zu verlieben – und bis Juli kann viel passieren.«

Sie hat ja keine Ahnung! Es gibt nur wenige Dinge, die man als Neu-Single noch ätzender findet als seine eigene, erbärmliche Situation. Krieg, Krankheit, Tod, die fünfte Staffel *Der Bachelor* – und auf der Hochzeit der besten Freundin als einziges bemitleidenswertes Single-Würstchen an einem Tisch voll verliebter Zweier-Kombinationen zu sitzen. Alle Freunde und ehemaligen Kommilitonen wiederzutreffen. In trauter Zweisamkeit. Paare, die gerade zusammenziehen oder schon zusammenwohnen, Kinder bekommen oder planen, Kinder zu bekommen, und/oder heiraten wollen oder bereits verheiratet sind. Not essentially in this order.

Kurz gesagt: Wenn man der einzige Single in einem Freundeskreis voller glücklicher Pärchen ist und mit seiner Lebensplanung schon einen Schritt weiter war, kann sich das durchaus suboptimal anfühlen.

Alles geht plötzlich so verdammt schnell. Auch bei Gitta ist jetzt, drei Monate später, aus »Wir heiraten« ein »Wir heiraten!«-Exclamation-Mark geworden. Und dann erst die Innenseite der Karte: »Ich/Wir komme(n).« Ja. Nein. Check the box. »Mit Begleitung?« Check the box. »Mit Kindern?« Check the … Mit Kindern??? Was habe ich verpasst? Ich seufze und setze mein erstes Häkchen. Selbstverständlich komme ich! Das Einzige, was es da zu überlegen gibt, ist, ob ich mein Festtagsdirndl aufbügle oder noch mal für ein hippes Cocktailkleid shoppen gehe. Und natürlich: »Mit Begleitung?« Grübelnd verharrt mein Stift über dem Papier. Habe ich bereits erwähnt, dass auch mein Ex-Ex zu der Hochzeit kommt? Mit seiner neuen großen Liebe? Die bauen bald ein Haus. Ich setze energisch mein Häkchen.

Gitta hat recht. Die Hochzeit ist erst in einem knappen halben Jahr. In etwas mehr als 150 Tagen, wenn man es genau nimmt. Bis dahin kann sich viel ändern. Ich meine, ich sehe ziemlich gut aus, bin klug, witzig und recht erfolgreich. Das muss man mal ganz klar so sagen. Wenn es sonst schon keiner tut. Bis jetzt hab ich mit Disziplin, guter Organisation und dem ordentlichen Maß an gesunder Selbstüberschätzung noch alles in meinem Leben geregelt bekommen! Warum sollte ich also länger als einen Tag Single bleiben? Pah, lächerlich. Man muss das nur systematisch angehen. Quasi die Unbekannte in meiner

Gleichung finden. Oder besser gesagt: DEN Unbekannten. In 150 Tagen werde ich wieder einen Freund haben. Und somit ein Date für die Hochzeit!

Der 10-Punkte-Plan

1. Nach Jahren des Pärchendaseins steht ein eingehender Tauglichkeitscheck an – inklusive eventueller Nachbesserungen an der physiognomischen Flirt-Erscheinung.
2. Um eine möglichst hohe Erfolgsquote zu garantieren, werden alle Möglichkeiten des Datings im 21. Jahrhundert ausprobiert und ausgeschöpft – egal ob digital, analog, verkuppelt, angeflirtet, angetextet ...
3. Dennoch wird nicht blind gedatet – sondern nur nach Plan und Männer mit Zukunft! Hierfür gilt die Orientierung an einer tabellarischen Übersicht mit positiven Charaktereigenschaften des zukünftigen Mr. Right, um Fehlgriffe aufgrund von geprüften Erfahrungswerten aus der Vergangenheit zu vermeiden.
4. Zusätzlich zur Männersuche werden die nächsten Monate genutzt, um wieder eine innere Ausgeglichenheit herzustellen, die sich gleichzeitig positiv auf oben genanntes Vorhaben auswirkt.
5. Das Singletum ist in diesem Zusammenhang als eine Chance zu sehen, sich zu öffnen – und auch die (durchaus vorhandene) spontane und verwegene Seite herauszukehren!
6. Spätestens bis zum Junggesellinnenabschied sollten dem Gremium (= Mädels) bereits erste Ergebnisse präsentiert werden können.

7. Sollte dies bis dahin nicht möglich sein, gilt die Devise: Wer nicht wagt, der nicht gewinnt! Es müssen nun auch Risiken eingegangen und ungewohnte Terrains betreten werden.
8. Falls erforderlich, wird das Vorhaben natürlich auch über die Grenzen von Bayern hinaus ausgedehnt. Und von Deutschland.
9. Kurz vor Ablauf der Frist, wenn sich das Ende des Projekts und der Erfolg (hoffentlich) abzeichnen, wird sich vermehrt auf die Braut und deren Vorbereitungen auf den schönsten Tag im Leben konzentriert. Ohne schlechte Laune, Sarkasmus oder kritischen Seitenblick!
10. Das Ziel ist und bleibt schlussendlich: DEN Mann zu finden. Oder zumindest den Mann, der das perfekte Date für den Hochzeitstag abgibt. Und potenziell mehr ist.

Check!

Schritt 1:

Bestandsaufnahme

Tag 1

Donnerstag, 19.02.

Jetzt, da ich endlich einen vernünftigen Plan habe, geht's mir hervorragend! Man muss sich nur in einem gut durchdachten Zeitfenster Ziele setzen, das ist die halbe Miete für ein glückliches und erfolgreiches Leben. Ha!

Ich mustere mich im Spiegel. Den obligatorischen Trennungs-Haarschnitt habe ich eben hinter mich gebracht. Check! Ein fransiger Pony umrahmt »suuuuper trendy« meine Stirn. Sagte zumindest die einundzwanzigjährige Friseurin meines Vertrauens. Meine braune Wuschelmähne hat auf jeden Fall nicht unter dem Post-Trennungs-Stress gelitten.

Und auch der Rest meines Körpers wird mich bei meinem »Mann-in-150-Tagen-Vorhaben« nicht im Stich lassen. Ich drehe mich zur Seite, betrachte wohlwollend meinen schlanken, gut in Schuss gehaltenen Body und klopfe mir dabei selbst im Geiste auf die Schulter. Meine Wadeln sind wirklich vorzeigbar, ein Hoch auf Yogalates!

Gut, ich bin mit meinen 158 Zentimetern nicht wirklich groß, dafür ist meine Oberweite umso üppiger. Allerdings werde ich oft für wesentlich jünger gehalten.

»Das liegt an den Sommersprossen und deinem Herzmund – das macht dich einfach zuckersüß!«, hat mein Ex immer gesagt. Pah, Herzmund. Volldepp.

Alles in allem sollte ich es durch mein Aussehen in

Kombination mit meinem bayerischen Charme und meinem Bildungsstatus auf dem Singlemarkt rein statistisch einigermaßen leicht haben.

Das einzige marginal-klitzekleine Problem an der Sache ist nach wie vor: Ich hatte seit über zehn Jahren kein Date. Na ja. Um ehrlich zu sein, hatte ich noch *nie* ein richtiges Date. Außer man zählt den Eisdielen-Besuch mit Quirin in der vierten Klasse als Date (seine Lieblingssorte war Zitrone, meine Tiramisu – als Inbegriff der Romantik haben wir Eiskugeln getauscht). Ich war das letzte Mal mit sechzehn so richtig Single. Da gab es noch keine Smartphones. Man hat sich per SMS oder über den Festnetzanschluss der Eltern verabredet, Facebook steckte noch in den Kinderschuhen, und ja, es war durchaus noch üblich, seiner Angebeteten Mix-CDs zu schenken. Ich bin einfach Beziehungsmensch, schon immer gewesen. Das ist wie mit meiner langjährigen Liebe zur höheren Mathematik: Beides lässt nicht viel Raum für vage Spekulationen oder Chaos. Die Stabilität einer kuscheligen monogamen Beziehung hat eben was für sich. Schließlich hat man in seinen Zwanzigern schon genug damit zu tun, sich durchs Leben zu kämpfen. Vor allem nach dem Uni-Abschluss, wenn jeden Tag eine scheinbar lebensentscheidende Entscheidung (gepaart mit einer handfesten Zukunftskrise) ansteht. Kurzum: Ich weiß gar nicht, wie man das macht – Single sein. Muss ich jetzt *jeden* Freitag und Samstag ausgehen, um Männer kennenzulernen? Und vielleicht sogar unter der Woche?

Gitta, meine beste Freundin und engste Vertraute seit der Germanistik-Einführungsveranstaltung im ersten Semester, heiratet den Mann, den sie vor knapp zwei Jahren gefunden hat. In einem Club! Ob man es glaubt oder nicht. Davor war sie fast vier Jahre Dauersingle – und ich (wie immer) in einer glücklichen Beziehung. Während ich sonntags nach einem ausgedehnten Frühstück selig kuschelnd auf der Couch saß, schmiss sie gerade den Mann von letzter Nacht aus dem Bett, um dann ihren Hangover zu kurieren. Übrigens auch in der Zeit im zweiten Semester, als sie kurzzeitig bei mir und meinem Ex-Ex in unserer Kompromisswohnung am ländlichsten Sendlinger Stadtrand wohnte, weil ihre WG einen massiven Schimmelbefall hatte. Die fremden Männerschuhe im Flur waren für mich immer ein Zeichen, dass Gitta nicht alleine nach Hause gegangen war. Oder auch der unbekannte nackte Männerhintern in meiner Dusche.

Gitta ist also die Frau mit Erfahrungswert, und Gitta sagt: »Geh erst mal aus, lern ein paar Männer kennen. Ganz entspannt. Zum wieder warm werden!«

Aha.

Da es ab heute genau 150 Tage bis zur Hochzeit sind, ist das ein guter Tag für einen ersten Abschleppversuch. Aber was ist das Durchschnittsmaß, die Abschleppquote, die man von mir als Neu-Single erwartet? Oder gibt es die nur für Kerle? Finde ich so überhaupt jemand Adäquaten? Und wie, zefix!, schleppe ich die Männer eigentlich ab?!? »Hey, ich bin Feli. Lädst du mich auf 'nen Drink ein?«

Ich seufze tief, als es klingelt.

Eine ausgehfertige Gitta steht vor der Tür und streckt mir grinsend eine Flasche Pinot Grigio entgegen.

Bevor ich etwas sagen kann, schiebt sie sich energisch an mir vorbei in den Flur und stößt dann, nach einem kurzen Blick auf den neuen Haarschnitt und den knappen Rock, einen anerkennenden Pfiff aus: »Wow, nicht schlecht! Du willst es heute also wirklich wissen …«

Ich lächle und schmeiße mich in die Brust: »Klar. Du kennst mich doch. Heute geht was! Also, wir schau'n mal, was da geht. Und das ist bestimmt viel, was da geht! Tschakka!«

Kaum haben wir uns aber eine Stunde und eine Weinflasche später in den engen Münchner Club gequetscht, geht gar nix mehr. Denn meine Selbstsicherheit hat sich im Nu verflüchtigt. Ich war hier schon x-mal, aber nie hatte ich das Gefühl, dass mich alle Männer kritisch abscannen. Als würde ich das Single-Odeur direkt ausströmen.

Doch warum spricht mich dann keiner an? Ich blicke mich unruhig um. Die Tanzfläche ist voll mit Kerlen. Die Musik schallt laut in meinen Ohren, die Lichter blenden mich plötzlich, und alle Männer in dem Raum scheinen durch mich durchzustarren. Sehe ich nicht gut aus? Müffle ich etwa? HILFE!!!

Gitta nimmt zwei Bier an der Bar entgegen und mustert mich irritiert: »Was ist denn los?«

Ich ziehe eine Schnute und erkläre ihr mein Problem.

Gitta lacht und sagt: »Wir sind seit zehn Minuten hier. Entspann dich! Wir haben heute einfach ein bisschen Spaß!«

Sie hat gut reden. Sie muss ja keinen Treffer landen. Oh – diese verdammte Abschleppquote! Außerdem sieht man in den kniehohen Stiefeln meine Yogalates-Wadeln nicht. Ein fataler Fehler!

Ich nehme einen Schluck von meinem Bier. Dann noch einen. Und noch einen. Und während ich mit Gitta rhythmisch auf der Tanzfläche herumwippe, werde ich langsam ruhiger. Wie war die Devise? Ich muss das Ganze systematisch angehen. So mache ich das im Büro ja auch immer, wenn der Aufgabenberg über mir zusammenzustürzen droht und meine Chefin aufgedreht vor mir herumspringt. Dann sondiere ich die Lage und mache mir eine To-do-Liste, die ich nach und nach abarbeite. Ich tanze also weiter und sondiere die Lage.

Hmmm. In dem Club sind heute hauptsächlich Lackschuhträger. Und ein paar Pseudo-Hipster. Bäh.

Okay, Feli. So wird das nix. Was sagt dir deine ach-so-freigeistige Mutter immer? Kein Schubladendenken. Und: Triff dich nie mit einem Mann bei Vollmond. Aber das ist eine andere Geschichte. Ich atme durch und versuche, die Typen nicht gleich vorzuverurteilen.

Tatsächlich kommt gerade einer der Pseudo-Hipster auf mich zu.

Nein! Ich korrigiere mich im Geiste selbst: Ein nett lächelnder Typ mit großer Brille in Vintage-Markenjeans und Flanellhemd kommt auf mich zu.

»Hey.«

»Hi.«

»Ziemlich laut hier.«

Ach nee.

Ich nicke.

»Ich bin Lars.« Der Flanellhemd-Typ reicht mir die Hand.

»Feli, hi.«

»Und was machst du so?«

Wow, der geht aber ran, denke ich mir sarkastisch.

»Ich bin Assistant Producer in einer Filmproduktion.«

»Producer ... aaah. Das ist so was wie Produzent, oder? Dann kannst du gut mit Zahlen?«

»Auch, ja.«

Mit Mühe gelingt es mir, nicht die Augen zu rollen. Wir sind hier im Club, und er redet mit mir über ZAHLEN?

Feli, reiß dich zusammen! Vielleicht ist der Typ ja ganz nett.

Lars-Flanellhemd nimmt einen tiefen Schluck aus seiner Bierflasche. »Ich studier' Japanologie und Geschichte. Aber ich mach dieses Semester meinen Bachelor. Also zumindest ist das der Plan, wenn mir nicht wieder so viele Partys dazwischenkommen.« Er lacht.

Reiß. Dich. Zusammen. Feli.

»Aha. Ja ... schön. Und was machst du sonst so?«

»Oh, ich hab seit Längerem einen ziemlich guten Nebenjob am Flughafen. Ich bin da schon so lange, ich denke da kann ich dann nach dem Studium bestimmt in eine höhere Position einsteigen ...«

Ich sehe ihn überrascht an.

»Kennst du den Gang im Terminal 1, wo es zu den Security Checks geht? Wo die internationale Bank ist?«

»Ja klar!«

»Da steh ich davor und verteile Barclay-Karten. Total easy verdientes Geld, und ich bin echt gut mit den Verkäufen! War schon mal Promoter des Monats!« Lars-Flanellhemd streckt stolz seine flanellhemdige Brust hervor.

Prost Mahlzeit.

Während ich mir ein Lächeln ins Gesicht meißle, schweift mein Blick im Raum herum, auf der Suche nach Gitta oder einer anderen Fluchtmöglichkeit. Schließlich fällt mein Blick auf die leere Bierflasche in Lars' Hand.

Eilig (bevor das Gespräch den Tiefpunkt erreicht) ergreife ich diesen Rettungsring: »Wollen wir vielleicht noch was trinken?«

Wir gehen also zur Bar, und Lars zückt sofort nonchalant seinen Geldbeutel, bevor ich meinen herausholen kann: »Was willst du?«

Er kramt in seiner Börse herum, in der – oh Mann! – nur noch einzelne Münzen traurig herumlungern. Durch die Art und Weise, wie er hilflos kramt (als würden sich dadurch auf magische Weise noch ungeahnte Geldquellen auftun), wird mir nun klar: Lars-Flanellhemd hatte nicht nur ein Bier. In fact: Lars hat schon ziemlich einen sitzen!

In dem Moment beugt er sich auch schon zur Barfrau hinüber und flüstert halblaut (als könnte ich das nicht hören): »Äh … sorry … aber was is'n hier das Billigste?«

Die Barfrau wirft erst einen mitleidigen Blick in meine Richtung, bevor sie trocken erwidert: »Leitungswasser!«

Lars-Flanellhemd dreht sich halb resignierend, halb pragmatisch zu mir um: »Hmmm … Willst du dir vielleicht was teilen?«

Tag 2

Freitag, 20.02.

20. Februar 2015; 9:11 Uhr

Gitta: Heyyy! Du warst gestern so plötzlich weg. Alles ok?
Feli: Ja. Alles ganz großartig. Vor allem der Typ!
Gitta: War der nicht nett? Hab ihm gesagt, dass du frisch single bist und dich über 'nen Flirt freust. ;-)
Feli: Aha. Super. Danke. Hab jetzt so richtig Lust aufs Dating! Love my life!
Gitta: Ok. Übermorgen Krisensitzung im Augustiner. Aber pronto!

Tag 4

Sonntag, 22.02.

»Mit oder ohne?«

»Mit. Und kann ich einen kleinen Salat haben statt Knödeln? Aber für danach würd' ich gleich den Kaiserschmarrn mitbestellen. Und ein Weißbier, das wär fein, danke!«

Ich sitze mit Gitta und meinem besten und treuesten Kumpel Olli (seit gefühlten hundert Jahren in einer Langzeitbeziehung – too good to be true) zum sonntäglichen Mittagessen im Augustiner.

Dank Gentrifizierung ist unsere Lieblingskneipe im ehemaligen Arbeiterviertel Westend jetzt ein hipper Szeneladen mit Sternekoch, zweistelligen Vorspeisenpreisen und einem neuen, amerikanisierten Namen mit »Food« im Titel. Pfui! Boykott! Daher sind wir vor Kurzem ganz traditionell ins Bräustüberl ausgewichen.

Ganz traditionell ist auch unser Sonntags-Familien-Mittagessen. Das hat sich irgendwie so eingebürgert. Ich muss zugeben, dass die großen fleischlastigen Sonntags-Mittagessen durchaus etwas sind, das ich vermisse, seitdem ich aus meinem dörflichen Elternhaus ausgezogen bin. Daher bin ich froh über diesen Ersatz. Seit wir alle Vollzeit arbeiten sind zwar die harten Bis-zum-Morgengrauen-Partynächte radikal auf ein Minimum geschrumpft, dafür schaffen es aber inzwischen alle sonntags vor zwölf aus dem Bett. Wenn sie nicht gerade zweisame Pärchensonntage genießen, was zu meinem Single-Leidwesen immer öfter der Fall ist. Heute jedoch wird der deftige Sonntagstisch auch wieder bei uns in der Großstadt zelebriert. Hurra!

»Für mich nur die Suppe und ein Wasser, danke.« Gitta reicht der Bedienung die Karte, und ich starre sie irritiert an: »Du bist ja wohl hoffentlich nicht schwanger?!«

Gitta winkt grinsend ab: »Oh Mann! Das haben wir wirklich erst für frühestens Zweitausendwasauchimmer geplant, wenn diese verdammt teure Hochzeit abbezahlt ist. Aber ich gehe nächste Woche schon mal Hochzeitskleider anprobieren, da will ich nicht semmelknödelig aus allen Nähten platzen.«

Auch Olli wählt etwas vergleichsweise Leichtes – weil seine perfekte Freundin Lisa nachher noch kocht.

Na super. Ich bin also die Einzige, die sich heute wieder Schweinsbraten-Hüftgold anfuttert. Und dabei bin gerade ich diejenige, die nicht schon einen Partner zu Hause sitzen hat und sich theoretisch gehen lassen könnte.

Olli bedenkt mich (wie üblich) mit einem deutlich überfürsorglichen Blick: »Also jetzt erzähl noch mal, wie lief denn der erste Abend in der freien Wildbahn?«

Gerade, als ich ansetzen will, die ganze flanellhemdige Katastrophe der letzten Partynacht auszupacken, stürmt eine große dunkelhaarige Schönheit in die Gaststube: wirres Haar, trendiger bunter Mantel und überdimensionale Sonnenbrille auf der Nase. Sie stürzt mit so einem Schwung in den Raum, dass dem Herrn am Eingang vor Schreck das Stück Weißwurst von der Gabel und in den Bierkrug plumpst.

»Oh my god, guys ... I'm super late. 'tschuldigung! Aber ich habe noch mit Pete geskyped und dann dieser blöde MVV! Die S-Bahn kam nicht, dann hat sie mitten auf der Strecke gehalten – seriously! –, und dann war da dieser dämliche Kontrolleur ...« Sammy plappert in hundertfacher Lichtgeschwindigkeit auf uns ein, während sie sich stöhnend auf die Eckbank fallen lässt und erst mal einen Schluck aus meinem Weißbierglas nimmt. »Again: Seriously! Wir sind doch hier in Deutschland – trotzdem ist der öffentliche Nahverkehr ein Desaster!«

Ich schmunzle.

Sammy ist Amerikanerin, hat aber ihre Abschlussarbeit hier an der Kunsthochschule geschrieben und lebt nun seit drei Jahren in München. Sie ist unfassbar klug und begabt, vor allem aber furchtbar chaotisch und verpeilt. Was als Fotodesignerin weder schlecht noch förderlich ist. Gerade ist bei ihr aber eher Frust statt Designer-Lust angesagt, da sie seit Ende ihres Trainee-Jobs leider arbeitslos ist. Überqualifiziert für Assistentenstellen, nicht genug hochgeschlafen für eine ordentliche Festanstellung, keine Kohle für ein eigenes Business. Das Übliche halt.

Ich stupse Sammy nett an, damit sie erst mal runterkommt: »Willst du nicht was bestellen?«

»Uff ... ne. Ich nehme nur einen Salat. Und Wasser. Ich bin noch so hungover!«

Grrrrr.

Der Kellner, der uns drei gerade mit Getränken und mich mit meinem Braten-Dreierlei versorgt hat, nickt kurz, bevor er Richtung Tresen verschwindet.

Sammy setzt ihre Sonnenbrille ab und grinst mich an: »Aber jetzt erzähl doch mal, was war denn jetzt so schlimm bei deinem ersten Flirt?«

Ich seufze tief. Denn wenn meine Freitagabende als Single demnächst immer so ablaufen wie diese Woche – na merci!

Anscheinend spricht meine grantig-verzweifelte Miene Bände, denn Sammy haut so energisch auf den Tisch, dass sich Ollis Apfelschorle quer über meinen Teller ergießt. »Fee, seriously, so wird das nichts. Du weißt ja selbst nicht, was du willst. Zeit, dass wir endlich die Liste vervollständigen!«

Aha.

»Die Liste« wurde von meiner Clique bereits in meiner ärgsten Trennungsschmerzphase vor ein paar Monaten erstellt. Auf ihr stehen die Kriterien, nach denen ich meinen zukünftigen Partner auswählen sollte. Den Mann, der perfekt zu mir passen würde. Tatsächlich waren das alles Kriterien, die NICHT auf meinen Ex zutrafen. Eigentlich diente »die Liste« damals also hauptsächlich dem Zweck, ein völlig überzogenes Männer-Idealbild zu entwerfen, das mich berauschen und mir über den Schock-Zustand des plötzlichen Single-Daseins hinweghelfen sollte. Alkohol hätte es wahrscheinlich auch getan.

Gitta kramt grinsend ein verknittertes Stück Papier aus ihrer Handtasche.

Ich seh schon, meine Freunde haben mein zukünftiges Liebesleben gut organisiert. Wir scannen schmunzelnd die Aufzählung.

Einige Punkte sollte man vielleicht bei nüchterner ... äh ... näherer Betrachtung doch wieder streichen. Punkt 5: »Lässt nie schmutzige Socken oder getragene Unterwäsche rumliegen« ist zum Beispiel nicht unbedingt etwas, das man beim ersten Date abcheckt.

»There is only one essential, really important thing: Brusthaar!«, grölt Sammy laut.

»Iiih! Auf gar keinen Fall! Lieber die Haare am Kopf!« Gitta schüttelt sich entsetzt.

»Also Vollbart!« Ich grinse. »Da bin ich auch dafür.«

Olli seufzt nur: »Was ist denn mit den wirklich wichtigen Kriterien? Der Mann sollte dich und deine Spleens lieben. Und dich unterstützen.«

Hmmmm. Wohl wahr.

Nach einigen Diskussionen, welche Haar-relevanten Punkte jetzt zu den Kriterien gehören oder eben nicht, steht sie fest – »*die* Liste«, die meinen zukünftigen Traummann beschreibt:

- nicht zu groß (maximal 1,75 Meter Körpergröße)
- über dreißig (»Aber unter fünfzig!«, Einwurf Gitta)
- mit beiden Beinen im Leben
- lustig und spontan (damit ich auch mal ein bisschen lockerer werde)
- sollte mich in großem Stil erobern (und mich somit von meinem Dating-Kontrollwahn befreien)
- spannender und kreativer Job (kein Naturwissenschaftler, Patentamt-Mitarbeiter, Zahnarzt und vor allem: schnöder Anzugträger)
- Job mit Zukunft (keine Musiker oder andersartigen Künstler mehr!)
- Vollbart
- Abenteurer mit Wunsch, sich niederzulassen
- Katzenmensch
- sehr schlau
- bevorzugt überpünktlich (»Nicht in allen Lebenslagen!«, Einwurf Sammy)
- mag bayerisches Bier

Ich bin zufrieden. So funktioniert das sicher super, mit der Männerauswahl. Da kann ich zumindest Flanellhemd-Katastrophen bereits im Vorfeld kategorisch ausschließen.

Plötzlich bemerke ich, wie der Kellner (knackig in Ledernen) amüsiert einen Blick über meine Schulter und auf die Liste wirft. Peinlich berührt packe ich den Zettel schnell weg. Aber der heiße Kellner lächelt mich weiter zwinkernd an. Na so was!

Und Bart hat er auch! Ich lächle zwinkernd zurück. So schnell geht das also.

Sammy gibt mir einen sanften, aber bestimmten Tritt gegen das Schienbein. Wobei sie allerdings danebenhaut und mir mit voller Wucht eins aufs Knie gibt.

»Au! Hey, na …« Ich reibe unter dem Tisch unauffällig mein Knie und lächle den Kellner erneut an – diesmal bemüht flirtiv.

Der Kellner grinst, verlagert sein Tablett auf die andere Schulter und schüttelt schmunzelnd den Kopf: »Also, wenn i *des* seh, bin i ja totfroh, dass i scho verheiratet bin!«

Fail!

Gitta prustet los, und ich rutsche stöhnend einen Meter tiefer in die Bank hinein.

In dem Moment dreht sich der Kellner noch einmal um: »Tinder solltest' mal probieren. A Spezl von mir schwört drauf. So viel … äh … Dates hat' er angeblich noch nie!«

Eine Dating-App?? Hmmmmmm …

Schritt 2:

Ach, tinder mir doch einen . . .

Tag 7

Mittwoch, 25.02.

Es stellt sich heraus: Online-Partnerbörsen waren gestern. Ja-Nein-Vielleicht-Zettel gehören der grauen Vergangenheit an. Blind Dates mit schüchternen Blicken bei Kerzenschein? Pah, Steinzeit!

Im Zeitalter der Smartphones braucht man das Haus nicht mehr zu verlassen, um jemanden kennenzulernen. Ja, man muss sich nicht mal eine kreative Opening Line für seinen Flirt überlegen. Die Anmache im 21. Jahrhundert läuft digital und lautet meisterlich eloquent: »Yo babe! Wanna have Sex?«

Weitere beliebte und total kreative Begrüßungen, die eine mögliche Konversation zwischen zwei potenziellen Partnern fürs Leben eröffnen sollen, sind bei Tinder:

»Wie geht's?«

»Wie groß bist du?«

Und last but not least:

»Was machst du heute noch so? Sex?«

So viel dazu.

Anscheinend ist Tinder aber, wie mir Gitta erklärt hat, inzwischen sowieso schon total »old school«. OkCupid, Badoo, Zoosk, Lovoo, Once – die Liste der Dating-Apps ist lang. Am gruseligsten ist aber ohne Frage die App happn. In einem zugegebenermaßen sehr professionellen Werbevideo wird das Prinzip erklärt: Immer, wenn man auf der Straße, in der U-Bahn, im Café et cetera jemandem begegnet, der auch ebendiese Dating-App nutzt und sein GPS aktiviert hat, bekommt man dessen Profil auf dem Handy angezeigt und kann es liken – und denjenigen theoretisch also auch »in echt« ansprechen. Das heißt, mittels Geolokalisierung zeigt einem die App in Echtzeit die registrierten Singles in seinem direkten Umfeld an: »Jetzt weniger als 500 m von dir entfernt.« Großartig. Wirklich großartig. Die App sieht sich selbst als Flirt-Helfer für schüchterne Menschen – es fühlt sich aber eher wie eine nette, praktische Hilfe für notgeile Perverse an.

Während ich in meinem Büro sitze und schockiert die ersten Tinder-Nachrichten lese (habe mich doch für den App-Klassiker entschieden), bin ich mir sicher: Diese Verrückten möchte ich nicht unbedingt im real life treffen, geschweige denn möchte ich, dass sie wissen, wo ich mich gerade aufhalte! Ich starre auf mein Display, und es ist wie bei einem Autounfall: Ich bin gleichzeitig fasziniert und schockiert von den menschlichen Flirt-Abgründen, die sich hier auftun. Ich möchte wegschauen, kann es aber nicht. Rein statistisch gesehen ist die Chance, dass man beim Durchklicken von an die fünfzehn Singles in der Minute schneller auf jemand Interessantes trifft als auf der Straße, relativ hoch. Rein menschlich gesehen ist eine App, bei der man innerhalb von circa zwei Sekunden und nach nur einem Foto beurteilt, ob man jemanden interessant findet oder nicht, total demütigend, oberflächlich und verwerflich. Als großer Fan der Wahrscheinlichkeitsrechnung hat mich das Prinzip aber überzeugt. Auf ins virtuelle Dating-Gefecht!

Da sitze ich also und tindere. Und meine Skepsis legt sich langsam: Denn ziemlich schnell fühle ich mich ziemlich toll. Jeder, der wenigen Männer, die ich nach langer und eingehender Betrachtung nach rechts gewischt und damit geliked habe, mag mich auch! Match, Match, Match. Hurra, ich bin begehrenswert! Die Wadeln und der Superbusen – die bringen's halt. Rechts, links, rechts, rechts, links, links, links ... hui. So geht's dahin. Das macht ja richtig süchtig! Langsam habe ich Angst, dass ich bald so vom virtuellen Dating eingenommen werde, dass ich mich auch auf den Marienplatz stelle und versuche, die Männer mit einer Handbewegung nach links oder rechts wegzuwischen.

Pling. Da kommt auch schon wieder eine Chatnachricht – diesmal von meinem aktuellsten Match, Georg, 29, aus München. Mit Vollbart und Sonnenbrille vor Bergpanorama. Schaut nett aus!

Georg:	Hey. Tolles Foto! :-)
Feli:	Danke. Deins ist aber auch cool!
Georg:	Ich würde dir gerne jemanden vorstellen.
Feli:	Aha? Wen denn?
Georg:	Den Johnny!
Feli:	Äh ...
Georg:	Das ist der Mann in meiner Hose. ;-)

Oh Gott. Oh. Mein. Gott! Der sah doch völlig normal aus!

Plötzlich überkommt mich das dringende Bedürfnis, mich in eine Decke einzuwickeln und auf und ab zu wippen. Oder die gute, alte Aretha auf volle Pulle aufzudrehen: R-E-S-P-E-C-T!

»Feli?« Einer der Drehbuchautoren, die ab und zu zum Brainstorming in die Firma kommen, steckt den Kopf in mein Büro. Er sieht mich irritiert an, wie ich da immer noch fassungslos und mit offenem Mund vor meinem Handy sitze.

Ich reiße mich zusammen. »Äh ... Thommy. Was gibt's?« Eilig schiebe ich mein Handy zur Seite.

Der nerdige (und ehrlich gesagt ziemlich nervtötende) Autor reicht mir plappernd ein ellenlanges Exposé mit seiner neuesten abstrusen Filmidee. Ich nicke lächelnd, signalisiere mein eher peripheres Interesse (abgesehen davon, dass ich hier natürlich null Entscheidungsgewalt habe) und bin froh, als er nach ein paar Anekdoten aus seinem Leben mit Hund, Kanarienvogel und Staubsaugerroboter wieder abzieht.

»Hasta la vista! I'll be back!«

»Jahahaaa … Servus!« Ich seufze und nehme mein Handy wieder in die Hand.

Eigentlich will ich Tinder nur schließen, aber dann reizt es mich doch, noch ein-, zweimal rumzuwischen. Is ja nix dabei. Ich habe gerade gedankenverloren Thorsten, 27, und Sebastian, 35, nach links und damit aus meinem Leben gewischt, als ich alarmiert innehalte. Auf meinem Handy sehe ich das Bild von Thommy, 36, in peinlich grinsender thumbs-up-Pose neben einem als Darth Vader verkleideten Hund.

25. Februar 2015; 15:35 Uhr

Feli: Oh Gott! Ich habe soeben einen Kollegen auf Tinder gesichtet! Wie kann das sein? Das ist doch die virtuelle Sub-Welt. Da kann doch niemand auftauchen, den ich wirklich kenne?! :-o

Gitta: :-D Und???

Feli: Bist du doof? Natürlich weggetindert! Wie peinlich!

Gitta: Jetzt wirst du aber nie erfahren, ob er dich nach rechts getindert hätte.

Feli: Moment … Noooo! »It's a match!« Hab im Schockmoment rechts und links verwechselt. Großes Kino!

Tag 9

Freitag, 27.02.

Tinder taugt mir nicht, so viel ist klar. Menschen mit einer Links-Rechts-Schwäche sollte man das Bedienen einer Dating-App, die auf genau diesem Prinzip basiert, prinzipiell verbieten! Das Ergebnis nach drei Tagen tindern: fünfundzwanzig dubiose Typen in meiner Chatliste. Mehrere Frauen-unwürdige Anmachen, ein Foto von einem männlichen Genital. Und Autoren-Thommy wirft mir nun so wissend-lüsterne Blicke auf dem Flur zu. Prost Mahlzeit!

Meine Pärchen-Freunde finden Tinder aber super. Weil *ich* es auf meinem Handy habe und sie unverbindlich damit rumspielen können.

»Gib noch mal her! Jetzt bin ich dran! Du hast es schon seit mindestens zehn Minuten!« Gitta hüpft aufgeregt wie ein kleines Mädchen auf meiner Couch auf und ab.

Tarantino, mein grau gestreifter Hauskater, verzieht sich vor Schreck hinter mein Bett. Mein kleines, aber feines Schwabinger Einskommafünfzimmerapartment ist mein persönliches Home sweet Home, Ikea-Luxus auf kaum bezahlbaren siebenunddreißig Quadratmetern – und damit immerhin eine Fünfzehn-Quadratmeter-Steigerung zu meiner letzten Bude noch zu Studentenzeiten. Und hey – jetzt ohne mittellosen Partner als Dauergast ist auf einmal so richtig viel Platz (Zweckoptimismus-Alarm)! Aber wenn drei Freunde hier ihre Tinder-Begeisterung ausleben, kann das dennoch zu leicht klaustrophobischen Zuständen führen.

»Shit … he is hot! Fee, schau mal. Hier!«

Ich stelle mein Glas ab, um einen Blick auf den Typen auf dem Display zu werfen, das mir Sammy mit ihrem typisch unwiderstehlich-breiten Sammy-Grinsen entgegenhält. Sie hat die größte Gaudi bei dem Spieleabend, der sich irgendwie zu einer Tinder-Party entwickelt hat. Denn Sammys Freund Pete hockt in New York, deswegen nutzt sie mein Tinder für ein wenig unverbindliche Zerstreuung – in meinem Namen. Hurra!

»I'm telling you … he is smokin'! Ich mach dir ein Date mit dem, ja?«

Und zack – swipe rechts.

Ich stöhne auf. »Wer ist das überhaupt??«

»Relax!« Sammy stellt ihre tropfende Bierflasche auf meinem Couchtisch ab.

Von wegen relax! Nervös platziere ich die Flasche auf einen meiner zahlreichen Untersetzer und wische mit dem Ärmel den Wasserrand vom Tisch. Sammy rollt mit den Augen, und Olli grinst sich eins. Er kennt meinen neurotischen Tick seit Jahren, würde mich aber nie damit aufziehen.

»Jetzt schau ihn dir wenigstens mal an, Feli.« Er reicht mir das Handy weiter.

Ich werfe seufzend einen Blick auf das Display.

Ein erstaunlich ungreisliger, braun gebrannter, groß gewachsener Brasilianer mit nachtschwarzen Haaren lächelt mir mit einem perfekten Zahnpastalächeln entgegen.

Ich verziehe das Gesicht. »Geht noch mehr Klischee??«

Aber Sammys braune Augen funkeln mich aufgeregt an: »Ich hab dir den perfekten Mann gefunden. Honestly! Und den triffst du jetzt!«

Ich blicke stöhnend in Gittas Richtung, aber die zuckt nur mit den Schultern: »Das wird schon nicht wehtun, *ein* Date. Und außerdem: Denk an deinen 150-Tage-Plan!«

Ich werfe noch einen Blick auf das Display, auf dem mich der unverschämt attraktive Brasilianer breit angrinst. Hmmm. Abwarten. Vielleicht meldet er sich ja gar nicht …

Tag 13

Dienstag, 03.03.

»Hey beautiful, interesting and funny Munich Lady! I reeeaaaally want to meet you! When are you free?«

Ich schmunzle. Zumindest ist er hartnäckig, das muss man ihm lassen. Ricardo, so heißt Mr. Zahnpastalächeln, meldete sich nämlich nach dem durch Sammy verursachten Tinder-Match prompt. Und nicht nur mit plumpen Geschlechtsverkehr-Angeboten oder blödsinnigen Fragen. Nein. Ricardos Steckenpferd sind eher flirtiv-romantische Sprüche und non-stop Komplimente. Ich sei so hübsch und so schlau, ich habe so ein wahnsinnig tolles Lächeln (auf den Fotos), und Humor habe ich auch ... (Dabei sagt man, die Deutschen hätten so viel Humor wie ein Stück Sauerteigbrot.) Mal ehrlich: Wer hört so etwas nicht gerne? Ricardo meint allerdings auch, dass er mich unbedingt treffen will, bevor er in ein paar Tagen erst mal wieder zurück nach Brasilien muss. Eigentlich schön und gut. Trotzdem kenne ich diesen Mann erst seit fünf Tagen, und das auch nur digital. Was, wenn er ein Serienkiller ist? Oder Helene-Fischer-Fan?!

»Es könnte die große Liebe sein – oder auch ein schöner Nachmittag. Was haben wir zu verlieren?«, weiß der Brasilianer auf meine – meiner Ansicht nach – durchaus berechtigten Bedenken einzuwerfen.

Ja, mein Gott, was habe ich zu verlieren?!

Tag 14

Mittwoch, 04. 03.

Was für eine saudumme Idee! Ein Treffen mit einem völlig Fremden, den ich über eine Dating-App kennengelernt habe. Wie bescheuert muss man eigentlich sein?! Bestimmt versetzt er mich – und dann steh ich da wie bestellt und nicht abgeholt!

Unruhig trete ich von einem Fuß auf den anderen. Ich stehe direkt am Hauptbahnhof – wo theoretisch mein erstes Date ever aus Ingolstadt anreisen sollte. Ich blicke auf die Uhr und merke: Ich bin einfach nur überpünktlich. Typisch.

Doch just in dem Moment kommt er auch schon an, der äußert attraktive, braun gebrannte, groß gewachsene Brasilianer von Tinder – der in Wahrheit ein ziemlich kleiner, pummeliger Brasilianer ist. Auweia. Nur das breite Zahnpasta-Lächeln stimmt mit dem Foto überein. Allerdings komplettiert dieses zusammen mit Gel in den Haaren, der Ray-Ban-Pilotenbrille (es ist saukalt und nieselt!) und dem Bling-Bling-Ohrring nur das Südländer-Macho-Klischee.

Ich bin total baff, und so ist der allererste Satz, mit dem ich mein Date (auf Englisch und mit kaum verhohlener Abneigung) begrüße: »Oh … krass. Du hast ja einen Ohrring!«

Aaaargh. Ich beiße mir im selben Moment auf die Lippe. Megaunhöflich! Hätte ich nicht einfach: »Servus, wie geht's?« oder »Schön, dich kennenzulernen« oder von mir aus auch »Quickie? Gleich da hinten?« sagen können?

Ich will mich gerade entschuldigen, aber zu meinem großen Erstaunen erwidert der Brasilianer strahlend: »Yeah, you like it?«

Der Mann ist entweder sehr von sich selbst überzeugt oder einfach nur etwas langsam.

Ich starre ihn fassungslos an: »Es ist nur ... so ein Mädchending!«

Oje, ich bin wirklich aus der Flirt-Übung – falls ich jemals in Übung war! Und wenn ich es mir recht überlege, ist auch jede Motivation weiterzuüben, bereits dahin.

Doch Ricardo, aka Mr. Bling-Bling-Zahnpastalächeln, scheint das überhaupt nicht zu stören. Er lebt wohl in seiner eigenen Traumwelt, denn schon hakt er sich bei mir ein, und wir machen uns auf den Weg Richtung Isartor und zu einem meiner Lieblingscafés.

Ich versuche, nicht daran zu denken, dass ich eigentlich am liebsten wieder heimgehen würde, um mich mit einem Bad in meiner frisch geputzten Wanne von diesem ersten Date-Erlebnis zu erholen. So findest du keinen Mann, Feli! So nicht! Nicht mit dieser Anti-Einstellung!

Ricardo starrt mich indes unentwegt an, ist völlig fasziniert. Als wäre ich Superwoman von einem anderen Planeten.

Wir sind gerade aus der Tram ausgestiegen und noch keine drei Schritte gegangen, da fragt er zum ersten Mal: »And?«

Ja, was denn?

Ich schaue ihn verdutzt an.

»Do you feel a spark?«

Mr. Bling-Bling-Zahnpastalächeln blickt mich durch die Pilotenbrille erwartungsvoll an. Wie ein kleines Kind, das aufs Christkindl wartet. Hat der mich eben ernsthaft gefragt, ob es bei mir schon funkt?!

Wie zur Bestätigung greift Ricardo strahlend meine Hand

und drückt sie an seine Brust: »Because I do! Can you feel my heart beating?«

In meinem Kopf tippe ich eine hasstiradische WhatsApp an Sammy, in der ich sie in zwei Sprachen plus Bairisch verfluche und ihr für dieses super Date danke. Thanks a million!

Mr. Bling-Bling versucht währenddessen mehrfach, mich zu küssen, Händchenzuhalten (ich reagiere äußerst allergisch auf Händchenhalten und jede andere Form von zu früher und zu intimer Nähe!) und Liebesbekundungen aus mir rauszuquetschen. Er selbst hat davon mehr als genug auf Lager. Vor allem meine »big green eyes, more beautiful than the sky« haben es ihm angetan. Dass der Himmel blau und nicht grün ist, lässt er dabei einfach außer Acht. Ich weise ihn mehrfach darauf hin, dass ich (und jeder andere normale Mensch) mich nicht innerhalb von fünf Minuten unsterblich in jemanden verliebe – und seine Art auch nicht gerade dazu beiträgt. Erst reagiere ich sehr irritiert (»Äh … okay. Thanks.«), dann genervt (»Look, I really just want to drink a cup of coffee, okay?!«) und schließlich äußerst grantig.

Er fordert: »Give me a kiss!«

»No, thanks.«

»Please …«

»No.«

»Why not?«

»Because … I don't know you!«

»Okay. I understand.«

»Thanks.«

Dreißig Sekunden später:

»Just a little one? On the cheek?«

»NOOOO!!!«

An diesem Punkt war ich schon mehr als bereit, einfach aus dem Fenster im Klo des Cafés zu steigen. Leider sind wir im Turmstüberl, und das befindet sich in luftiger Höhe im Isartor.

Während ich mir also in einem rekordverdächtigen Schneckentempo und mit literweise Flüssigseife die Hände wasche, stelle ich fest: Ich sitze, auch dank meiner grundsätzlichen Höflichkeit, mit einem breit grinsenden, anscheinend liebeswahnsinnigen Bling-Bling-Ohrring-Brasilianer aus einer Dating-App auf vierzehn Höhenmetern fest.

04. März 2015; 17:30 Uhr

Feli:	Sammy! Ich bring dich um! Hol mich hier raus!
Sammy:	??? Can't be that bad ...
Feli:	:-o :-X >:-(>:-o :'(:'(:'(((
Sammy:	:-D Shit. Geh doch einfach!
Feli:	Wie? Will ned unhöflich sein und hab keine Ausrede außer Durchfall. Ruf einfach in 5 Min an für 'nen Exit-Call, ok?
Sammy:	Ok. I'll try. Aber mein Akku ist fast
Feli:	Hallo??
Feli:	Na toll.

Tag 14, fünfzehn Minuten später

Mittwoch, 04.03.

Lange kann ich es nicht mehr hinauszögern. In dem kleinen WC bekomme ich langsam Platzangst. Und sauberer werden meine Hände auch nicht mehr. Ich blicke grummelnd auf mein stummes Handy: Sammy ist echt keine Hilfe!

Als ich zurück an den Tisch komme, strahlt mich Mr. Bling-Bling bereits mit seinem Zahnpastalächeln an. »You are so beautiful! You really are the most beautiful woman I ever met!«

Ich lächle matt. Eigentlich ist er ja ganz nett. Spooky und aufdringlich, aber prinzipiell nett. Ich versuche einfach, meine Panik vor zu schneller und zu viel Nähe zu unterdrücken und mich zu entspannen. Schließlich sitzt er ohnehin bald in einem Flieger nach Brasilien, und ich werde ihn nie mehr wiedersehen.

Als ersten Schritt zur Entspannung nehme ich ganz relaxed eine Gabel Apfelkuchen.

»And I can't wait to tell my parents about you, when I arrive home in Brazil.«

Der Kuchen legt sich quer in meinen Hals. Ich huste.

»Äh ... what?!«

Ricardo nimmt meine Hand und blickt mich treuherzig an: »I have to tell them, that I finally found *the one*. On my last day in Germany! It's magic!«

Ich werde bleich und ziehe meine Hand weg. »When is your flight again?«

Mr. Bling-Bling winkt ab, denn der Flug geht erst in fünf Stunden.

»Well ... but then you should get on your way ... now!«

Ich lege sehr überzeugend dar, dass man aufgrund des unzuverlässigen MVVs (Ha! Endlich isser zu was gut!), der langwierigen Security-Checks für Nicht-Europäer und den absurd laaangen Wegen zwischen den Terminals am Münchner Flughafen bestimmt fünf Stunden bis Abflug einplanen muss. Aber mindestens!

Mr. Bling-Bling mustert mich irritiert.

Ich lege nach: »And don't forget about possible Schienenersatzverkehr! That may at least cost you another thirty minutes!«

Ricardo – der keine Ahnung hat, wovon ich rede – scheint endlich überzeugt. Puh!

Allerdings löst der baldige Abschied bei ihm eine riesige Welle von Wehmut aus. Auf dem Weg zur S-Bahn wird er plötzlich richtig touchy und anhänglich. Ständig legt er den Arm um mich, setzt dabei ein tieftrauriges Gesicht auf oder nimmt meine Hand. Ihm ist meine Abneigung gegenüber Zuneigung (in der Öffentlichkeit) völlig unbegreiflich.

Plötzlich kommt ihm ein Gedanke, und er zwinkert mir flirtiv zu: »Okay. I stop now.« Zwinker-zwinker. »Because you can give me a loooong Hollywood-Kiss at the Gate before I go through security!« Er strahlt, von seiner eigenen Idee begeistert.

Moment mal!

Doch bevor ich Mr. Bling-Bling wieder zurück in die Realität holen kann, passiert – wie so oft im Leben – das denkbar Ungünstigste zum denkbar ungünstigsten Zeitpunkt: Ein motivierter junger Typ kommt grinsend auf uns zu. Mit Mikro. Und Kameramann. Großartig – typisch Fußgängerzone!

»Hey, darf ich suuuuuperkurz stören? Wir machen eine kleine Umfrage. Es dauert eeeeecht nicht lang!«

Ich stöhne innerlich auf. Dann aber sehe ich hinter dem betont selbstbewussten Grinsen des jungen Kerls die blanke Verzweiflung. Und ich kann mir auch denken, warum: Der Typ ist offensichtlich Praktikant. Auf dem Mikro prangt das Logo eines großen Privatsenders, bei dem ich auch mal als Praktikantin gearbeitet habe. Daher weiß ich genau, dass das Format, für das er wahrscheinlich diese undankbare Umfrage machen muss, in drei Stunden auf Sendung geht.

Ich seufze. »Sorry, ich weiß, wie ätzend Umfragen sind, ich hab das auch mal gemacht. Aber ich hab wirklich keine Lust drauf, schon wieder wegen irgendeiner Sex-Umfrage im Fernsehen zu sein!«

Die coole Fassade des Praktikanten fällt ab. »Oh Mann, dann weißt du ja, wie es mir geht. Ich muss in 'ner halben Stunde im Studio sein mit dem Material ... bittteeeee!!! Es ist auch keine dumme Sex-Umfrage!« Er blickt mich flehend an.

Hinter mir steht ein verwirrter Mr. Bling-Bling und versteht nur die Hälfte.

Was soll's.

»Gut, schieß los!«

»Fett. Du rettest mein Leben!«, sprach er und hält mir prompt das Mikro vor die Nase.

Die Kamera läuft.

»Also ... Wo habt ihr zwei euch denn kennengelernt?«

»Hä? Vor zwei Stunden, am Hauptbahnhof ...«

»Am Hauptbahnhof ...« Der Praktikant sieht mich verwirrt an. »Äh ... okay. Also seid ihr zwei ... Ihr zwei seid schon zusammen, oder?«

»NEIN!«

Der Praktikant scheint kurz aus dem Konzept gebracht. Im Hintergrund macht Mr. Bling-Bling ein komisch brummiges Geräusch.

»Okay. Äh ... also, dann frag ich nur dich. Was für einen Kosenamen hast du für deinen Partner? Ach nein, Moment. Welchen Kosenamen hattest du für deinen Ex... Partner?«

Ich bedenke ihn mit meinem düstersten Blick.

Peinliche Stille.

Der Praktikant merkt, dass er unausweichlich dabei ist, sich in ein großes Fettnäpfchen zu manövrieren. Kurzes Durchatmen.

»Oder ich formuliere es so: Welchen Kosenamen findest du toll?«

»Keinen. Ich finde Kosenamen einfach nur peinlich, pubertär und abstoßend!«

Der Praktikant starrt mich an und nestelt unruhig am Windschutz des Mikros. Währenddessen komme ich in Fahrt.

»Ich meine, was soll das? Wieso nennen wir jemanden ›Hasi‹ oder ›Mausi‹, wenn derjenige eigentlich ›Thomas‹ oder ›Anna-Franziska‹ heißt? Wieso muss ich jemanden auf dieselbe Stufe wie ein Kleinkind stellen? Mit dreißig ›Hasi‹ oder ›Mausi‹ genannt zu werden! Wer will denn das?! Wer?! WER?!«

Der Praktikant weicht erschrocken zurück.

Ich plustere mich auf. »Außerdem ... wie unkreativ und trivial ist das eigentlich?!« Ich starre offensiv in die Kamera. »Wissen Sie, wie viele ›Hasis‹ und ›Mausis‹ es gibt?! Tausende! Und mit ›Schatzi‹ – was übrigens rein statistisch gesehen der meistbenutzte Kosename in Deutschland ist – brauche ich gar nicht erst anzufangen!«

»Äh ...« Der Praktikant kratzt sich am Kopf.

Ich schnaufe. Anscheinend musste der gesamte Frust der letzten Stunden raus. Und der arme Kerl kriegt's ab. Manchmal kann ich mich einfach nicht bremsen.

Der Typ hinter der Kamera kann inzwischen seinen Lachkrampf nicht mehr zurückhalten.

»Also die neuesten Studien zeigen ...«, der Praktikant kruschelt nervös in den Unterlagen, »... dass ›Baby‹ in diesem Jahr ganz weit vorne liegt.«

»Baby!« Ich stoße ein höhnisches Lachen aus. »Baby kann es nur eine geben, und die stellt niemand in die Ecke!«

Der Praktikant ist nun vollends verwirrt.

»Okay ... also ... dann brauch ich, glaub ich, die anderen Fragen nicht mehr stellen. Äh ... du hast also nie Kosenamen benutzt, wurdest nie bei einem Kosenamen genannt und willst auch nie einen Kosenamen bekommen?!«

Ich hole Luft. »Wenn ich mal einen Freund habe, der mir irgendeinen dummen, erniedrigenden, postpubertären Kosenamen wie ›Hasi‹, ›Pupsi‹ oder ›Schatzi‹ gibt, kann der sich gleich wieder verziehen!«

Der Kameramann bricht ab, kann sich vor Lachen kaum halten.

Ich verabschiede mich von dem völlig desillusionierten Praktikanten und gehe erhobenen Hauptes weiter.

Hinter mir brummelt schon wieder etwas. Oh weh! Ich habe Mr. Bling-Bling ganz vergessen! Der blickt ziemlich düster drein, und plötzlich habe ich doch ein schlechtes Gewissen. Es ist schließlich sein letzter Tag in Deutschland, und ich will trotz allem nicht, dass seine letzte Erinnerung an sein Erasmus-Jahr eine bitchige Super-Emanze ist. Außerdem geht es mir nach diesem »Interview« viel besser.

Ich lächle also nett, will wissen, ob er noch irgendein Mitbringsel kaufen muss, bevor er in die S-Bahn steigt.

Doch Ricardo ignoriert mich.

»What's wrong?«, will ich irritiert wissen.

Er zieht eine Schnute. »You told that man, that we are not together!«

Ich starre ihn entgeistert an – und mit einem leisen, melodischen Pling reißt dann doch der letzte, dünne Rest meines Geduldsfadens.

»WE ARE NOT TOGETHER!!!«

Mr. Bling-Bling schenkt mir einen zutiefst beleidigten Latino-Blick: »Well, I really don't know what your problem is!«

Da hat er zum ersten Mal heute recht. Was ist mein Problem? Ich bin eine erfolgreiche Frau, siebenundzwanzig, single und fabulous – und muss mir daher verdammt noch mal nicht alles gefallen lassen!

»Weißt du was: Ich glaub bei dir brennt's. Aber gewaltig!« Mit diesen Worten drehe ich mich um, schultere meine Handtasche und stolziere davon. Tinder-Match ... pah!

Tag 15

Donnerstag, 05. 03.

05. März 2015; 10:03 Uhr

La Mamma: Spatzi! Schau mal!!

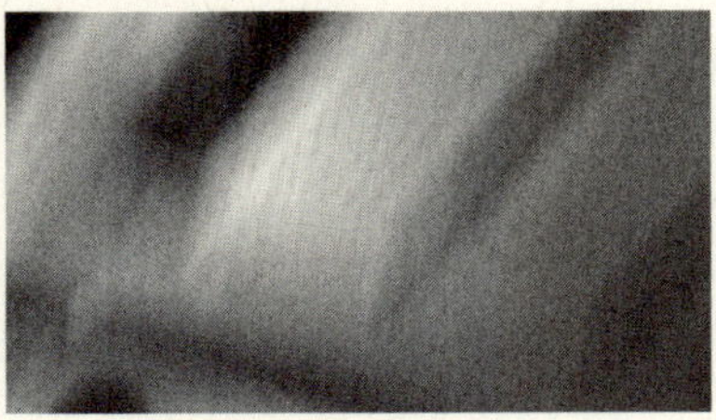

Feli: Mamma, das ist total unscharf. Erst fokussieren, dann abdrücken.

La Mamma: Du warst im Fernsehen! <3 <3 <3 :-* :-* :-*

Feli: Oh Mann . . .

La Mamma: Aber Spatzi, warum warst du so aggressiv? Willst du drüber reden?

Feli: Nein.

La Mamma: Und wer war der attraktive, südländische Mann da neben dir???

Tag 17

Samstag, 07. 03.

Ich kauere zwischen einem roten Trolley und einer Handtasche und starre nervös durch die Glasscheibe: Ist er das? Der mit dem geschmacklosen lila Anorak? Oder etwa der da drüben, der sich gerade mit seinem Coffee to go vollsaut? Oder doch der Große, der die Blondine da hinten so lüstern anglotzt? Und die interessanteste aller Fragen: Warum zur Hölle hocke ich wie der letzte perfide Psychopath im Schaufenster eines Taschenladens und beobachte die Männer draußen am Stachus?! Gute Frage. Räsonable Frage. Räsonabler als mein momentanes Verhalten. Ich zerkaue nervös meinen Kaugummi. Typisches Stressverhalten. Eine lange kastanienbraune Strähne löst sich widerspenstig aus meinem ordentlichen Ballerina-Dutt, legt sich quer über mein Gesicht und bleibt schließlich am dunkelroten Lippenstiftmund pappen. Perfekt.

Ich warte auf mein nächstes Tinder-Date. Da meine erste Verabredung dieser Art nun nicht gerade nach Plan lief und ich letzte Nacht schwitzend und schreiend aus einem Date-Albtraum erwacht bin, hat mich leichte Panik ergriffen. Das Brasilianer-Trauma ist noch nicht überwunden. Es war schließlich mein erstes richtiges Date überhaupt! Nach Jahren im Pärchen-Status. Und halb Deutschland (inklusive meiner Mutter) konnte sich von meiner Dating-Unfähigkeit auch noch live im Fernsehen überzeugen. Da kann man schon mal zurück in den

Vorsichtsmodus schalten. Und sich einen geeigneten Observationsstandpunkt suchen, um den nächsten Kerl erst einmal nur aus der Ferne zu checken. Das ist völlig normal!

Ich mache ungeduldig eine große Kaugummiblase und werfe einen weiteren Blick an den Taschen vorbei durch das Schaufenster und quer über den Stachus, wo ich seit fünf Minuten Daniel, 31, vor dem McDonald's treffen sollte. Was ist das überhaupt für ein Treffpunkt?! Die Kaugummiblase platzt mit einem Knall.

Da kommt ein relativ sympathisch aussehender Kerl durchschnittlicher Größe aus Richtung der S-Bahn-Treppe und blickt sich suchend um. Ist er *das* vielleicht? Ich beuge mich ein Stück weiter vor, um besser sehen zu können …

… als mir plötzlich jemand von hinten um den Hals fällt. Ich erschrecke mich so sehr, dass ich meinen Kaugummi verschlucke und das Gleichgewicht verliere. Den unweigerlich folgenden Sturz versuche ich noch mit dem beherzten Griff nach dem nächstbesten Rettungsanker aufzufangen. Was in diesem Fall die sehr teuer aussehende dunkle Lederhandtasche im Schaufenster ist. Nicht gut.

»Spatzi! Was machst du denn da?!«

Die lachende Frau mit den langen, wippenden Hippie-Ohrringen und den unmöglich wuscheligen Haaren – meine Mutter – erlöst mich aus ihrer festen Umarmung.

»Krrrrhhhrrrrr … khhhrrrr …«, keuche ich, mit Kaugummi im Hals.

Meine Mutter haut mir energisch auf den Rücken. »Oh mei, Spatzl. Che cosa fai?«

Meine Mamma ist Halbitalienerin. Wobei sie in Bayern aufgewachsen ist. Und Italienisch maximal noch beim Bestellen in der Pizzeria spricht. Oder wenn sie auf Politiker schimpft. Oder einfach mal so eine Floskel raushauen möchte (»Che cosa fai?« – was machst du? – ist ihr Favorit). Auf ihrem original italienischen Temperament besteht sie aber. Wahrscheinlich ist das ihre Entschuldigung für ihr manchmal etwas ... na ja ... energisches Verhalten.

Jetzt zum Beispiel, als sie mich wild gestikulierend und mit viel zu lauter Stimme mitten in den Laden zieht.

»Also, was drückst du dich hier rum? Was liegt dir auf der Seele? Und warum hast du eigentlich nicht zurückgerufen?«

Ich atme, nun kaugummibefreit, durch. »Nix. Ich schau nur.« Nervös bemühe ich mich um eine möglichst unauffällige Miene.

Aber la Mamma, mit Adleraugen und dem mütterlichen siebten Sinn, fängt meinen Blick auf. Sie zieht kritisch eine Augenbraue hoch. »Was schaust' denn an? Den Mann da?«

»Ja, Mamma, den Mann da. Das ist wahrscheinlich mein Date für heute. Oder auch mein Date für die Hochzeit. Oder auch der Mann fürs Leben. Also bist du zufrieden jetzt?« Ich atme genervt aus.

Sie gibt ja sonst eh keine Ruhe.

»Ach Spatzi. Der da? Der in der weißen Jeans da drüben?« Sie kneift die Augen zusammen und riskiert einen weiteren Blick. »Der ist doch viel zu jung. Und viel zu dünn. Und außerdem viel zu fad.«

Ich starre meine Mamma an. »Wieso das denn jetzt??«

Sie seufzt und verdreht die Augen auf eine Art, wie nur sie es kann: Ach-mein-süßes-liebes-Kind-du-musst-noch-so-viel-lernen. Alles in einem Blick. Der Wahnsinn.

»Na, schau doch, wie gelangweilt der dreinschaut. Und diese Männer-Umhängetasche ...! Triff dich nie mit einem Mann mit Umhängetasche! Ein echter Mann beschränkt seine Habseligkeiten so, dass er sie in die Hosentaschen bekommt. Der

Rest ist nur Ballast. Und der da hat ganz viel Ballast – und zwar von der emotionalen Sorte. Das seh ich von hier!«

Nun starren wir beide durch die Scheibe.

»Schau, jetzt bohrt er in der Nase!« Zufrieden über ihre anscheinend richtige Einschätzung stützt la Mamma selbstbewusst ihre Hände in die Stoffbahnen auf ihrer Hüfte.

Wo hat sie denn diesen unmöglichen Sherpa-Poncho schon wieder her? Warum kann man in München so was überhaupt kaufen?

Ich schüttle stöhnend den Kopf. »Mamma, nur weil er eine Umhängetasche trägt und zufällig einmal in der Nase bohrt ...«

»Schau! Er tut es schon wieder! Eindeutig ein Zeichen von Unsicherheit.« La Mamma triumphiert.

Als ich angewidert beobachte, wie der Typ in der weißen Jeans, der anscheinend tatsächlich auf mich wartet, ein erstaunlich großes Exemplar eines Popels aus der Nase zieht, vergeht mir tatsächlich die Lust auf dieses Date. Danke, Mamma!

»Weißt du was, dann gehen einfach *wir* zusammen einen Kaffee trinken!«

»Aber Mamma ...« Ich halte nervös die durch meinen unfreiwilligen Stunt etwas ramponierte Handtasche hoch.

La Mamma ist jedoch schon fröhlich plappernd und mit unbewusster Anmut Richtung Ausgang stolziert.

»Du musst ein bisschen auf dich aufpassen, Spatzi. Schläfst du eigentlich wieder schlecht in letzter Zeit? Hast ganz schöne Augenringe. Nimmst du die Kügelchen, die ich dir gegeben habe??«

Meine Mamma ist Heilpraktikerin. Aus Leidenschaft und voller Überzeugung. Sie und ihre Globuli – eine Verbindung für die Ewigkeit. Für jedes Gebrechen, physisch, psychisch oder spirituell hat la Mamma was auf Lager. Auch für Liebeskummer gibt es bestimmt etwas in homöopathisch gepressten

Dosen. Man muss diese Kügelchen nur bei Vollmond um Mitternacht einnehmen, sich dabei gegen den Uhrzeigersinn im Kreis drehen und dreimal laut »Globuli-Globuli-Globuli« rufen – dann wirkt's.

Als ich das auch laut sage, macht meine Mutter wieder diesen Gesichtsausdruck. »Ach Spatzi ...«

Grummel. Ich hasse es, wenn sie das macht.

Zehn Minuten später sitzen wir im Café.

La Mamma schenkt der Karte nicht mal einen Blick: »Einen Chai Latte, bitte. Moment! Machen Sie den mit diesem zuckrigen Instantpulver aus der Packung oder mit richtigem Tee?«

»Mit Tee natürlich.« Die junge Kellnerin bleibt freundlich.

»Frisch aufgebrüht? Also wirklich frisch, nicht nur in der Mikrowelle aufgewärmt?« Meine Mutter lächelt die Kellnerin verständnisvoll an.

»Bei uns ist alles frisch. Wir haben auch frischen Matcha Latte, wenn sie wollen. Und eine ganze Auswahl Special-Roast-Kaffeesorten ...«

»Nein, bitte nur den Chai. Und mit Sojamilch.«

La Mamma und ihre Extrawünsche! Das kann einen in den Wahnsinn treiben.

»Einen Latte. Low Fat und mit zwei Espressi. Und Zimt statt Kakaopulver obendrauf, wenn's geht. Und mit Strohhalm. Danke.« Ich reiche der Kellnerin die Karte, und meine Mutter tut es mir gleich.

»Vielen Dank! Ich hoffe, Sie hatten bis jetzt keinen allzu anstrengenden Arbeitstag – khop khun khaa!« Sie schenkt der thailändisch aussehenden Bedienung ihr freundlichstes Lächeln und verbeugt sich leicht.

Und ich möchte im Boden versinken.

Kaum hat sich die Kellnerin augenrollend und leise bairisch schimpfend umgedreht, mustert mich Mamma sorgenvoll. »Felizitas, ich versteh dich nicht. Dir geht's doch gut. Du hast einen tollen Job. Und die Chancen, dass es weiter bergauf geht, stehen auch nicht schlecht. Warum also machst du dir so einen Stress wegen der Männer? Die brauchst du als unabhängige Frau im 21. Jahrhundert doch gar nicht! Nicht mal für Sex!«

Ich überhöre den letzten Kommentar bewusst.

»Also, erstens brauche ich keine Männ*er*, einer würde schon reichen. Vor allem für einen Tag.«

La Mamma durchschaut mich wie immer sofort: »Ist es wegen der Hochzeit, Spatzi?«

Ich seufze. »Das ist nicht so easy. Da möchte ich einfach nicht alleine hin! Ich will nicht, dass die Musik losgeht, alle stehen auf zum Tanzen – und plötzlich sitze ich als Einzige noch am Tisch. Wie der letzte, übrig gebliebene Mensch ...«

La Mamma sieht mich verständnislos an. »Geh, Spatzi, die Einzige! Deine Freunde sind doch auch alle da. Was ist zum Beispiel mit diesem einen Bekannten von dir? Dem mit dem unausgeglichenen Magen-Darm-Kreislauf?«

Ich starre sie an. »Mamma! Olli hat definitiv kein Problem mit seinem Darm oder sonst irgendeinem Organ! Als du ihn damals getroffen hast, hatte er am Tag zuvor verdorbenen Mozzarella gegessen. Außerdem ist er seit mindestens acht Jahren in einer Beziehung. Die beiden sind vor zwei Jahren zusammengezogen und reden auch grad übers Heiraten.«

Mamma nickt nachdenklich, und ich rühre in dem Latte, der inzwischen vor meiner Nase steht.

Leise brummle ich in den Milchschaum: »Und der Dings kommt auch. Mit seiner neuen Freundin, der hübschen Rothaarigen. Die suchen grad ein Grundstück, wollen ein Haus bauen! Irgendwie hat der das alles besser hinbekommen, die letzten Jahre …«

La Mamma schaut mich überrascht an. »Spatzilein, genau das war doch nie dein Lebensmodell! Ihr seid seit über vier Jahren auseinander, und die ganze Zeit war das kein Thema mehr. Du hattest doch inzwischen auch eine neue Beziehung mit diesem …«

»*Darüber* will ich erst gar nicht reden!« Ich breche das Thema eilig ab. »Außerdem geht's ums Prinzip!« Ich schnaube trotzig, als wäre ich wieder sechs Jahre alt und verstünde nicht, warum ich als Einzige aus meiner Klasse keine Barbie bekomme, sondern nur pädagogisch wertvolles und biologisch einwandfreies Holzspielzeug. »Der Typ, der mal meine erste große Liebe war, hat's nun super hingekriegt. Alle anderen auch. Nur ich bin irgendwie radikal außen vor zurzeit …«

Mamma sieht mich lieb an. »Ach Spatzi …« Sie nimmt meine Hand und lächelt warm.

Sofort fühle ich mich aufgefangen – bei so viel verständnisvoller Mutterliebe. Ich blicke meine Mamma dankbar an, sie strahlt liebevoll zurück.

»Wann hattest du denn das letzte Mal Verkehr?«

»MAMMA!!!«

»Jetzt mal im Ernst. Du musst dich wirklich einfach ein bisschen entspannen. Das kostet nix und bringt dein Chi wieder ins Gleichgewicht. Ich zum Beispiel habe mich erst vorgestern wieder gut entspannt.« Sie grinst.

Oh Gott. Warum nur ist meine Mutter in den Achtundsechzigern hängen geblieben – ohne überhaupt ein Achtundsechzigerkind gewesen zu sein?!

La Mamma zuckt lediglich mit den Schultern. »Was hast du denn? Da ist doch nix dabei – oder was sagen Sie?«

Die Kellnerin, die eben noch einmal mit extra Sojamilch an

unseren Tisch gekommen ist, bleibt meiner Mutter eine Antwort schuldig. Sie starrt sie nur an und zieht sich dann – erneut kopfschüttelnd – wieder zurück.

Ich vergrabe mein Gesicht in den Händen.

»Also *ich* finde, sie hat recht.«

Aus den Augenwinkeln sehe ich, wie ein ziemlich attraktiver Mittdreißiger amüsiert zu uns rübergrinst. Ach du ...

»Siehst du!« La Mamma ist zufrieden, und der Typ wendet sich schmunzelnd wieder seinem Netbook zu.

»MammmakannstdudasbittelassenundinderÖffentlichkeit nichtübermeinSexlebenreden?!«, stoße ich mit hochrotem Kopf zwischen zusammengepressten Lippen hervor.

Meine Mutter zuckt nur ungerührt mit den Schultern. »Ich kann dich auch mal hypnotisieren, wenn du magst. Ich mach doch gerade eine Fortbildung.«

Ich stöhne auf. Zum Glück treibt der Tee la Mamma aufs Klo, sodass ich erst einmal nicht erfahre, wie Hypnose mein Liebesleben auf mirakulöse Weise für immer verändern könnte.

Da merke ich, dass der Typ am Nebentisch wieder zu mir rübergrinst. Was will der denn jetzt? Reicht die Blamage noch nicht?! Nervös schiebe ich die widerspenstige Haarsträhne hinter mein Ohr.

Schließlich steht er auf. »Entschuldigung, ich wollte vorhin wirklich nicht dazwischenfunken.«

Ich winke matt ab. »Kein Problem. Ich kenne diese Frau eigentlich gar nicht. Wir sind beide nur Schauspielerinnen. Ich warte jeden Moment drauf, dass die Klappe fällt und mein richtiges Leben beginnt.«

Zu meinem Erstaunen zwinkert mir der Kerl zu und beugt sich dann verschwörerisch zu mir herunter: »Ich müsste eigentlich auch schon lang zurück an den Set, um den charmanten

Arzt mit schlechten Manieren zu spielen, aber bitte, verraten Sie mich nicht!«

Ich blicke ihn verblüfft an. Nicht gut, aber spontan.

Er lacht: »Okay, das war vielleicht nicht der beste Anmachspruch, aber – hey! – zumindest war er spontan!«

Ich muss unwillkürlich grinsen. »Ausbaufähig, würde ich sagen. Aber da wir uns ja eh schon indirekt über mein Liebesleben unterhalten haben, ist das völlig in Ordnung. Solche Themen schaffen eine spontane Vertrauensbasis.«

Der Mann zwinkert selbstbewusst: »Also haben wir ein Date?«

»Jaaaaaaa! Sie will!« Mamma hüpft plötzlich strahlend aus Richtung der Toiletten zu uns. Als sie einen Blick auf mein Gesicht wirft, zieht sie sich zerknirscht wieder zurück. »Scusa. Ich ... äh ... geh mal zahlen.«

Ich wende mich wieder meinem Gegenüber zu und gebe mich betont gleichgültig. »Also gut. Geben Sie mir doch einfach Ihre Nummer.«

Im Hintergrund gibt mir Mamma thumbs up.

Der Typ steht lächelnd auf, holt ein Kärtchen aus seinem Portemonnaie, legt es auf meinen Tisch und zwinkert mir noch mal zu.

Ich warte, bis er zur Tür raus ist und nehme – nicht ohne eine gewisse Neugier – seine Visitenkarte in die Hand. Tatsächlich – ein Arzt. Und er hat zumindest annähernd Humor. Und verdammt gut schaut er auch aus (vor allem der gepflegte Bart!). Wo ist da der Haken???

Tag 23

Freitag, der 13. (03.)

Hoch lebe das Internet! Wirklich, wie hat man sich vor Zeiten der digitalen Suchmaschinen Infos über eine Person eingeholt? Real life stalking?! Das muss doch anstrengend gewesen sein, dieses perfide Anschleichen und Nachstellen. Jetzt geht Stalking ganz easy – mit einem Klick.

Ich beiße mir gespannt auf die Lippe und setze meine gemütliche »Observation« auf dem heimischen Sofa fort. Denn: Ich hab's getan. Ich habe den attraktiven Arzt gegoogelt.

»Das macht man so vor einem Date«, hat mir Gitta erklärt, »so vermeidest du irgendwelche bösen Überraschungen und weißt sofort, auf wen du dich einlässt. Auch im schlimmsten Fall: Wenn du nämlich rein *gar nichts* im Internet über dein Date findest. Weil er dir vielleicht kompletten Schmarrn über seine Person erzählt hat.«

Aha.

Der junge Arzt hat anscheinend keinen Schmarrn erzählt. In der Tat hat er sogar einiges auf seiner digitalen Visitenkarte. Und ich bin überrascht, wie spannend es ist, sich von Treffer zu Treffer zu klicken und eine Person zu durchleuchten: Facebook-Profil, Einträge auf beruflichen Netzwerken, Zeitungsartikel, peinliche Fotos ... (Ich verwünsche gerade das Interview mit der Uni-Zeitung von vor drei Jahren über die Zukunftsplanung von Geisteswissenschaftlern – direkt nach dem Uni-Sommerfest!).

Von dem Super-Hyper-Arzt existieren keine peinlichen Fotos, auf denen er total verkatert und mit Party-Sombrero dümmlich in die Kamera grinst. Im Gegenteil, der Arzt ist Mr. Saubermann persönlich!

»Es bleibt in der Familie: Dr. Müller macht wie schon sein erfolgreicher Vater Facharzt in Rekordgeschwindigkeit.«

»Abschlussarbeit von Dr. Müller im Bereich vaskuläre und endovaskuläre Chirurgie mit dem Bruno-Heck-Wissenschaftspreis ausgezeichnet.«

Und dann erst die Facebook-Profilbilder: Dr. Müller sexy lächelnd im Kittel mit druckfrischem Diplom – 139 likes, 89 Kommentare. Hauptsächlich euphorische Glückwünsche, einer davon von einem bekannten deutschen Schauspieler, mit dem er anscheinend befreundet ist. Dr. Müller mit Gitarre und Hund, nachdenklich klimpernd – 102 likes, 32 Kommentare.

Ich kann es kaum glauben. Abgesehen vom Hund ist der Mann perfekt. Beinahe zu perfekt. Too good to be true. Außerdem sieht er aus, als wäre er direkt dem *Grey's Anatomy*-Vorspann entsprungen. Und *ich* treffe ihn morgen zu einem Brunch-Date!

Ein Grinsen breitet sich auf meinem Gesicht aus: Jackpot! Endlich ein Mann, der mir gewachsen ist! Und wenn er in einem Krankenhaus arbeitet, achtet er bestimmt penibel auf Hygiene. Ein Traum! Vielleicht kann er mir dann sogar dieses tolle Hardcore-Hände-Desinfektionsmittel besorgen, das die da immer benutzen. Und wenn ich mal krank bin, kann er mich gleich verarzten. Ärzte sind immer so fürsorglich, ich sehe es quasi schon vor meinem inneren Auge: Ich liege schwanger auf der Vintage-Couch, unsere zwei Katzen schmusen sich neben mich. Und Mister Super-Arzt bringt vorsorglich einen leckeren Gesundheitstee: »Meine Liebste, kann ich dir noch etwas Gutes tun? Eine Fußmassage, Schokolade, eine kostenlose Hämoglobinbestimmung?« Und dann fallen wir übereinander her …

Rrrrrrrring.

Blödes Handy. Ein klarer Fall von mentalem Coitus interruptus.

»Ja?«

»Feeeee! Party on! Olli und Lisa sind aus dem Urlaub zurück und haben Gin vom Duty Free mitgebracht – the good stuff!«

»Aha. Ja und?«

»Wir treffen uns in einer Stunde bei Olli. Gin Tasting und danach steil! Quasi eine vorgezogene Bachelorette-Party für Gitta!«

Ich ziehe meine Stirn kraus. Sammy und ihre fixen Ideen!

»Ich weiß nicht. Ich hatte echt viel Arbeitsstress diese Woche. Das ist mir heute ehrlich gesagt zu anstrengend. Disco, irgendwelche Typen, Small Talk … blablabla. Außerdem hab ich doch morgen früh ein Date! Ich will wirklich ausgeschlafen sein.«

Stille.

Dann höre ich, wie Sammy am anderen Ende tief Luft holt. »Wie alt bist du?! Seventyfive? Fee, wir waren seit *Monaten* nicht aus! Immer nur Arbeit, Arbeit, Arbeit. We are so going out! Stutzstrumpfe aus, Lippenstift drauf – und los geht's!«

Ich muss grinsen. »Es heißt Stützstrümpfe.« Und um mir einen weiteren, zwanzigminütigen Sermon darüber, dass ich jetzt Single bin und gefälligst die Sau rauslassen soll, zu ersparen, schlage ich schnell einen Kompromiss vor. »Okay. Ich komme. Aber nur zu Olli. Für *einen* Gin Tonic! Ich muss morgen aufstehen! Für den heißen Arzt!«

Sammy lacht. »Okay. Für die Aussicht auf Sex mit McSexy lass ich dir das durchgehen.«

Ich lege schmunzelnd auf. Sex vielleicht nicht gleich. Gott

bewahre! Aber ein nettes, zivilisiertes Date. Und um den Druck zumindest ein wenig rauszunehmen (Tagträume ... ich!), schadet ein netter Abend mit Freunden nicht. Ohne Eskalation versteht sich. Nur ein Getränk und dann heim.

Tag 23, sehr viel später

Freitag, der 13. (03.)

Maaaaaaaaaaaann! Vier Uhr nachts. Wie konnte das passieren?! Dabei bin ich völlig unschuldig. Ich habe meine veranschlagten, den Umständen angemessenen Alkoholeinheiten nicht überschritten. Ich habe nicht mal Ollis Wohnung verlassen! Gut, das war wahrscheinlich auch das Problem. Weil ich auf der Couch eingeschlafen bin. Allerdings hätten mich die anderen ruhig aufwecken können, bevor sie los zum Feiern sind! Pfff! Nichts ist schöner, als mitten in der Nacht mit steifem Nacken alleine auf einer fremden Couch aufzuwachen …

Ich stehe vor meiner Haustür, krusche in meiner Handtasche nach dem Schlüssel und kann ein lautes Gähnen nicht unterdrücken. Ich will nur noch eins: ins Bett und dann ganz schnell zumindest ein wenig Schönheitsschlaf für das morgige Date beginnen!

»Scheiße!«

Ich krame in den Hosentaschen. Suche auch sämtliche meiner gewieften Körperverstecke für handtaschenlose Partynächte ab (im Schuh, im BH …) . Aber: kein Schlüssel …

»Scheißescheißescheißescheiße!«

Es hat keinen Sinn. Ich krame mein Handy raus. Einer meiner Freunde muss mich jetzt retten und kurzfristig aufnehmen.

»Geh ran. Geh halt ran.«

Es tutet. Und tutet.

»Geh raaaaaaan. Maaaaann!«

Es tutet nur.

Ich gebe auf, lasse mich zutiefst frustriert auf die Treppenstufen fallen und lehne mich müde gegen die Haustür.

Gerade, als ich resignierend erwäge, in der Kneipe nebenan um Asyl und einen Obstler zu bitten (dann kann ich vor dem Date zumindest eine Art desinfizierende Mundspülung vornehmen), öffnet sich die Tür wie auf magische Weise, und ich kippe rückwärts in den Hausflur. Vor mir steht ein Paar Lackschuhe.

»Oh ... Guten Morgen!«

»Hmmmm ...«

»Schlüssel vergessen?«

»Ne, ich ruh mich nur aus.«

Der Typ sieht mich durch seine randlose Brille irritiert an: »Sie hatten wohl eine harte Nacht?«

Hä? Ich bin vielleicht etwas zerknautscht von dem Couch-Nickerchen, aber *so* fertig kann ich eigentlich gar nicht aussehen. Wie unverschämt! Ich schenke dem Lackschuhträger einen missbilligenden Blick.

Der richtet nun nervös (und irgendwie auch unpassend förmlich) seine Krawatte gerade. »Äh ... wie auch immer. Ich bin vor zwei Wochen hier eingezogen. Wir kennen uns noch nicht, glaube ich.«

Was quatscht der mich jetzt voll? Ich bin so was von müde und kommunikationsunlustig. Ich meine – vier Uhr nachts! Hallo?!?

»Ich lasse Sie gerne rein. Dann können Sie drinnen auf den Schlüsseldienst warten.«

Ein Gedankenblitz fährt in mein müdes Hirn: S-C-H-L-Ü-S-S-E-L-D-I-E-N-S-T.

Ich bin plötzlich wieder wach: »Haben Sie da zufällig fix ’ne gute Nummer?«

Der Lackschhuhtyp blickt mich irritiert an. »Die steht doch da an den Briefkästen. Hat mir der Hausmeister erklärt.«

Ich nicke erschlagen.

Der Lackschuhträger verlagert seine Aktentasche in die andere Hand. Er wirft einen etwas unruhigen Blick auf seine dicke, spießige Armbanduhr, dann auf mich. Und schon wieder mustert er mich so komisch. Er ist anscheinend hin- und hergerissen.

»Ich muss jetzt eigentlich zum Flughafen. Aber wenn Sie in meine Wohnung wollen, sich kurz ausruhen? Sie sehen … etwas mitgenommen aus.«

Wie »nett«. Ich versuche mich an einem müden Lächeln. Aber ein bisschen Stolz habe ich doch noch.

»Danke, sehr freundlich. Aber ich warte einfach hier auf den Schlüsseldienst.«

»Wie Sie meinen. Ich wünsche Ihnen trotzdem noch einen schönen Tag!« Er lächelt mir noch einmal etwas irritiert zu – und weg ist er. Nur der Hauch von etwas zu viel Aftershave liegt noch in der Luft.

Ich seufze und rapple mich auf, um die Nummer des Schlüsseldienstes zu wählen, die – wie konnte ich das übersehen – tatsächlich dick und fett auf den Briefkästen klebt.

Während ich telefonisch mit dem sehr geschäftstüchtigen Schlosser bezüglich des Nachtzuschlags verhandle, geht mir mein merkwürdiger, neuer Nachbar nicht aus dem Kopf. Wie komisch der mich angesehen hat, schon fast … lüstern! Irgendwas stimmt doch da nicht.

Tag 24

Samstag, 14. 03.

14. März 2015; 9:33 Uhr

Gitta: Hast du das Souvenir schon entdeckt? :-D Du hast soooo süß geschlafen gestern.

Feli: Was für ein …

Feli: WAAAAAAS!!!! NEEEEIIIINNNN!!!!

Gitta: Jetzt hab dich doch nicht so! Du stehst doch so auf Bärte! :-D :-D :-D

Schritt 3:

Strategie-Dating

Tag 24,
eine Stunde später

Samstag, 14.03.

Meine Freunde sind so dämlich!!! Ich stehe mit nassen Haaren und nur halb angezogen vor meinem Badezimmerspiegel und rubble wie blöd mit einem dampfend-heißen Handtuch in meinem Gesicht rum. Maaaann!!!

Tarantino meldet sich miauend mit dem nachdrücklichen Wunsch nach einer zweiten Portion Frühstück. Mein Blick fällt hibbelig auf die kleine Uhr im Badezimmer: halb elf. In dreißig Minuten soll ich den heißen Arzt zum Brunchen treffen. Den Google-Volltreffer-Mann mit dem charmanten Lächeln und den mehr als respektablen beruflichen Zukunftsaussichten. Besser könnte ich Punkt drei auf meinem 10-Punkte-Plan zum perfekten Hochzeits-Date gar nicht angehen. Theoretisch. Denn da stehe ich nun: wirres Haar, irrer Blick und eine knallrote Oberlippe – mit einem deutlich sichtbaren Filzstift-Moustache darüber!!!

Tolle Freunde. Wer bitte findet so was mit Ende zwanzig witzig? Wer?

Okay, vielleicht war ich gestern wieder eeetwas »lehrerhaft« unterwegs, wie es Gitta nennen würde. Ich muss mich trotzdem nicht immer als langweiligen Spießer titulieren lassen, nur weil ich nach einem krassen Arbeitstag (»Felizitas! Wir brauchen die Listen! Sofort! Listen!!! Und danach muss ›jemand‹ mit den Hunden Gassi …«) nicht mehr ausgehen will! Wir sind schließlich keine zweiundzwanzig mehr, und das Studentenleben ist vorbei. (Gitta ist übrigens selbst Grundschullehrerin im Referendariat. Man glaubt es kaum, wenn man sich die gestrige Aktion vor Augen führt.) Und vor allem muss ich mir von diesen besoffenen Pappnasen keinen Schnurrbart ins Gesicht malen lassen, während ich kurz auf der Couch wegdöse!!!

Ich schmeiße fluchend das Handtuch ins Waschbecken. Nichts hilft! Weder Gallseife noch der extrateure Make-up-Entferner. Der Moustache schlängelt sich immer noch gut sichtbar um meine Oberlippe. Ich sehe aus wie Horst Lichter in jungen Jahren! Außerdem bin ich saumüde nach der kurzen Nacht – und langsam rennt mir die Zeit davon.

Absagen möchte ich jetzt so kurzfristig auch nicht mehr. Zumal der Arzt morgen erst mal für ein paar Tage auf irgendeinen Kongress fährt, und Zeit ist schließlich Geld beziehungsweise – in meinem Fall – Date!

Gitta ist nun auch etwas kleinlauter geworden. Ich habe sie bereits drei Mal angerufen und brülle ihr meinen Zorn inzwischen kaum verhalten ins Ohr.

»Hmmm ... Wir waren halt etwas beschwipst. Und Sammy war sich sicher, dass das ganz easy abgeht ...«

»Ich geb dir gleich easy!!! Mein zukünftiges Liebesleben steht hier auf dem Spiel! *Du* kommst vorbei und pflegst mich, wenn ich in vierzig Jahren als alte, einsame Jungfer vor mich hin vegetiere!« Meine Stimme überschlägt sich fast.

Dabei steht mir Hysterie gar nicht.

Auch Gitta wird nun nervös. »Okay. Mal langsam. Das kriegen wir hin. Hast du es schon mal mit Nagellackentferner versucht? Der enthält doch Alkohol, und wenn damit Lack weggeht, schafft er auch das bisschen Filzstift.«

Ich bin skeptisch.

»Nagellackentferner auf die sensible Haut im Gesicht?«

»Willst du als Super Mario zu dem Date gehen? Ich hätt' noch ein rotes Käppi passend zum Schnurrbart daheim ...«

»Ich meld mich später und sag Bescheid, ob's funktioniert hat.«

Ich schnappe mir ein Wattepad und tränke es großzügig in Nagellackentferner. Das Zeug brennt wie Feuer auf meiner inzwischen recht gereizten Oberlippe – aber es funktioniert! Ich jauchze erleichtert und rubble energisch weiter.

Zwanzig Minuten später komme ich gleichermaßen abgehetzt und aufgehübscht in Lieblings-Blusenkleid und großem Loop-Schal an dem Café, in dem wir verabredet sind, an. Obwohl es erst März ist, ist es heute relativ warm. Den Loop trage ich nur aus taktischen Gründen. Dahinter kann ich nämlich mein Gesicht verbergen. Die ganze Rubbelaktion hat ihre Spuren hinterlassen: Der Bereich unterhalb meiner Nase ist knallrot und juckt, dafür ist der Filzstift-Bart fast ganz verschwunden. Clever wie ich bin, habe ich das Ganze camouflagemäßig dick mit Make-up zugedeckt – und bis sich die Hautsituation in ein paar Minuten wieder beruhigt hat, verstecke ich mich einfach vorsichtshalber ein bisschen hinter dem Schal. Easy. Zweckoptimismus – schon wieder.

Mein Date ist schon da und der perfekte Gentleman, als er mich lächelnd und mit Küsschen links und rechts empfängt.

»Schön, dich zu treffen. Du siehst übrigens bezaubernd aus.«

Ein Hoch auf die Make-up-Industrie! Ich kichere das Kompliment weg (Was ist bloß los mit mir?).

Der Arzt, seines Zeichens McCharming, hält mir galant die Tür auf und übernimmt das Ruder, als eine Kellnerin herbeieilt: »Ich habe für elf Uhr reserviert auf Dr. Müller, ein Tisch am Fenster, bitte, aber hinten im Lounge-Bereich, wo es nicht so zieht.«

Toll, wie er seinen Mann steht! Und er denkt mit!

Kaum an unserem Platz angekommen, nimmt er mir auch höflich meinen Mantel ab – und greift nach dem Schal! Hektisch täusche ich ein Hüsteln vor und winke dankend ab. McCharming akzeptiert es und schiebt mir ganz selbstverständlich den Stuhl hin. Von so viel Benimmkunst der alten Schule bin ich langsam fast irritiert – so was!

Fasziniert starre ich ihn an, als mich eine schlecht gelaunte Bedienung aus meinen Gedanken reißt: »Und? Wissen Sie's schon? Wir haben heute ein Eier-Special, weil ja bald Ostern ist. Eggs Benedict, scrambled eggs mit oder ohne Speck, Eier im Glas, verlorene Eier mit Spinat, Omelette ...?« Sie sieht mich auffordernd an.

»Ääääääh ...« Hektisch blättere ich in der Karte.

»Wir nehmen die Eggs Benedict, dazu extra Körnerbrot, frisch gepressten Orangensaft und zwei Cappuccino – oder?« McCharming lächelt mich an – es ist mehr eine Aussage als eine Frage.

Ich nicke überfahren.

Die Kellnerin zieht geschäftig ab, und während ich mir noch überlege, ob ich diese Art der »Machtübernahme« nun sexy oder ein bisschen too much finde, beginnt McCharming schon den obligatorischen Kennenlern-Talk.

»Also, du hast erwähnt, du arbeitest in der Filmbranche. Das finde ich wirklich spannend! Ich habe früher auch ein paar Filmchen für den Studentensender gedreht und hobbymäßig Drehbücher geschrieben. Aber das war es dann auch schon. Wobei mein Deutschlehrer in der Schule immer der Überzeugung war, ich hätte das Zeug zum Bestsellerautor!« Er lacht und enthüllt dabei eine Reihe makelloser Zähne.

Ich ziehe eine Schnute. Nicht, weil mir nicht gefällt, was ich sehe (der Mann macht zudem eindeutig Work-out!), sondern weil es rund um meinen Mund beginnt, heftig zu jucken. Nagellackentferner! Spitzen-Idee, Gitta! Ich mache die Schildkröte und ziehe meinen Kopf noch ein wenig tiefer in meinen Schal-Panzer.

»Geht es dir gut?« McCharming lächelt mich mit seinem charmigsten Lächeln an.

Ich brummle hinter der Schalwand: »Nur ein wenig Halsweh. Erkältungszeit und so ...«

McCharming mustert mich besorgt und beugt sich ein wenig vor.

Eilig greife ich das Gespräch wieder auf: »Alsooo, so spannend ist mein Leben nicht. Erzähl du zuerst. Ich meine Arzt, wow!«

Als wüsste ich dank der Google-Recherche nicht ohnehin schon fast jedes Detail aus der beispiellosen Karriere des attraktiven Super-Arztes.

»Na ja ...« McCharming ist definitiv stark gebauchpinselt, winkt aber bescheiden ab, »das ist auch nicht so spannend. Ich arbeite in der Gefäßchirurgie, bin in der Abteilung zwar der jüngste praktizierende Arzt, aber das ist ja nichts Besonderes ...«

Und schon bricht ein beeindruckender Redeschwall über mich herein – über einen nicht minder beeindruckenden Lebenslauf. Wobei McCharming erst seit Kurzem fertiger Arzt ist, das sollte man erwähnen. Und überhaupt – er ist bestimmt nicht der Einzige, der bereits mit fünfundzwanzig das Medizinstudium durchhatte. Und nebenbei eine der »herausragendsten« Abschlussarbeiten seines Fachs geschrieben hat ...

Pfff! Zumindest kann dieser Workaholic kein Privatleben, geschweige denn Hobbys, haben. Da ist meine Work-Life-

Balance definitiv auf einem besseren Niveau – Yogalates und so.

»Yogalates klingt interessant. Ich finde es extrem wichtig, dass man auf sich und seinen Körper achtet. Deswegen spiele ich auch Fußball seit ich fünf bin. Früher habe ich auch halb professionell in einer Mannschaft gespielt, aber dazu habe ich jetzt leider keine Zeit mehr. Dafür gehe ich regelmäßig ins Studio …« Wie beiläufig streckt McCharming bei diesen Worten seine muskulöse Brust etwas hervor.

Mann, das juckt wie blöd! Ich höre nur noch mit halbem Ohr zu, versuche, mein Gesicht unauffällig an dem Schal zu kratzen. Sowohl meine Hautsituation als auch die Konversation nähern sich langsam, aber gefährlich dem Grenzwert des Erträglichen an.

»Ich habe zusammen mit einem Kollegen Gelder für ein Förderprojekt bekommen. Nächsten Monat geht's nach Bolivien, ich helfe da, ein Krankenhaus zu bauen …«

Ich halte bei meinen Kratzversuchen baff inne. Bitte?

»… für Straßenkinder und Waisen.«

Hör doch auf jetzt!

»Aber trotzdem muss noch Zeit für den Ausgleich, wie die Musik, sein. Ich habe vor Kurzem Gitarre gelernt …«

»Ach? Stimmt, ich habe das Foto auf Facebook gesehen …« Ich beiße mir im selben Moment auf die Lippe. Nicht nur metaphorisch.

Doch McCharming lacht nur gönnerhaft: »Keine Angst, damit habe ich kein Problem. Ich habe dich schließlich auch gegoogelt. Das macht man ja so. Übrigens, hübscher Sombrero – aber wir alle waren ja mal jung.« Er grinst.

Oh Mann!

»Alsooo, du spielst Gitarre?«, rette ich mich schnell. »Spielst du auch in 'ner Band oder so?«

»Nein. Ich wollte eigentlich eine eigene Band gründen, aber es ist wirklich unglaublich schwer, halbwegs gute Musiker zu finden. Kein Scherz! Da sind viele Dilettanten unterwegs.« Er rollt verächtlich mit den Augen. »Aber ich habe mir ohnehin vor ein paar Jahren auch ein wenig Schlagzeug und Klavier beigebracht. Da spiele ich lieber selbst alle Instrumente ein, dann weiß ich, dass es passt.« McCharming lacht selbstbewusst.

Mir steht der Mund offen.

In diesem Moment stellt die Bedienung schwungvoll das Essen vor uns ab – und starrt mich irritiert an. Sie beugt sich ein wenig vor. »Was in Herrgottsnamen ist denn mit Ihnen los?!«

Erschrocken versuche ich, einen Blick auf mein gespiegeltes Ebenbild in der glänzenden Butterdose zu werfen. Ach du Sch…! Der Bereich über meiner Oberlippe ist gut sichtbar angeschwollen und über und über mit kleinen roten Pusteln übersät. Pfui!

»Wirklich alles in Ordnung?« McCharming hakt erneut besorgt nach.

»Sorry, ich muss kurz …!« Hektisch stehe ich auf – und rumple direkt mit einer weiteren Bedienung in meinem Rücken zusammen.

Eine große Tasse mit heißem Tee (zum Glück sind sie in dieser Lokalität nicht so zuverlässig mit der eigentlich üblichen Kerntemperatur von Teewasser) ergießt sich in meinen Nacken, über den Schal und über mein Kleid.

»Aaaahhh! Heiß!«

McCharming ist sofort alarmiert aufgesprungen. Natürlich. Er ranzt die arme Bedienung an und führt mich fürsorglich zurück zu meinem Stuhl. Das wäre ganz schön sexy – wenn nicht das halbe Restaurant zusehen würde, wie er mich »verarztet«.

»Setz dich hin. Ganz ruhig. Ich seh mir das gleich mal an.«

»Nein!«

Ich will ihn aufhalten, aber da hat er schon meinen Schal abgenommen und starrt fachmännisch-fasziniert in mein Gesicht.

»Hoppla! Das ist eine schwere allergische Reaktion! Hast du irgendeine neue Creme benutzt? Oder etwas Besonderes gegessen?«

»Nein.« Ich ziehe peinlich berührt meinen Schal wieder vor mein Gesicht.

»Überleg doch noch mal. Es wird wesentlich einfacher, das ordentlich zu behandeln, wenn wir auf die Ursache kommen. Hast du dein Gesicht heute mit irgendetwas Neuem gepflegt?«

»Nagellackentfmrmpf«, murmle ich dumpf in meinen Schal.

»Bitte?«

»Nagellackentferner.« Ich stöhne auf.

»Nagellackentferner? Welcher Depp schmiert sich denn Nagellackentferner ins Gesicht?!« Die Bedienung schüttelt höhnisch den Kopf.

Sie verstummt aber sofort, als ihr McCharming einen strengen – und gleichsam sexy – Blick zuwirft.

Ich will mich gerade peinlich berührt erklären, doch der Arzt stoppt meinen Redefluss mit einer cheffigen Handbewegung.

Hallo?! Spinnt der?

»Das muss behandelt werden. Sofort.«

Ich blicke ihn skeptisch an. »Ich hab so 'ne Salbe daheim. Ich hab sogar 'ne ganze, gut sortierte Hausapotheke ...«

Doch McCharming starrt mich nur an. »Ich meine von einem Hautarzt steril behandelt und untersucht werden!« Er zieht mich sanft, aber bestimmt auf die Beine. »Heute ist Samstag. Da fahre ich dich am besten direkt ins Schwabinger.«

Um mich herum zerschmelzen einige der anwesenden Damen schmachtend ob so viel ärztlicher Männlichkeit.

Ich dagegen reiße nur panisch die Augen auf: »Ins Krankenhaus? Nix da!«

Ich habe eine ziemlich ausgeprägte Krankenhausphobie. Gut, es macht mich schon an, dass dort immer alles so clean und steril ist. Allerdings bekomme ich bei dem bloßen Gedanken an Nadeln, Skalpelle und Operationstische den blanken Horror.

McCharming sieht mich skeptisch an, doch ich bleibe standhaft: »Niemals nicht kriegst du mich in ein Krankenhaus! Wegen dem bisserl wund da. Das ist morgen eh verheilt. Und außerdem ... Meine Mutter ist auch Ärztin!«

Wenn sie das jetzt hören würde!

McCharming sieht mich ernst an. »Schön. Wenn du sicher bist, dass die Allergie keine andere Ursache hat. Dann wird aus dem harmlosen Ausschlag auch nicht irgendwann ein sehr schmerzhaftes chronisches Kontaktekzem ...«

Fünfzehn Minuten später sitze ich auf der Behandlungsliege in der Notaufnahme des Schwabinger Krankenhauses – und McCharming fachsimpelt mit dem anwesenden Arzt über die Pustel-Beschaffenheit auf meiner Oberlippe. Bestes first Date ever. Das übertrifft sogar den anhänglichen Brasilianer auf Brautschau.

»Eine ziemliche Schwellung. Jemand hat hier wohl eine dicke Lippe riskiert«, witzelt der Schwabinger Arzt.

»Ja, eine wirklich heftige allergische Reaktion, aber so spart man sich zumindest das Botox«, erwidert McCharming.

Kollegiales Gelächter.

»Da ist ja auch noch eine Verfärbung. Sieht aus wie ... Filzstift ... Was haben Sie denn mit Ihrem Gesicht gemacht?!«

»Äh, also ich ...« Ich werde rot wie ein Schulmädchen. »Also, wir hatten Gin-Abend, und äh ... na ja ... wie das halt so passiert.«

McCharming zwinkert erst mir, dann dem anderen Arzt zu. »Mach dir nichts draus, Felizitas, wir waren alle mal jung.«

Erneutes Gelächter.

Was geht denn eigentlich ab?!

Nachdem ich mit einer Kortisonsalbe und einem Termin für einen Allergietest am kommenden Montag versorgt wurde, geleitet mich McCharming vergnügt zu seinem Auto. Er hält dabei begeistert Vorträge über die Risiken von chemischen Kosmetikprodukten und die Beschaffenheit verschiedener Hautausschläge. Er ist aufgeladen wie nach einem guten Orgasmus. Reizend. Sehr reizend.

Schließlich hält er mir die Tür auf und lächelt mich charmant an: »Nun, das war ja nicht wirklich das klassische erste Date. Denkst du, wir haben die Chance auf einen zweiten Versuch?«

Ich drücke die Packung mit sterilen Wundpflastern, die ich noch abstauben konnte, kritisch an meine Brust. Und weil ich zumindest etwas Stolz zurückgewinnen möchte, sage ich nur: »Mal sehen. Ich melde mich, okay?«

Wenn mir die Lippe bis dahin nicht abgefallen ist.

Tag 26

Montag, 16. 03.

16. März 2015; 11:15 Uhr

Olli: Hey Dating-Queen! Falls das mit dem Arzt nichts geworden ist . . . Ich kenne da evtl. jemanden, der jemanden kennt – ein Supertyp angeblich!

Feli: Verkuppelt werden? Nein danke. Ich bin wichtige Filmfrau. Ich mach Karriere. Hab keine Zeit für so was. Morgen ist ein höchst anspruchsvolles Meeting.

Olli: Scheiß Date?

Feli: Scheiß Date.

Tag 27

Dienstag, 17.03.

»So ein grattliges Glump!« Ich stecke mit meinem Arm bis zum Schulterblatt in dem Kaffeevollautomaten unserer Büroküche, fluche auf schönstem Bairisch und versuche, die Maschine wieder zum Laufen zu bringen.

Irgendetwas hat sich in der Kaffeemühle verklemmt.

Neben mir steht der hibbelige Autoren-Thommy und hüpft von einem Bein aufs andere.

»Oh Mann, das ist mein Inspirationsring! Den hab ich direkt nach meinem ersten Drehbuchvertrag auf 'nem Mittelaltermarkt-Flohmarkt gekauft! Feli, den musst du rauskriegen!«

Es ist mir ein absolutes Rätsel, wie es dieser Chaot immer wieder schafft, seine Exposés und Drehbücher rechtzeitig abzugeben. Im Alltag ist er offensichtlich eine komplette Katastrophe.

Zum einen ist *er* überhaupt erst dafür verantwortlich, dass wir diesen neuen Vollautomaten haben. Nachdem er bei seinem letzten Besuch auf die glorreiche Idee kam, Wasser statt Bohnen in die entsprechende Öffnung zu kippen, war der Vorgängerautomat hinüber und eine brandneue 2000-Euro-Maschine musste besorgt werden (wofür man Thommy fast schon danken muss).

Zum anderen steckt jetzt aus irgendeinem Grund sein Ring in der Maschine.

Ich verdrehe die Augen und schiebe meine Hand tiefer, um das verdreckte Innenleben der Kaffeemaschine zu ergründen.

Im Moment läuft mein Leben wirklich grandios. Ich habe anspruchsvolle Aufgaben in der Arbeit und traumhafte Dates. Und Sarkasmus wird mein neuer bester Freund. Leider ist Sarkasmus oft unsexy. Ich beiße mir auf die inzwischen wieder abgeschwollene Lippe.

Noch habe ich nicht entschieden, ob ich McCharming nach dieser Date-Groteske der allerfeinsten Sorte irgendwann wiedersehen möchte, aber ehrlich gesagt ...

»Felizitaaas!«

»Ja doch!«

Thommy sieht mich flehentlich an.

Ich befreie den klobigen Silberring mit einem Ruck aus der Mühle, und die Maschine läuft wieder. Die drei Cappuccinoaufträge von eben hat sich der schlaue Vollautomat anscheinend gemerkt – denn die laufen nun prompt durch.

»Neeeeiiiinnnn!«

Der Kaffee spritzt erst mal schön in alle Richtungen, unter anderem auch über meinen Vintage-Zebra-Rock, mein neues Oberteil, meine Haare ... Bis ich endlich eine Tasse gefunden habe, die ich unter die Düse stellen kann, bin ich quasi komplett eingesaut.

Das ist einer jener Momente, in denen ich an mein vierundzwanzigjähriges Ich denke: den Magister gerade frisch in der Tasche, edel im Ratskeller speisend und mit Familie und Freunden anstoßend. Nach dem vierten Glas Sekt lallte ich völlig euphorisiert: »Leute, uns steht die Welt offen! Jetzt geht's erst richtig los. Was wir alles schaffen können! Alles! Einfach *alles!*« Nach einem weiteren Glas Schampus wagte ich einen Blick in die Sterne und prophezeite: In drei Jahren würde Gitta verbeamtet und auf dem Weg zur heißesten Single-Oberstudienrätin im ganzen Freistaat sein. Sammy hätte ihr eigenes Studio in New York und würde unter anderem für die *Vogue* das Fotodesign übernehmen. *Sex and the City* hätte ein Comeback mit der siebten bis fünfundzwanzigsten Staffel, und ich würde gerade als Produzentin mein erstes großes Kinoprojekt betreuen, während mir mein wahrscheinlich immer noch arbeitsloser Musiker-Freund bzw. -Ehemann daheim rücksichtsvoll den Rücken freihalten würde.

Tja. Ich rubble seufzend die Kaffeeflecken aus meinem Shirt. Ist ja fast genauso gekommen.

Thommy küsst währenddessen selig seinen Inspirationsring. »Supi! Du, wie läuft's eigentlich mit dem Dating?«

»Toll! Kann mich kaum retten vor Dates. Lauter klasse Typen.«

»Wenn's nicht läuft – du weißt ja, ich bin frei. Getindermatched sind wir ja schon mal. Überleg's dir.« Damit wirft er einen unverhohlenen Blick in mein Dekolleté.

Na sauber.

Während Thommy mit lüstern-zwinkerndem Grinsen abzieht, mache ich mich daran, die Bescherung aufzuwischen.

Hier bin ich also. Nach unzähligen unbezahlten Praktika in der Film- und Fernsehbranche bin ich »Assistant Producer«. Was fancy klingt, aber in meinem speziellen Fall nicht mehr bedeutet, als dass ich Assistentin bin. Hauptsächlich arbeite ich der Producerin hier in der Firma zu. Gut, ich war wie immer extrem hartnäckig und darf daher inzwischen auch inhaltlich meinen Senf dazugeben (was im Allgemeinen mal mehr, mal weniger auf Interesse stößt) und bei Kalkulationen helfen.

Vor allem aber bin ich Prellbock, das heißt, ich telefoniere mit Autoren, Schauspielern, Filmfördergesellschaften, Regisseuren et cetera und teile unangenehme Nachrichten mit. Da bin ich inzwischen ziemlich gut drin, ein richtiger Profi-Prellbock. Vielleicht sollte ich nebenberuflich eine Telefonseelsorge aufmachen?

Die andere Zeit verbringe ich damit, Termine zu koordinieren und Listen zu erstellen. Listen mit wichtigen Kontakten. Listen mit bereits beantragten Förderungen. Motiv- und Schauspielerlisten. Einkaufslisten für die Chefs. Listen mit einer Übersicht über bereits erstellte Listen. Listen über noch zu erledigende Listen. Eigentlich sind To-do-Listen ja eine besondere Spezialität von mir, aber langsam fange ich an, diese Leidenschaft meinerseits heftig infrage zu stellen.

Ich schließe die Augen und schicke mein tägliches Stoßgebet gen Himmel. Eines Tages werde ich selbst Filme machen, meine eigenen Projekte betreuen und auf die Kinoleinwand bringen, ich weiß es! Eines Tages bin ich Producerin oder sogar Produzentin und scheuche meine eigenen Assistenten rum! Eines Tages wird irgendeinem wichtigen Filmboss aufgehen, dass er und die Filmwelt mich dringend brauchen!

»Felizitas? Wir brauchen dich dringend! Jemand muss das Drehbuchmeeting protokollieren. Und sag mal, wie läuft eigentlich die Männersuche?«

Grrrrr.

Ich schnappe mir seufzend meinen Laptop und begebe mich in den Sitzungsraum.

Dort ist bereits eine hitzige Diskussion zwischen der Producerin (meiner Chefin) und dem Regisseur entbrannt.

Letzterer gockelt sich gerade vom Feinsten auf. »Nein, nein. Ich würde dem Ganzen sofort mehr Pfeffer geben. Davon lebt die Szene! Ach, was sag ich, davon lebt der ganze Film!«

Meine Chefin seufzt tief und dramatisch, wie nur sie es kann. »Tja ... Dann haben wir wohl eine andere Vorstellung von dem Projekt.«

Doch der Regisseur ist bekanntermaßen ein Sturkopf und

lässt sich davon nicht beeindrucken. »Quatsch. Sei doch nicht so melodramatisch, Schatzi. Ich zeig dir einfach mal, was ich meine, das macht es, glaub ich, leichter ...« Er springt auf den Tisch, hampelt herum und gibt affenartige Laute von sich.

Ein ganz normaler Dienstagmorgen.

»Felizitas? Telefon. Die Agentur von der Birnschläger. Gibt irgendein Problem.«

Super. Die hat mir gerade noch gefehlt. Eine der wohl anstrengendsten Schauspielerinnen überhaupt.

»Ja ... äh ... sorry ... bin gleich wieder da.« Ich zucke entschuldigend mit den Schultern und schleiche mich aus dem Raum.

Aus den Augenwinkeln sehe ich noch, wie der Regisseur auf meine Chefin zuhüpft und sich vor ihr auf die Brust trommelt.

Kaum hab ich zehn Minuten später von den neuesten, weltbewegenden Befindlichkeiten der Schauspielerin erfahren (»Was ist so schwer daran, das Hotelzimmer mit der Nummer 25 zu bekommen? 25 ist meine Glückszahl, seit meiner ersten Produktion bekomme ich immer Hotelzimmer mit der Nummer 25!«) und sie weitestgehend beruhigt, rollt auch schon der nächste Tornado an.

»Felizitas! Scheiße! Ganz große Mistkackescheiße!«

Oh weh ...

Meine Chefin lässt sich stöhnend auf den freien Stuhl in meinem Büro fallen.

Ich blicke sie mitfühlend an. »Denk dir nichts. Der tickt doch ständig aus. Das ist normal, das hat nichts mit dir zu tun!«

Ich sollte das mit der Telefonseelsorge wirklich ernsthaft überdenken.

»Was? Nein, das mein ich doch gar nicht. Die drehen morgen doch die Szene auf dem Festivalgelände, und die scheiß Castingagentur hat irgendwie nur zehn statt hundert Komparsen organisiert. Megascheiße! So ein Deppenverein! Scheiße!!! Ich hab denen zwar Dampf gemacht, aber … Hast du nicht zufällig ein paar Freunde in deinem Alter, die du spontan fragen kannst? Oder noch besser: Du hast doch morgen bestimmt Zeit, schnell am Set vorbeizuschauen?«

»Äh …«

»Super, du bist ein Schatz!« Mit diesen Worten rauscht sie schon wieder Richtung Tür.

Ich will gerade stöhnend meinen Kopf gegen die Tischkante hämmern, als sie sich noch einmal umdreht: »Ach ja, nimm einen Bikini mit, am besten einen, der dreckig werden darf. Es geht um die Szene, bei der die Festivalbitches ein spontanes Massen-Schlamm-Catchen veranstalten!«

Eines Tages …

Tag 27, ein paar Stunden später

Dienstag, 17.03.

17. März 2015; 19:15 Uhr

Feli: I hate my life. Job, Privatleben ... Mein Leben ist totales Work-in-Progress.

Gitta: Jetzt hab dich doch nicht so. Geh raus, lern ein paar Männer kennen ...

Feli: Männerkennenlernen ist immer so anstrengend. Kannst DU nicht einfach jemanden für mich kennenlernen??

Gitta: Oder: Du triffst dich einfach noch mal mit dem hotten Arzt! ;-)

Tag 28

Mittwoch, 18.03.

Schreib ich ihm noch mal oder nicht? Das ist hier die Frage.

Ich sitze nach einem weiteren Horrorarbeitstag, an dem ich mich erniedrigenderweise und allen akademischen Abschlüssen zum Trotz in knapper Badebekleidung im Schlamm wälzen musste, grübelnd und in eine Kuscheldecke eingewickelt auf meiner Couch und bemitleide mich selbst. Nach knapp einem Monat zähle ich ganze zwei Dates (eins besorgniserregender als das andere), einen Club-Aufriss und zahlreiche üble Tinder-Anmachen auf meinem Dating-Konto. Großartig! Insgesamt betrachtet kann ich also nur einen katastrophalen Schnitt vorweisen. Absolut ungenügend. So viel zu meinem strategischen Masterplan. Ich blicke seufzend zu Tarantino, der mir wie zur Bestätigung einen kritischen Katzenblick zuwirft.

»Was denkst du, bin ich vielleicht zu wählerisch? Dabei will ich doch einfach nur einen passablen Mann mit einem ordentlichen Job. Und interessanten Hobbys, die aber nicht zu viel Zeit in Anspruch nehmen. Einen Mann, der mir seine Zeit schenkt und mich anbetet, aber auch seine eigenen Leidenschaften und Freunde hat. Einen erfolgreichen Mann mit Größe, der gut zuhören kann, mit dem man toll reden kann … Und vielleicht einen leichten Putzfimmel hat, damit ich nicht meine sterilen Handschuhe anziehen muss, wenn ich seine Wohnung betrete. Ist das etwa zu viel verlangt? Ist es das???«

Tarantino gähnt und streckt mir seinen Hintern entgegen.

Als wäre das seine Katermeinung zu High-Maintenance-Frauen.

Hrmpf.

Ich finde einfach, eine äußerst schmerzhafte und zeitraubende Trennung muss sich doch zumindest insofern lohnen, dass man wieder seinem überzogenen Ideal nachjagen kann. Oder nicht?

Mein Blick wandert zu meinem Handy. Soll ich ihm nicht doch einfach noch mal schreiben? Dem charmanten und etwas überkandidelten McCharming? Denn abgesehen von der Schnurrbartsache (für die keiner der Beteiligten etwas konnte!) war diese Begegnung traurigerweise noch die aussichtsreichste der letzten Wochen. Und in der Retrospektive war das ganze Date-Desaster eigentlich ganz lustig. Irgendwie. Ich muss unwillkürlich schmunzeln. Gut, der Typ war grenzwertig selbstbewusst, aber komischerweise macht mich das irgendwie auch an. Wenn ich die letzten Monate etwas gelernt habe, dann ist das: Hände weg von Männern auf dem Selbstfindungstrip! Aber *das* Problem scheint der Superarzt definitiv nicht zu haben. Dafür hatte er mit seinem Charme definitiv Hochzeitsdate-Potenzial (Männer mit Zukunft – check!). Was kann es eigentlich schaden, noch einen zweiten Versuch zu starten? Mehr Dates erhöhen rein statistisch auch die Erfolgsquote zum Verlieben. Ich wische entschlossen über das Display, um dem heißen Arzt zu schreiben.

Tag 31

Samstag, 21.03.

Komisch, vor unserem letzten Treffen war er ständig on und hat immer sofort zurückgeschrieben. Sehr dubios. Na ja, wichtige Operation wahrscheinlich. Wenn er Leben retten muss, kann er natürlich nicht zurückschreiben. Klar.

Tag 33

Montag, 23.03.

Ich würde mir ja gerne einreden, dass er die Nachricht einfach nicht bekommen hat. Aber ich seh ja die doofen blauen Häkchen. Er hat die Nachricht also bekommen *und* gelesen. So ein Krampf. Auch das war früher einfacher – da konnte man die ausbleibende Antwort eines Angebeteten einfach auf eine verunglückte Brieftaube oder die Post schieben. Oder zumindest auf den Mailprovider. Hmmmm. Wenn ich noch mal schreibe, ist das ziemlich erbärmlich. Ich warte einfach ab. Cool bleiben. Sich rarmachen. Easy.

Tag 33, eine Stunde später

Montag, 23.03.

23. März 2015; 18:15 Uhr

18.03.2015

Feli: Hey, wollte nur sagen, meine Lippe ist wieder in Ordnung und reden kann ich auch noch. ;-) Hast du am WE Zeit und Lust auf einen Kaffee? :-)

Feli: ?

23.03.2015

Feli: Heyyy! Also, ich kann auch nächste Woche, wenn du zu viel Stress hast. Meld dich einfach, ja? Wär schön. Also, wenn du Zeit hast.

Feli: Wenn du keine Zeit hast – auch kein Stress. Ok?

Feli: Ich weiß ja, dass du als Arzt viel zu tun hast. Zum Beispiel, deine ganzen Dates versorgen.

Feli: ;-) :-) :-D

Feli: Sag nur Bescheid, das wär cool. Freu mich!

Tag 34

Dienstag, 24.03.

»Oh shit, honey, du wurdest geghosted!« Sammy blickt mich mitleidig an.

»Was wurde ich? Was für ein Geist?«

Ich verstehe nur Bahnhof. Anscheinend hat die Dating-Welt nicht nur ihre eigenen Regeln, sondern auch ihr eigenes Vokabular.

Am anderen Ende der Telefonleitung lässt Sammy einen tiefen Seufzer los, bevor sie mich vorsichtig auf Stand bringt: »Na ja. Das machen Männer oft. Seriously. Man hat eigentlich ein schönes Date, und beide sind sich einig: Es wird eine Wiederholung geben. Und dann hört man nie wieder was von dem Kerl.«

»Hä? Aber wieso? Außerdem fand mich der Arzt total toll! Das hab ich gespürt! Da waren voll die sexuellen Vibes ...«

Sammy seufzt wieder. »Who knows. Entweder ist ihm in der Zwischenzeit etwas Besseres untergekommen, oder er hat einfach das Interesse verloren. Oder er hat bei dem Date doch gelogen.«

Ich bin empört. »Ja toll. Aber da kann man doch trotzdem 'ne nette, unverbindliche Nachricht schreiben und der Frau mitteilen: ›Sorry, aber ich bin leider nicht mehr interessiert. Ich wünsche dir trotzdem ein schönes Leben.‹ Das würde ich auch so machen!«

Sammy lacht am anderen Ende laut los. »Oh honey, darling. Du bist so süß! Warum sollte er? Männer gehen gern den einfachen Weg. Die sind konfliktscheu. Und Ghosting funktioniert immer.«

»DIESER ARSCH!«

Und ich habe mir stunden- und tagelang den Kopf zermartert, was jetzt auf einmal los ist! Aber es scheint, dass in Zeiten, in denen die Schnelllebigkeit des Datens hart zutage tritt (ich sag nur: Tinder), auch die Unverbindlichkeit großgeschrieben wird. Und jeglicher Anstand geht verloren! Pfui! Das einzig Erbauliche an der Situation ist, dass ich wieder etwas dazugelernt und meinen Dating-Horizont erweitert habe. Denn »Ghosting« ist, wie ich bei einer schnellen Internetrecherche herausfinde, tatsächlich ein feststehender Begriff! Er rührt daher, dass ein Typ nach einem eigentlich zufriedenstellenden Date plötzlich einfach verschwindet, als wäre er ein Geist und als hätte es ihn nie gegeben. Der Begriff hat es sogar schon in die *SZ* und die *New York Times* geschafft! Ich bin also Opfer eines neuen gesellschaftlichen Phänomens geworden. Sehr tröstlich. Wirklich.

Wütend pfeffere ich die Kortisonsalbe, die auf dem Tisch neben mir liegt, in die andere Ecke des Zimmers – weil es leider das Einzige ist, was mir von McCharming und unserem einen Date geblieben ist. Das kann der mit mir doch nicht machen!

Ich atme brodelnd durch – und wie immer, wenn nix klappt und ein gut zurechtgelegter Plan aus dem Ruder zu laufen scheint, erwacht in mir der Kampfgeist. Es gibt mehr als einen Mann auf der Welt. Und für die kommenden 116 Tage muss ich eben härtere Geschütze auffahren!

Ich rufe Gitta an, um ihr von meiner neuen Jeanne-d'Arc-Devise zu berichten. Gitta streitet gerade zum hundertzehnten Mal mit ihrer Schwiegermutter in spe über die Tischdeko

(»Ist mir egal, ob türkisblau und haselnussbraun gerade die topangesagten Hochzeitsfarben sind. Ich finde braun leider einfach hässlich!«) und ist dankbar für jeden Themawechsel. Dementsprechend motiviert ist sie auch, mir aus der Dating-Einöde herauszuhelfen, und springt mit aufs Schlachtross auf.

»Das ist die richtige Einstellung. Nicht aufgeben! Schnapp dir die Männer! Tschakka!«

»Tschakka!«, brülle ich angestachelt ins Telefon.

»Nur … *wie* komm ich jetzt an die ganzen brandheißen, begehrten Dates? Bis jetzt lief das ja nicht wirklich zufriedenstellend …«

»Hmmm.« Gitta überlegt am anderen Ende, und ich kann die unschöne Dackeldenkfalte auf ihrer sonst so makellosen Stirn direkt vor mir sehen. »Feli. Wir kriegen das hin. Du brauchst einfach eine richtige Strategie!«

»Okay, Strategie klingt gut. Strategie finde ich vernünftig. Welche Strategie?«

Im Hintergrund höre ich Gittas Schwiegermutter genervt aufkreischen.

Gitta flüstert verschwörerisch: »Felilein, ich weiß, das klingt jetzt erst mal radikal. Aber es gibt noch einen Weg. Ich kenne tatsächlich ein Paar, das sich so gefunden hat. Es ist etwas, das wir verabscheuen, weil es auch einfach irgendwie abartig ist. Aber ich glaube, du hast nichts zu verlieren …«

Ich lausche meiner schlauen besten Freundin – und atme scharf ein. Auweia!

Tag 35

Mittwoch, 25.03.

»Bitte nehmen Sie sich 30 Minuten Zeit, um den folgenden Persönlichkeitstest auszufüllen. So können wir den passenden Partner für Sie auswählen.«

Partnersuche per Online-Partnerbörse ist eigentlich ziemlich 2014. Fast so veraltet wie Kontaktanzeigen in der Zeitung. Beide basieren auch auf fast demselben Prinzip: Man erstellt ein öffentliches Profil, um damit für sich als potenzieller Partner in love and crime zu werben.

Meine Freunde und ich haben uns immer über die verzweifelten Mittdreißiger amüsiert, die tatsächlich glauben, dass sie online einen Partner fürs Leben finden können. Hallo? Geht raus! Lebt euer analoges Liebesleben!

Tatsächlich haftet den Partnerbörsen-Pärchen immer noch ein schnödes Stigma an, sodass diese nur verschämt zu Boden blicken, wenn sie nach ihrer romantischen Kennenlerngeschichte gefragt werden.

Ich hatte eine Kollegin, die wieder und wieder mit ihrer überaus romantischen Story nervte: Sie flüchtete vor einem grausamen Date auf die Straße, blieb mit ihren Stilettos in einem Abflussgitter stecken. Ein Taxi raste auf sie zu, hielt im letzten Moment an – und ausgestiegen, um ihr zu Hilfe zu eilen, kam ihr Traummann und jetziger Partner. Mir kam die ganze Sache schon immer etwas dubios und sehr bekannt vor (*Sex and the City*, wie sich später herausstellte). Und dann lernten wir den besagten Angebeteten endlich persönlich kennen – und er antwortete auf meine detektivische Frage nach ihrem Kennenlernen einfach nur: »Ach, wir haben uns auf MeinDarling.de getroffen.« Autsch.

Dumm nur, wenn man plötzlich selbst Single ist. Da verliert man diese arrogante Überheblichkeit schnell.

Aus Ermangelung anderer Möglichkeiten ist es nun auch für mich Zeit, die Date-Akquirierung, wie in meinem ursprünglichen 10-Punkte-Schlachtplan vorgesehen, gezielter anzugehen. Strategie-Dating ist das Zauberwort. Das heißt: passende Date-Partner nach möglichst hoher Erfolgsquote vorfiltern. Und dafür sind die klassischen Online-Partnerbörsen geradezu prädestiniert. Denn sie sind quasi nichts weiter als eine einfache Rechnung mit Schnittmengenbestimmung.

Der Erfolg dieses Ansatzes wird durch Spezialpartnerbörsen noch mal erhöht. Inzwischen gibt es nämlich eigene Singlebörsen für praktisch jede Subkultur, was durchaus Sinn macht – vor allem für die Sache mit der Schnittmenge. Zu den Spezial-Singlebörsen im Internet gehören: die Partnerbörse für alleinerziehende Eltern, für Gothic-Fans, für besonders große Menschen, für besonders kleine Menschen, für Gamer – und: eine Kontaktbörse für Vegetarier, Veganer, Rohköstler und Konsorten ... Bei der veganen Trendwelle momentan wundert mich das nur marginal.

Ich bin neugierig und nicht abgeneigt. Denn ernährungsbewusste Männer denken global, sind willensstark, meistens gut in Form – und ein bisschen hippie unterwegs (Vollbart → check!). Ein Blick auf die Website zeigt mir allerdings, dass nicht nur Vegetarier und Veganer nach gleichgesinnten Date-Partnern suchen. Im Gegenteil! Man kann sich seinen zukünftigen Traumpartner nach mannigfaltigen Essensgewohnheiten-Unterkategorien herausfiltern: Fast-Vegetarier, Vegetarier, Fast-Veganer, Instincto-Rohköstler, vegetarische Rohköstler, vegane Rohköstler, Frutarier, Freeganer (what the hell?) . . . Uff. Das ist mir dann doch zu komplex. Und vor allem frage ich mich: Wie sieht der Small Talk bei einem First Date mit einem Frutarier aus??

Da bleibe ich für den Anfang doch lieber bei der klassischen Singlebörse. Ich öffne die Website einer der größten und populärsten Online-Partnervermittlungen Deutschlands – und melde mich an.

Tschakka! Ich strecke kämpferisch meine Faust in die Luft.

Wenn ich den Versprechungen der Website Glauben schenke, sollte ich in dreißig Minuten mein perfektes Match gefunden haben. Oder sogar eine ganze *Auswahl* an perfekten Matches. Hurra! Die Partnerbörse verspricht außerdem, eine Plattform für Singles mit höherem Bildungsstatus zu sein. Die Chancen stehen also gut, dass ich auf diese Art und Weise Dates finde, die mir nicht beim ersten lockeren Onlinechat schon Fotos von ihren Genitalien schicken wollen. Das wäre ja schon mal ein gelungener Anfang.

Nachdem ich mich gefühlte fünfzig Minuten lang brav durch fragwürdig zielführende Charakterangaben (»Wenn Sie ein Kunstwerk wären, wären Sie ein . . .«) gearbeitet habe, spuckt mir die Partnerbörse erste Vorschläge aus. Allerdings kann ich mir die Profile nicht vollständig ansehen, solange ich nicht mein eigenes Profil vervollständigt habe. Ein sauberer Schmarrn! Ich klicke seufzend auf den Link – und kreuze weitere sechzig Minuten lang Antworten in der »Über mich«-Section an. Puh . . . kann ich jetzt endlich die Kerle sehen?

Achtung! Um das »Was andere über mich denken?« des Users lesen zu können, müssen Sie erst selbst die »Andere über mich«-Rubrik ausfüllen.

Aaaargh! Ich komme mir langsam wieder vor wie beim Führerschein-Multiple-Choice-Test. *Ein* falscher Haken könnte das Aus bedeuten. Ein kleiner, aber fataler Fehler – und ich bekomme nur Typen wie Heinz, 36, wohnt noch bei Mutti und liebt Kanarienvögel, vorgestellt. Und alle anderen Kandidaten fallen durch das von mir selbst erstellte Raster und verschwinden für immer von meiner Bild… äh … Bildschirmfläche.

Ich starre alarmiert auf meinen Rechner. Was bitte habe ich falsch angekreuzt? Heinz hätte als Haustier gerne eine Gelbstirnamazone (den Vogel, tatsächlich), liebt deftige Hausmannskost und sagt über sich selbst: »Das Besondere an mir ist, dass ich auch mit Shopping gut klarkomme und ein besonderes Enfühlungsvermögen für Frauenprobleme habe.«

Gut, Heinz würde also ohne Probleme für mich Tampons kaufen gehen. Was will man mehr?! Bei all diesen Traumexemplaren von Männern auf dem Markt, weiß ich ja gar nicht, wo ich anfangen soll.

Rrrrrrrring.

Oh, mein Vater – meine Rettung! Mein Papili ist nämlich die Gelassenheit selbst. Als purer bayerischer Pragmatiker hat er mich mit seiner unendlichen Weisheit und Ruhe schon so oft aus meinem verzweifelten Sarkasmus geholt. Damit ist er eigentlich das genaue Gegenteil von meiner Mutter – und hat auch den gegenteiligen Effekt auf mich.

Ich hebe strahlend ab. »Papili, wie geht's?«

»Bassd. Bei dir?«

»Bassd scho, bassd scho.«

»Soso ...«

»Ja, genau.«

Ich sag's ja. Sofort fühl ich mich besser.

Plötzlich ertönt am anderen Ende der Telefonleitung ein Gekrächze im Hintergrund: »Frag's amoi, ob's scho wieder an Freund hat!«

»Die Oma will wissn, wie's dir geht.«

Ich grinse. »Bassd.«

»Es bassd ois!« Mein Vater plärrt nach hinten in den Raum.

Erneutes, nun etwas trotzigeres Gekrächze: »Ob's wieder an Gspusi hat, will i wissen!!«

Mein Vater seufzt. »Die Oma will wissen ...«

Ich bin leicht genervt. »Naa, hab i ned.«

»Hat's ned, und jetzt lass' amoi in Ruh'!«

Meine Oma gibt sich pragmatisch: »Is eh gscheider ... Die Männer kannst alle zum Deifi jagn!«

Mein Vater seufzt: »Schaust wieder amoi vorbei? An Ostern zum Beispiel?«

Aha. Das ist also der Grund des Anrufs. Ich zwirble schuldbewusst eine Haarsträhne zwischen meinen Fingern.

»Scho. Is aber ned sicher. Es is echt viel zum Tun in der Arbeit, und dann is doch bald die Hochzeit ...«

Was bin ich für eine schlechte Tochter!

Doch mein Vater unterbricht mich nur lieb. »Bassd scho, Spatzl.«

Ein Mann von stoischer Ruhe.

Fünf Minuten später lege ich auf – und bin schon viel gelassener. Und als ich mich noch mal in Ruhe durch die Traummann-Vorschläge der Singlebörse klicke, fällt mir schließlich doch noch jemand Interessantes ins Auge. Jemand *sehr* Interessantes! Der Mann mit der Chiffre 65D32Z hat 98 aus 100 möglichen Matching Points!!! Und er hat eine Katze. Na also: Date-Alarm! Diesmal habe ich ein supergutes Gefühl. Ich meine – 98 von 100 möglichen Übereinstimmungen!

Tag 39

Sonntag, 29.03.

»Dieses Grün. Dieses satte, saftige Grün. Es springt einen geradezu an! Es ist wie das Urgrün, vom Künstlergott erschaffen für die Menschheit. Man kann das Gras förmlich riechen. Riechst du es?«

»Äh ...«

Der Typ mit den 98 Punkten und der Begeisterung für die Farbe Grün, Chiffre 65D32Z, ist Kunsthistoriker kurz vor der Promotion. Er hat sogar *zwei* Katzen, liebt es zu reisen und macht in seiner Freizeit gerne Yoga. Wenn er ein Kunstwerk wäre, wäre er unglücklich. Denn dann könnte er die Kunst nicht mehr von außen betrachten und genießen.

So seine durchaus philosophischen und sehr anregenden Angaben auf der Online-Partnerbörse. Endlich mal ein nicht so oberflächlicher Kerl! Ich bin prinzipiell begeistert. Natürlich haben wir unser erstes Date – wie könnte es anders sein – im Museum.

»Hmmmmmaaaah. Wie Frühling auf einer Leinwand!«

65D32Z tritt selig lächelnd noch näher an das Gemälde heran, so nah, dass ich fast Angst habe, er könnte den Sicherheitsalarm auslösen. Er schließt die Augen zu engen Schlitzen, scannt die Leinwand von oben bis unten. Und seufzt glücklich.

Ich kenne diese Wirkung von Gras auf Menschen. Allerdings ist es dann meistens eher in Papier gewickelt als auf Papier gepinselt.

Ich tue es dem Kunstkenner gleich, in der Hoffnung, dieselbe Erleuchtung zu haben.

»Und?«

»Also, ich sehe ehrlich gesagt nur Grün. Eine ganze Leinwand voll. Sorry.«

65D32Z scheint etwas enttäuscht, bemüht sich aber, es nicht zu zeigen. »Macht ja nichts, nicht jeden spricht jedes Bild an. Man muss es einfach fühlen.«

Ich starre ihn an. Fühlen. Aha.

65D32Z schiebt lächelnd seine hipsterige Oberlehrerbrille zurecht, und wir gehen weiter. Als wir uns dem nächsten grünen Bild nähern und der Typ sofort das Strahlen anfängt, beschließe ich eilig, ein wenig Schwung in die Unterhaltung zu bringen. Ich möchte gerne noch etwas mehr über mein Date erfahren, abgesehen davon, dass er Kunst-Nerd ist und auf Gras auf Leinwand steht.

»Ich hab gelesen, du machst Yoga? Das finde ich toll! Ich bin ja seit Jahren bekennende Yogine oder so ähnlich.« Ich lache.

65D32Z blickt mich nur ernst an. »Ich war oft in Indien und Südostasien unterwegs und habe mich auch viel mit Hinduismus beschäftigt. Yoga ist nur ein kleiner Teil einer Lebenseinstellung. Ich lebe seit zwei Jahren nach Hindu-Prinzipien!«

»Häääää? Was meinst?«

Schön. Mein unnachahmlicher bayerischer Charme schlägt mal wieder durch.

»Na ja, Yoga ist nicht dieser dumme, moderne New-Age-Fitness-Quatsch, den du hier in jedem zweiten billigen Aerobicstudio angeboten bekommst. Von Leuten, die ihre Yoga-Ausbildung aus einem VHS-Kurs haben und noch nicht mal wissen, wie man Pranayama schreibt!«

Ich blicke ihn baff an und denke stellvertretend gekränkt an Susi, meine erstklassige Fitnessgöttin, wie sie in ihrem knalligen H&M-Sportoutfit zu Lady Gaga ihr ganz spezielles Yogalates-Work-out anleitet. Und somit hauptsächlich für meine strammen Wadeln verantwortlich ist.

65D32Z lässt sich von meinem latent grantigen Blick aber nicht beirren. »Yoga ist Teil des spirituellen Wegs zur Selbsterkenntnis, den du nur in Indien bei den Hindus lernen und verstehen kannst. Ich fange meinen Tag immer mit einem Gebet und einer Meditation an, dann erst geht es ins Büro. So kann ich mich viel tiefer und intensiver auf meine Arbeit einlassen. Du solltest auch mal probieren, ein paar der Hindu-Rituale in deinen Alltag einzubauen!« 65D32Z lächelt mir auffordernd zu.

Ich überlege kurz. Ein bissl mehr Spiritualität täte mir vielleicht wirklich ganz gut. Meine sarkastische Attitüde stinkt manchmal zum Himmel. Und so könnte ich auch den Wahnsinn im Büro einfach weg-ommmmmmen.

»Hmmm, das klingt schon gut. Allerdings müsste ich dann aber wohl auf meine geliebten Rindsrouladen verzichten. Oder geht das klar, wenn ich es schaffe, sie meditierend in der Kranich-Position zu essen?« Ich lache über meinen eigenen, meines Erachtens durchaus gelungenen Scherz.

65D32Z legt nur kritisch die Stirn in Falten: »Nein, tut mir leid. Die meisten Hindus leben heutzutage strikt vegetarisch. Das wird als die ethisch höhere Lebensweise angesehen.«

Mann, ist der Kerl eso drauf! Ich kann über so viel kosmisches Date-Karma nur innerlich den Kopf schütteln. Doch 65D32Z schwadroniert einfach weiter über Hinduismus, spirituelle Befreiung und empfiehlt mir, ihm auf Instagramm zu folgen, wo er täglich inspirierende Naturfotos postet. Als hätte er es sich zum Ziel gesetzt, mir heute persönlich den Weg zur Erleuchtung zu bescheren. In dem Fall hätte ich nichts gegen

Askese. Ich mag es ja, wenn ein Mann intelligent ist. Aber wenn ich ihn nicht mehr verstehe, mich dumm, ungebildet und ignorant fühle – das macht keinen Spaß!

»Verstehst du, Spiritualität ist ein Gefühl!« Blabla. »Gandhi meinte mal …« Blablabla.

»Wie schön Sie das gesagt haben – bravissimo!« Hinter mir ertönt eine glockenhelle, mir wohlbekannte Stimme.

Oh nein. Es ist ja Sonntag! Pinakotheken-Inspirations-Sonntag. La Mamma huscht umhüllt von Patchuliduft heran, busselt mich links und rechts – und verfährt ebenso mit meinem Date.

»Ciao, ich bin Claudia, die Mutter von Felizitas. Auch mal schön, sie in männlicher Begleitung zu sehen …«

»Mamma!«

65D32Z blickt leicht irritiert zwischen mir und meiner aufgedrehten Wahnsinnsmutter hin und her. »Nun ja, das ist eigentlich nur ein erstes Date …«

Meine Mutter klatscht so begeistert in die Hände, dass ihre Perlenohrringe nur so wippen. »Und dann im Museum! Wie schön! Wie originell. Sehr inspirierend. Hast du gut gemacht, Spatzi! Und ich versuche dich seit *Jahren* zu überreden, mich an meinem Pinakotheken-Inspirations-Sonntag zu begleiten!«

Sie lächelt mich an, während ich mir mental verschiedene Foltermethoden zurechtlege, die diesen peinlichen Überfall vergelten könnten.

»Ehrlich gesagt war das meine Idee. Ich promoviere gerade über die Spätphase von Baselitz und seinen Beitrag zur Postmoderne.«

»Ach, das ist ja toll!«

Ja, total toll! Ich verdrehe innerlich die Augen, als sich 65D32Z zu meiner Verblüffung interessiert an meine Mutter wendet.

»Sie gehen wirklich jeden Sonntag in die Pinakotheken?«

»Natürlich! Das ist so befreiend, das belebt die Seele. Eine angenehme Abwechslung zum normalen Alltagswahnsinn. Wissen Sie, ich habe vor Kurzem das neue Buch von Guru Ghanwadi gelesen …«

»Nein?! Ich auch!« Mein Date strahlt plötzlich wie ein kleines Kind. »Wie finden sie dessen Abhandlung zum Neohinduismus und seine Gedanken zur Reinkarnation?«

Ich verspüre plötzlich den starken Drang, mich auf eine heilige Kuh zu setzen und Richtung Sonnenaufgang zu reiten. Weit weg von dieser völlig absurden Situation! Ich gebe mich erst mal mit den Sanitäranlagen im Museum zufrieden und flüchte vor weiteren Erklärungen über Shakras und Mantras und weiß der Geier.

Als ich zehn Minuten und einige beruhigende Atemzüge später zurückkomme, steht 65D32Z immer noch vor demselben grünen Bild – und befindet sich anscheinend in einer spirituell aufgeladenen Diskussion mit meiner Mutter. Die nimmt gerade seine Hände in ihre, schließt ihre Augen und murmelt etwas. Oh Gott. Oder eher: Oh Brahma und Shiva.

Aber gut. Sollen sie doch ihren Spaß haben und sich über ihre zukünftige Reinkarnation als Nervensägen austauschen. Ich geh mir jetzt erst mal einen Schnaps und einen Burger kaufen. Von einer unheiligen Bio-Kuh. Und dann schnell zurück an den PC und weitermatchen. Das kann es doch kaum gewesen sein. Oder?!

Tag 40

Montag, 30. 03.

30. März 2015; 12:15 Uhr

La Mamma:	So ein netter Mann! :-)
Feli:	. . .
La Mamma:	Ach Spatzi! Keine Angst, ich mag ihn nur für die spirituelle Bereicherung. Du darfst ihn für die körperlichen Freuden haben . . .
Feli:	Mamma!
La Mamma:	Wir können's auch andersrum machen. ;-)
Feli:	Kannst ihn gerne ganz haben. Hab 'nen anderen aufregenden, intellektuellen und seriösen Mann über die Partnerbörse gefunden! DER ist wirklich der Wahnsinn!

Tag 41

Dienstag, 31.03.

»Uääääääh!« Ich strecke angewidert mein Handy weit weg von meinem Körper. »Er hat es schon wieder getan!«

Sammy wirft stirnrunzelnd einen Blick auf mein Display. »Uff! All right, das ist schon echt ekelig.« Sie grinst und reicht das Handy an Susan, eine alte Schulfreundin von Gitta, weiter.

»Och, ich find das ganz süß.«

»WAAAAAS?!«

Sammy und ich schnappen synchron nach Luft.

»Ein Bussi-Smiley und ein Kätzchen?? Das ist die Emoticon-Hölle!«

Ich schreibe gerade mit einem weiteren Vorschlag der Online-Partnerbörse hin und her. Dem »Wahnsinnsmann«. Gut, vielleicht habe ich vor meiner Mutter etwas übertrieben. Aber nachdem mich die Anmeldung und Profilerstellung bei dem Portal fast einen ganzen Nachmittag gekostet haben, sollte der Aufwand nicht umsonst gewesen sein.

Bevor ich aber wieder mit dem Traummann meiner Mutter in einem Date feststecke, werde ich mit diesem Kandidaten erst einmal eine Weile chatten, um seinen Nerdfaktor auszuloten. Und zu Recht! Denn in dem Kerl schlummert etwas viel Perverseres als ein Eso-Nerd, ein Psychokiller-Gen oder der Hang zu Toilettengängen bei offener Badtür – er ist eindeutig ein Herzchen-Kussi-Bussi-Bärli-Typ! An fast jede Nachricht, die er mir schickt, mag sie noch so banal sein, fühlt er sich bemüßigt, irgendein kitschiges Emoticon anzuhängen.

»Ich war auch mal in Neuseeland, dieses Land ist einfach atemberaubend!« – Smiley mit leuchtenden Herzchenaugen

»Klar, ich würde mich total freuen, wenn wir uns mal treffen. Du bist die erste Frau seit Langem, die klug und lustig zurückschreibt.« – Kussmund und Bussi-Smiley

»Mein Großvater ist gestern gestorben.« – weinendes Kätzchen und zerbrochenes pinkes Herz

Ich verstehe das nicht. Er wirkte zu Beginn eigentlich ganz normal! Auch auf dem Foto hat man ihm diese Perversion nicht angesehen. Aber das ist meistens so, die Herzchen-Kussi-Bussi-Bärli-Typen verstecken ihre geheime Neigung anfangs sehr gut.

Ich schüttle mich. Passenderweise sitze ich gerade auf einem plüschig weichen Sessel in der Umkleide einer Brautmodenboutique. Gitta hat, wie sie behauptet, in den letzten Monaten erfolglos mindestens einhundert Millionen Kleider (aber mindestens!) anprobiert, deswegen hat sie gestern Notfallalarm ausgerufen und uns Mädels zur moralischen Unterstützung mitgeschleift.

Pling! Schon folgt die nächste Nachricht von meinem Chatpartner: gleich zwei Kussmund-Herzchen-Smileys. Why? Oh why?

Sammy übergibt sich neben mir pantomimisch in den Sektkübel.

Aber Susan, ihres Zeichens zuckersüß-naive Romantikerin, gibt sich überzeugt: »Ich weiß nicht, was ihr habt. Moderne Männer dürfen auch Herzen verschicken!« Aber langsam muss auch sie zugeben, dass das vielleicht ein biiisschen zu viel ist, wenn man sich kaum kennt. Und (meiner Meinung nach) auch, *wenn* man sich kennt!

Folgende Emoticon-Abgründe sollten nämlich möglichst nur von dreizehnjährigen Teeniemädels oder im rein ironischen Sinne gebraucht werden: der knutschende Kussmund, das pinke Herz mit lustigen Glitzersternchen, das pochende pinke Herz, das pinke Herz mit Amors Pfeil, alle anderen pinken Herzen, der Smiley mit Herzchen in den Augen (Wobei, da gibt es eine Ausnahme: Man erfährt, dass die Lieblingsband in die Stadt kommt. Außer die Lieblingsband ist Metallica. Dann ist auch diese Ausnahmeregel außer Acht zu lassen.), und – ganz, ganz schlimm – das perfide Bärchen. In allen Formen und Varianten.

Aus der Umkleidekabine dringt ein tiefer Seufzer: »Das ist auch nichts …«

»Come on!« Sammy zupft neugierig an dem Vorhang. »So schlimm kann es nicht sein!«

Sekunden später steht eine brummelige Braut vor uns. In einem »Traum« aus eierschalenfarbener Seide und üppigem Taft. In mindestens hundertfünfundzwanzig Lagen und Rüschen.

»Äh …«, ich hole Luft und suche nach Worten, »also … das ist auf jeden Fall … besser als das vorhin.«

Sammy ist dagegen weniger diplomatisch: »You look like an exploded cupcake!«

Gitta ist halb aggro, halb den Tränen nahe. Interessant, wie auch die tougheste Frau während der Hochzeitsvorbereitungen abwechselnd zum heulenden Elend und zur hyperventilierenden Furie mutiert. Egal, wie oft man am Anfang noch die Sätze »Bei mir wird das alles anders als bei den ganzen Brautzillas. Bei mir wird das ganz entspannt!« hört.

»Das sind jetzt das achte Geschäft und das einhundertmillionste Kleid in drei Wochen!« Gitta schnauft schwer, ihre Augen sind feucht. »Am besten heirate ich in ’nem Kartoffelsack!«

Ich blicke sie mitfühlend an. Und im vorsichtigen Bemühen, die Situation zu entschärfen, sage ich sanft: »Schmarrn! Jetzt ziehst du erst mal das greislige Ding da aus. Dann schauen wir weiter. Du wirst sehen ... Ha!« Mein Handy blinkt, und ich halte es triumphierend Susan vor die Nase: »Zwei Kussmund-Smileys und ein Häschen. Ein Häschen!«

Susan guckt zweifelnd auf das Display: »Hmmm ... Na ja, er will ja auch wissen, was du Ostern machst.«

Ich schüttle nur angewidert den Kopf. Ich möchte schon wieder losdozieren, als mein Blick auf den explodierten Cupcake vor mir fällt. Den ziemlich düster dreinblickenden explodierten Cupcake.

»Oh ... sorry, Gitti ... es ist nur ... dieser Kerl ...«

Doch Gitta rollt nur mit den Augen, rafft kiloweise Tüll hoch und verschwindet mit dem nächsten Kleid watschelnd hinter dem Vorhang.

Hmmm ... Vielleicht bin ich doch übertrieben ketzerisch mit der ganzen Emoticon-Sache. Aber das liegt nur an den Herzchen-Kussi-Bussi-Bärli-Postern in den sozialen Medien! Das sind Menschen, die schwer, schwer verliebt sind. Und ein extremes Mitteilungsbedürfnis in dieser Hinsicht haben. Schön und gut. Und, obwohl ich es nie getan habe, ist es auch schön und gut, ein verliebtes Pärchenbild zu posten, um der Welt seinen momentanen rosaroten Gefühlszustand mitzuteilen. Aber das reicht den Herzchen-Kussi-Bussi-Bärli-Postern lange nicht! Nein. Sie müssen sich ihre Liebe jeden Tag aufs Neue in Herzchen, Kussis, Bussis (das variiert natürlich je nach Bundesland) und Bärlis (am besten animiert) auf ihrer öffentlichen Facebook-Pinnwand beweisen. Wahlweise tut es natürlich auch das tägliche Kussi-Bussi-Pärchenfoto auf dem Instagram-Account. Und seit es mit Snapchat die scheinbare Vergänglichkeit des Online-Postens gibt, wird man dafür umso mehr und umso regelmäßiger mit zuckersüßen »Storys« dieser Art zugespamt. Deswegen sollte man als modernes und mitteilungsbedürftiges Pärchen im 21. Jahrhundert besser auf etwas für die digitale Ewigkeit setzen, wie aussagekräftige Facebook-Timeline-Events: »12. 02. 2013: Habe Schatzi kennengelernt.«

Während ich das brummig und in bester Miesepetermanier zum Besten gebe, breitet sich ein Grinsen auf Sammys Gesicht aus: »Oh my goodness! Dann *musst* du dieses Video sehen. Es ist der Schrei!« (Sie meint »der neueste Schrei«, findet die Redewendung so aber lustiger.)

Ich beuge mich interessiert über ihr Handy – und komme in den Genuss des wohl gruseligsten YouTube-Videos, das ich je gesehen habe. Es übertrifft sogar die Schlange, die eine Riesenraupe frisst und dann wiederum von innen von der Riesenraupe gefressen wird. Ein Pärchen Ende zwanzig besingt seinen ersten Jahrestag. Wohlgemerkt: den *ersten* Jahrestag! Zu sehen sind beide, wie sie ein kitschiges, anscheinend von ihm komponiertes Lied über ihre magische Begegnung von vor einem Jahr singen. Er klampft dabei herzzerreißend auf seiner Gitarre herum. Sie inszeniert den Text (und vor allem sich selbst) mit größter Dramatik. Ein endloses Schmachten, sich gegenseitig In-die-Augen-Schauen, dramatisches Küsse-Zuwerfen … und dann Schnitt. Und zu sehen ist ein buntes Potpourri von Urlaubs-, Date-, Alltagsfotos und -videos der beiden. Vorzugsweise natürlich Selfies: knutschend, verliebt in die Kamera lächelnd et cetera. Erstaunlicherweise sind beide trotz Selfie-Funktion immer vorteilhaft in Szene gesetzt, was die Benutzung eines dieser grauenvoll-peinlichen Selfie-Sticks vermuten lässt. Besonders gerne fotografieren sich die beiden – wie könnte es anders sein – an irgendwelchen Stränden bei irgendwelchen Sonnenuntergängen. Natürlich ist sowohl sie als auch er unfassbar attraktiv, und tatsächlich können beide auch einen Ton halten.

Vielleicht (und ich meine ganz vielleicht!) wäre das Video sogar halbwegs annehmbar, hätte der Kerl es als Überraschung für sie zum Jahrestag angefertigt. Und nicht gut sichtbar auf Facebook veröffentlicht. Und ohne die ganze perfide Show.

Beim herzzerreißenden letzten Chorus: »Because I love you, and you love me, oh, it was deeeeeeestinyyyyy ...«, hält Sammy und mich nichts mehr. Sammy prustet los, und ich falle mit hyänenartigem Lachen vom Stuhl.

Als ich aufblicke, steht Gitta vor uns. Ich will mich schon eilig rechtfertigen – als ich das Kleid an ihr sehe. Es ist ein absoluter Traum. Schlicht, aber nicht simpel. Klassisch, aber mit raffiniertem Design. Und meine naturschöne Freundin sieht fabelhaft darin aus.

Auch Sammy (man kann es kaum glauben) schnieft plötzlich: »Oh honey ...«

Gitta grinst: »Hab ich doch gesagt. Das wird ganz entspannt!«

In dem Moment wird mir so richtig klar, dass Gittas Hochzeit real ist. Und in weniger als vier Monaten stattfindet. Meine beste Freundin und Uni-Weggefährtin wird tatsächlich heiraten.

Susan seufzt verträumt: »Hach! Ich will auch! Ich sollte Bob mal ein bisschen Dampf machen mit dem Antrag.«

Und auch Sammy lächelt: »Seriously – in *dem* Kleid würde sogar ich heiraten!«

Und ich?

Plötzlich legt sich die dumpfe Erkenntnis wie ein grauer Schleier über mich: *Ich* habe keinen Mann mehr an meiner Seite. Und von einer neuen Beziehung bin ich so weit entfernt wie Lindsay Lohan von einem Leben als brave Hausfrau.

Ich schlucke: »Scheiß Single-Leben.«

Sofort scharen sich meine Freundinnen besorgt und mit

dem schlechten Gewissen glücklicher Pärchenmenschen um mich.

»Feli, sieh es positiv! Du lernst gerade so viele neue Leute kennen, kannst dich noch mal ganz neu verlieben ...« Gitta drückt mich aufmunternd, und auch Sammy besieht mich mit einem lieben Blick: »It's a fresh start! Ich bin fast neidisch ...«

Es ist kaum auszuhalten.

»Ich *will* aber gar keine neuen Menschen kennenlernen!! Menschen sind scheiße!«

Gitta versucht, mich zu beruhigen. Aber keine Chance.

»Ich hab mir das schließlich nicht ausgesucht! Wer will schon Single sein mit Ende zwanzig?! Vielleicht würde ich auch gerne mit meinem Freund auf der Couch sitzen und meine Hochzeit planen, so wie ihr alle!«

Das musste mal raus. Ich schnappe bebend nach Luft – und sehe in die erschrockenen und besorgten Mienen meiner Freundinnen. Im Hintergrund tauscht die mitleidige Brautmoden-Verkäuferin unauffällig die leere Sektflasche gegen eine neue aus. Ich atme durch und ärgere mich sofort über mich selbst. Solche irrationalen Gefühlsausbrüche passen gar nicht zu mir. Und weiterhelfen tun sie mir auch nicht. Ich versaue lediglich meiner besten Freundin den Moment, endlich das perfekte Kleid für den schönsten Tag ihres Lebens gefunden zu haben.

»Sorry.« Ich seufze. »Aber ganz ehrlich, ich habe momentan echt keinen Bock mehr auf dieses proaktive frustrierende Dating. Der eine Kerl schreibt einfach gar nicht mehr, der andere flutet mich mit Kitsch. Der eine will mich gleich heiraten und nach Brasilien als zukünftige Mutter seiner Kinder entführen. Der andere steht insgeheim mehr auf meine Mutter als auf mich!« Ich atme durch. »Ich brauche erst mal eine Dating-Pause. Wenn ich's mir recht überlege ... Ich glaube, ich brauche sogar mal wieder eine kleine Pause von der Stadt.«

Tag 46

Ostersonntag, 05.04.

Am Fenster der S-Bahn ziehen erst überfüllte Bahnsteige und Bürokomplexe vorbei, dann Wohnsiedlungen, dann Bäume – und irgendwann kommt nur noch Feld. Weites Feld.

Ich seufze. Es ist Ostersonntag, und statt mit meinen Freunden das verlängerte Wochenende in der Stadt zu genießen und – wie es sich gehört – mit einem Kasten Bier im Englischen Garten auf die Auferstehung und den Osterhasen anzustoßen, habe ich die Stadtflucht ergriffen.

Na ja, die meisten meiner Freunde sind ohnehin auf Pärchen-Ausflug unterwegs. Oder mit dem jeweiligen Partner bei der jeweiligen Familie. Pfff.

Das ist er also, der Fluch des Singles. Langsam verstehe ich, wie sich das all die Jahre für Gitta angefühlt haben muss.

Aber ich kann das, Single sein! Und so habe ich eben ein Überraschungs-Date mit meinem Vater, der mich eigentlich erst morgen erwartet. Eh viel besser, denn regnen tut es auch.

Während die Landschaft so an mir vorbeiplätschert, habe ich genug Zeit, mir Gedanken über meine Familie zu machen. Meine Eltern sind getrennt, seitdem ich acht bin. Also irgendwie schon immer.

La Mamma ist seit jeher ein Freigeist. Deswegen waren

meine Eltern in den paar Jahren ihrer stürmischen Beziehung auch nie verheiratet. Irgendwann hat meine Mutter es im Dorf einfach nicht mehr ausgehalten. Mit fünfunddreißig hatte sie so was wie ihre erste Midlife-Crisis und ist ab nach München, um doch noch Kunstgeschichte zu studieren. Seitdem wohnt sie in der Stadt und ist bestimmt öfter umgezogen als ich und alle meine ehemaligen Kommilitonen zusammen. Zwischendurch war sie auch immer wieder Teil einer Wohngemeinschaft. Das hat mich nie wirklich gewundert, vielleicht ein wenig irritiert, aber das ist eben meine Mutter. Während ich schon zu Studentenzeiten lieber ab Mitte des Monats nur noch Spaghetti mit Ketchup, Kartoffeln mit Ketchup oder Kartoffeln mit Kartoffeln zu mir genommen habe statt meinen geliebten 22qm-Schuhkarton mit Nasszelle und Kochnische gegen chaotisches WG-Leben zu tauschen, findet meine Mutter es inspirierend, ihre Dusche mit Fremden und deren Körperbehaarung zu teilen.

Mein Vater hingegen hat sich inzwischen ganz gut damit abgefunden, dass seine Frauen die Landflucht angetreten haben und er allein mit meiner Oma und Hund, Katze, Pferd in dem großen Bauernhaus wohnt. Hauptsache niemand zwingt ihn dazu, weg von seinem geliebten Hof und seinem Schützenverein zu ziehen.

Es muss eine unglaubliche, physische Anziehungskraft gewesen sein, die diese Menschen früher einmal vereint hat. Denn beide sind absolut inkompatibel. Während mein Papili am glücklichsten ist, wenn er seine Ruh' hat und abends auf dem Hof noch einmal seine Runden dreht, die Pfeife im Mund und seine Pferde im Blick – meine Mutter kann keine fünf Minuten still sitzen! Das macht mein Vater dafür sehr gerne, am liebsten mit dem neuesten *Spiegel*-Bestseller-Krimi auf unserer Eckbank. Ab und zu schwadroniert er auch in einem seiner Vereine über Gott und die Welt – aber *nie* würde er in die Stadt ziehen. Wobei er defitiniv kein schnödes Landei ist, sondern durchaus attraktiv und ziemlich belesen. Kantiges Gesicht, breite Schultern, ein Mann, der zupacken kann. Er hat etwas von diesem Robert-Redford-Charme. In bayerisch und mit Schnauzer. Ich glaube, das und die Naturverbundenheit beider ist es auch, was meine Eltern damals in den wilden Achtzigern in der Natur verbunden hat. Und dazu führte, dass ich in einer lauen Sommernacht irgendwo am Starnberger See zufälligerweise gezeugt wurde.

Vor dem S-Bahn-Fenster schimmert eine grüne Wiese im Regen. Ich klappe seufzend meinen Laptop zu und setze meine lila Lesebrille ab (traurig aber wahr, mit siebenundzwanzig geht's abwärts).

Prinzipiell sind Feiertage ja eine feine Sache, und – dem Freistaat Bayern sei Dank – wir haben hier eine Menge davon. Allerdings heißt ein Feiertag auch, dass ein Arbeitstag für die Aufgaben der Woche wegfällt. Daher nehme ich mir meine Arbeit mit. Und wenn es sein muss, auch mit raus aufs Land. Ich bin schließlich gut organisiert, flexibel und ein Kosmopolit, ich kann alles. Ha!

Die S-Bahn hat ihren Endbahnhof und damit mein Ziel erreicht. Ich trete raus in den Schnürl-Regen und atme das feine Odeur von nassem Gras und frisch mit Mist gedüngten Feldern ein. Aaaaah – Landluft! Das und die subtile Schönheit von dampfendem Kuhmist auf grünen Wiesen (übrigens die Nummer-eins-Szene in allen Stadtmensch-wird-aufs-Land-versetzt-Serien: der obligatorische Tritt aus dem Auto und in den Kuhhaufen) – und ich fühle die wohlige Wärme von »Dahoam«.

Eine Taxifahrt später (Warum funktioniert außerhalb von München der öffentliche Nahverkehr nicht?) betrete ich den Hof, auf dem ich aufgewachsen bin. Hund, Katze, Pferd begrüßen mich, und ich freue mich nun tierisch, den Tag mit meinem einsamen Papili zu verbringen.

Ich stecke den Schlüssel in das verrostete Schloss, und nach dem üblichen Rückeln und Ruckeln betrete ich mein Elternhaus. Auch wenn ich vor knapp acht Jahren euphorisch meine Koffer gepackt und (damals mitsamt Jugendliebe) in die Großstadt umgesiedelt bin, komme ich ja doch gerne immer wieder heim. Ich lächle und will schon nach meinem Vater und meiner Oma rufen, als ich das Paar Damenstiefel im Flur sehe. Definitiv nicht die Gesundheitslatschen meiner über achtzigjährigen, leicht dementen Großmutter. Irgendetwas ist komisch. Jetzt höre ich auch zwei Stimmen dumpf aus dem Schlafzimmer im Erdgeschoss. Es rumpelt, irgendwer steht auf – und ich erstarre. Mein Vater wird doch nicht …? Mein Herz bumpert nervös, als auch schon die Tür aufgeht und eine Frau mit wirrem Wuschelkopf kichernd ins Bad huscht.

Sie sieht mich an und hält inne: »Spatzi!!«

»MAMMA???!!!«

Schritt 4:

Feng-Shui your life

Tag 46, dreißig Minuten später

Ostersonntag, 05.04.

Ich bin grantig. Nein, ich bin sogar saugrantig! Das bekommt vor allem der schon völlig zerknautschte Super-Antikalk-Glitzi-Schwamm zu spüren, mit dem ich gerade energisch die Oberflächen in meinem alten Kinderzimmer abrubble. Ja, es ist etwas verstaubt, seitdem ich nicht mehr hier wohne – aber definitiv nicht dreckig genug, um meine Aggro-Reinigungsaktion zu rechtfertigen. Es ist therapeutisches Putzen. Das entspannt mich. Die Lackierung kommt zwar schon von meiner Kommode runter, aber ich bin schon viiiieeeeeeeel ruhiger. Der Hindu-Guru mit der Chiffre 65D32Z wäre stolz auf mich.

Ommm!

»Spatzi?«

Ich rubble weiter.

»Spatzi, per favore, jetzt sei kein Kind. Das ist doch alles völlig normal und natürlich.«

Ommmmmmmm!

Zwischen meinen Fingern zerfällt der Glitzi-Schwamm in zwei Hälften.

Es ist nicht so, als wäre ich extremst prüde. Das wäre beim Aufwachsen mit meiner Möchtegern-Hippie-Mutter auch gar nicht möglich gewesen. Es ist auch nicht so, als würde ich meinen Erzeugern den Spaß nicht gönnen. Wirklich nicht.

Das Erste, was mir in den Kopf schoss, als ich meine rotbäckig strahlende Mutter vor mir sah, war: Meine Eltern haben Sex. Miteinander!

Und dann die bittere Erkenntnis: Meine Eltern haben Sex – und ich nicht.

Ich starre frustriert auf die kaputten Schwammhälften, als wären sie die symbolische Fleischwerdung des Betrugs an meiner kindlichen Seele. Gut, ich bin Ende zwanzig, ehrgeizige Assistentin … äh … Assistant Producerin, habe meine eigene Wohnung, mein eigenes Leben – aber gerade fühle ich mich wieder wie das verwirrte Trennungskind.

Zwanzig Minuten später habe ich genug geputzt, um mich dem klärenden Gespräch auszusetzen. Ich setze mich an den Esstisch, meine unruhigen Eltern mir gegenüber, und hole tiiieeef Luft.

»Also … seid ihr jetzt wieder ein Paar?«

Mein Vater blickt unwohl zu meiner Mutter. »Naa. So kann ma des ned sagen.«

La Mamma gibt sich pragmatisch. »Das ist nichts Festes. Das ist eine sehr erwachsene, sehr flexible und schöne Sache.«

»Aha.« Ich unterdrücke den Drang, mich zu übergeben. »Und wie lang geht des jetzt schon?«

»Hmmm … ja … also … «

La Mamma überlegt: »Also, wenn man es genau nimmt, das erste Mal ist es passiert, als … Wann war noch mal das verlängerte Wochenende, an dem du mit deinen Freundinnen an den Gardasee gefahren bist?«

»Das war kein Wochenende, das war die Abifahrt!«

»Ach so, ja, kann auch sein.« La Mamma nimmt gelassen einen Schluck von ihrem Rotwein.

Ich kann es kaum fassen.

»Ihr habt schon, seit ich achtzehn bin, wieder was miteinander? Seit fast zehn Jahren?! Warum weiß ich davon nix??«

Mein geliebter, eigentlich grundvernünftiger Papili stopft unruhig seine Pfeife und blickt dabei kaum auf. »Hmmmm ... ja ... mei ...«

»Ach Spatzi! Das ging mal 'ne Weile und dann wieder länger nicht. Jetzt geht's wieder seit ein paar Monaten. Wir wollten dich halt nicht emotional verwirren!«

»MAMMA, ICH BIN SIEBENUNDZWANZIG!«

Nach weiteren zehn Minuten, voll bemüht verständnisvollen Erklärungen über die körperliche Anziehung zweier erwachsener Menschen, halte ich es kaum mehr aus. Wäre ich nicht so ein militanter Nichtraucher, würde ich mir jetzt eine Kippe anzünden. Ich glaube, ich muss erst mal ein wenig durchschnaufen, um das Liebes- oder besser gesagt Geschlechtsverkehr-Comeback meiner Eltern zu verdauen. Ein wenig viel durchschnaufen! Was wohl meine Oma dazu sagt? Gschlamperte Verhältnisse sind das bei uns ...

Tag 47

Montag, 06. 04.

06. April 2015; 19:30 Uhr

Feli: Bin zurück. Und muss raus – steil gehen – jetzt!!!

Gitta: Wow . . . ok. Was war denn da los auf dem Land? Außerdem: Es ist Montag?!

Feli: Mir egal, du hast doch frei. Find mir 'nen Club, der aufhat. Ich brauch Alkohol! Sofort!

Gitta: Aye, aye, Sir! :-)

Tag 47, einige Stunden später

Montag, 06.04.

Die Musik wummert in meinen Ohren, irgendwer latscht mir mit voller Wucht auf den Fuß, und ein paar Meter neben mir höre ich jemanden laut und übermotiviert zum Beat johlen: »WOHOOOO, WHOOOP, WHOOOP!!!«

All das ist mir relativ wurscht. Ich konzentriere mich allein auf die zwei Arme, die um meinen Körper gewickelt sind. Und die rauen Lippen, die mich küssen.

Ich gehe definitiv sehr oft aus in letzter Zeit. Zu oft für mein ernsthaftes Endzwanziger-Alter. Außerdem trägt der parallel dazu rasant angestiegene Alkoholkonsum leider nicht gerade zur Steigerung meiner mentalen Leistung bei.

Egal. Ich muss irgendwie die Bilder meiner kopulierenden Eltern aus dem Kopf bekommen! Nach zwei absurd-peinlichen Tagen dahoam ist hauptsächlich eines hängen geblieben: der Gedanke an meine eigene erbärmliche Single-Situation. Mit allen Nachteilen und Enthaltungen. Seit fünf (!) Monaten. Vielleicht muss ich einfach mal Gas geben. Über meinen Schatten springen. Nägel mit Köpfen. Ab ins kalte Wasser. Hicks!

Während ich mich diesen promille-philosophischen Gedanken hingebe, steht Gitta mit Bloki (woher der Herr Diplom-Ingenieur diesen Spitznamen hat, weiß der Geier), ihrer großen Liebe und ihrem zukünftigen Ehemann, an der Bar. Sie sieht völlig fasziniert zu mir rüber. Ich bemühe mich, ihr hinter dem Rücken meines Aufrisses schwankend und gestenreich klarzumachen, dass ich für den Erfolg dieser stückweisen Annäherung noch einen Drink brauche. Aber sie schüttelt nur grinsend, und auch ein wenig irritiert, den Kopf.

Der Küsser ist ein süßer Grübchenlächler und Bayer (Pluspunkt!). Ziemlich intelligent, arbeitet in der Wissenschaft. Wir haben uns eine ganze Weile an der Bar über Gott und die Welt unterhalten. Auch darüber, warum an der Uni immer so viel Geld in die naturwissenschaftlichen Studiengänge und so wenig in die Geisteswissenschaften fließt. Ich habe bei dieser Diskussion natürlich meine ganz eigene Meinung, bin aber durchaus bereit, mich durch ... schlagende Argumente ... kurzzeitig umstimmen zu lassen.

Nach fünf weiteren Minuten wilden Rumknutschens lösen wir uns voneinander und lächeln uns dümmlich an. Schon irgendwie komisch, mit einem völlig Fremden rumzuschmusen, um dann wieder beim normalen Small Talk anzusetzen. Wie man es in unserer zivilisierten Gesellschaft ja eigentlich tut, wenn man sich gerade erst begegnet ist. Ohne den Austausch von Speichel.

Auch der Grübchenlächler scheint unentschlossen, lächelt mich mit Grübchen an: »Und jetzt?«

»Ja ... äh ... hmmm ... also ... tja ...«

Nicht mein eloquentester Moment. Aber mein Kopf dreht sich auch etwas, was einen negativen Effekt auf mein Sprechvermögen zu haben scheint.

Ich muss an das letzte Gespräch mit meinen Freunden zum Thema »moving on« denken. Ich hatte plötzlich einen blödsinnigen Anfall von akut-sentimentalem Post-Trennungs-Jammer. Alles fing mit einem überaus stressigen Tag in der Arbeit (inklusive in Tränen aufgelöster Produktions-Praktikantin und in Lüsternheit aufgehender Autoren-Thommy) an. Ich beschloss, mir am Abend zur Aufmunterung *The Sound of Music* einzulegen (einen Klassiker muss man klassisch auf DVD gucken, sorry Netflix) – das hat meine Stimmung noch immer auf wundersame Weise gehoben. Ein Glas Aperol Spritz und diverse laut und schief mitgesungene Zeilen »Cream coloured ponies and crisp apple struuuuuudels ...« später war ich schon viel besser gelaunt. Ich meine: Julie Andrews hüpft fröhlich über Alpenwiesen, besingt die Natur, und alles ist super – trotz Nazi-Einmarsch! Wobei ... sie hat ja auch Captain von Trapp. Und dann ging ohne Vorwarnung und ohne irgendeinen räsonablen Grund die Heulerei los.

»Es ist an der Zeit«, sagte Gitta.

»You *really* need to move on«, meinte Sammy.

»Lass dir nichts einreden! Mach, was du willst – aber mach's mit!«, fand Olli.

Okay, dann also ran an den Mann.

Ich nehme den letzten Schluck aus meiner Bierflasche und bemühe mich, den Grübchenlächler zu fokussieren, um möglichst sexy dreinzuschauen. »Ich glaub mir reicht's für heut. Gehen wir?«

Als ich mich leicht schwankend, aber entschlossen von Gitta verabschiede, ist diese anscheinend nicht mehr zu hundert Prozent von ihrer eigenen Aussage von vor ein paar Wochen überzeugt.

Sie zieht mich etwas besorgt näher an sich heran: »Bist du dir wirklich sicher? Also *wirklich*-wirklich? Ich meine, du warst doch mit keinem Mann mehr zusammen seit ...«

»Jahaaa, ich weiß!« Eilig und etwas zu aufgebracht schneide ich Gitta das Wort ab. Und bereue es sofort. Denn meine beste Freundin mustert mich nun noch viel besorgter. Daher straffe ich mich und gebe mich überzeugt: »Ich bewege mich nur nach vorne. Und ja, ich will das!«

»Ich mein ja nur ... Irgendwie passt das nicht zu dir.«

Pah! Ich bin total verwegen. Vor allem ich! Wie zu meiner eigenen Bestätigung drücke ich dem Grübchenlächler einen leidenschaftlichen Kuss auf den Mund.

Und dann noch einen, als wir fünfzehn Minuten später meine Wohnung betreten. Allerdings ist er darauf nicht vorbereitet und stolpert erst mal rückwärts gegen die Kommode in meinem Flur. Meine Schlüsselschale fällt laut scheppernd zu Boden.

»Upsi.« Ich kichere betrunken.

Der Grübchenlächler grinst schüchtern, wir ziehen beide unsere Jacken aus – und langsam, in der Stille meiner Wohnung, wird mir der Ernst der Lage bewusst.

»Tja, äh ... also das ist meine Wohnung ...«

Sehr einfallsreich, Feli. Gratulation.

Okay, ich werde ES also tun. Ein *echter* One-Night-Stand. Hat noch keinem geschadet. Kein Problem. Aber wie fange ich das jetzt an? Ziehe ich mich zuerst aus oder er? Oder zieh ich ihn aus? Oder er mich? Plötzlich weiß ich gar nicht mehr, was ich mit meinen Armen tun soll. Die hängen völlig nutzlos und wie betäubt einfach nur an meinem Körper runter. Die Gedanken rasen in meinem Kopf, mir wird schwindlig.

Doch auch der Grübchenlächler scheint etwas nervös zu sein. Im Gegensatz zu mir macht er aber das einzig Sinnvolle und küsst mich.

Ich steige dankbar darauf ein. Er ist kein schlechter Küsser, ein bisschen viel Zungeneinsatz vielleicht, aber ansonsten wirklich sehr angenehm. Ich lehne mich angetan in seine Umarmung.

Irgendwas ist dennoch seltsam. Denn der Grübchenlächler beginnt plötzlich ganz komisch mit der Nase zu zucken. Interessant. Das kenne ich nicht. Aber irgendwie ganz süß ... Hat was vom Hongi, dem Nasenkuss der Maori in Neuseeland. Ich mache es ihm nach und reibe meine Nase verführerisch an seiner.

»Mmmmmm ...«

Und plötzlich bricht der Grübchenlächler in einen gigantomanischen Niesanfall erster Klasse aus. »Oh nein ... du hast ... du hast ... du hatschiii!«

Ich muss mich arg konzentrieren, um zwischen den vielen Niesern die Quintessenz seiner Aussage zu verstehen.

»Ich hab was?« Ich folge seinem Finger, der auf Tarantino zeigt, der uns gerade unschuldig schnurrend von meiner Couch aus anstarrt. »Ach so, kein Problem, ich kann den Kater im Flur parken, da stört er uns nicht.«

Ich blicke zerknirscht auf das Tier. Mir war klar, dass irgendwann der Moment kommt, in dem mich die Leute als weirde Katzenfrau ansehen. Allein in der Wohnung – ohne Mann, aber mit Kater.

»Das ... h-h-h-atschiiii ... nichts! Ich ... hab ... eine ... A-hatschillergie!«

Na klasse! Das passt ja mal wieder hervorragend. Da nehm ich *einmal* einen Mann mit nach Hause, und der Kater versaut mir die Tour. Ich werfe Tarantino einen grantigen Blick zu.

Der Grübchenlächler lächelt inzwischen überhaupt nicht mehr, sondern schnappt nach Luft. Ich erschrecke. Es handelt sich wohl tatsächlich nicht um eine dieser gerade angesagten, Pseudo-Minimalallergien (»Ich vertrage kein Gluten, habe eine leichte Laktose-Unverträglichkeit und die Pollen, oh je!«), sondern um eine echte und zudem ziemlich ausgeprägte Katzenhaarallergie.

»Äh ja ... oh weh. Kann ich dir irgendwie helfen?« Ich krame in meiner Handtasche überfordert nach Taschentüchern.

Die Nase des Typen hat inzwischen fast ballonartige Ausmaße. Mitleid macht sich breit. Schließlich hatte ich ja selbst erst mit einer blöden Allergie bei einem Date zu kämpfen!

Der Grübchenlächler schnappt nach Luft. »H-h-h-atschi was ... zum ... Inhalieren? Vielleicht ... zufällig ... Asthmaspray?«

Natürlich! Ich eile sofort ins Badezimmer. Tatsächlich habe ich noch ein Spray. So ein Glück. Ich hatte als Kind mal Asthma und hab seitdem – selten, aber immer wieder mal – das Gefühl, dass aufgrund stressbedingter Zustände und schlecht geputzter Räume ein kleiner Anfall kommt. Meistens bekomme ich allerdings wegen etwas anderem einen Anfall. Egal. Jedenfalls kann ich meinem Date mit meinem Im-Falle-eines-Anfalls-Spray helfen.

Der Grübchenlächler nimmt mir das Sprühdöschen dankbar aus der Hand und inhaliert.

Pffft.

»Da ... kommt ... ja nichts?« Hektisch drückt und inhaliert er erneut.

Pffffft.

Er drückt noch mal.

Pffffffffft.

Er schüttelt panisch den Inhalierer.

»Das gibt's doch nicht. Ich hab das Ding eigentlich noch gar nicht benutzt!« Ich bin irritiert.

Doch der Grübchenlächler drückt schon wieder ab.

Pffffffffffffffft.

Inzwischen ist er so gestresst von der ganzen Husterei, dass er richtig zittrig wird.

»Oh Mann ...« Er fasst sich an die Brust und keucht.

Scheiße! Der sieht aus wie kurz vor dem Kollaps! Das kann ich nun wirklich nicht gebrauchen, dass mir mein (geplanter)

One-Night-Stand hier zusammenbricht. Wie soll ich das denn bitte der Polizei erklären? Tod durch Kater??

Ich fackle nicht lange und rufe ein Taxi.

»Wir fahren jetzt ins Krankenhaus!«

Großartig. Schon wieder also endet eines meiner Dates im Krankenhaus. Das wird jetzt wohl mein neuer Fetisch.

Seufzend blicke ich auf die Uhr, während wir in der Notaufnahme des Schwabinger Krankenhauses warten. Das habe ich davon – weil ich unbedingt Feiern gehen und ohne Räson übers Ziel hinausschießen wollte! Es ist 4.30 Uhr nachts (mal wieder), ich blinzle müde und ernüchtert gegen die Neonröhrenbeleuchtung zum Grübchenlächler rüber.

Dessen Husten hat sich inzwischen zum Glück beruhigt, trotzdem sitzt er noch zittrig und schwer atmend neben mir. Eine kleine Rotzfahne hat sich über seiner Oberlippe gebildet. Reizend.

Der Arzt, der sich kurz darauf unserer annimmt, ist irritiert, als ich ihm von der Katze erzähle und dann das Asthmaspray zeige: »Das ist noch fast voll. Der Wirkstoff in dem Spray wird mit feinem Pulvernebel verabreicht, nicht in Flüssigkeit. Deswegen merkt man davon im ersten Moment kaum etwas. Wie viel Sprühstöße davon haben sie denn eingeatmet?«

Der Grübchenlächler und ich sehen uns peinlich berührt an.

Der Arzt diagnostiziert eine Überdosis Asthmaspray und spricht noch kopfschüttelnd warnende Worte aus: »Das hätte auch ins Auge gehen können! Nächstes Mal nehmen Sie besser nicht einfach jedes Medikament an, das Ihnen Ihre Freundin reicht.«

Ich bin empört. Als wäre ich schuld an der Misere!

»Ich bin nicht seine Freundin.«

Der Arzt winkt ab. »Dann eben Ihre Mitbewohnerin. In jedem Fall: Finger weg von Medikamenten, die Ihnen nicht verschrieben wurden …«

Nun ist der Grübchenlächler in seiner Ehre verletzt. Er stellt brummelnd richtig: »Wir wohnen nicht zusammen.«

Der Arzt, der sich eigentlich schon längst seinem Computer zugewandt hat, dreht sich nun verwirrt um: »Und was bitte machen Sie dann um vier Uhr morgens in der Wohnung der jungen Dame?!« Im selben Moment schalten seine Synapsen, und er fängt schallend an zu lachen: »Oh Mann! Sie sind aber ein Unglücksrabe, mein lieber Schieber! Hahahahahaha.«

Wir eilen mit hochroten Köpfen aus dem Zimmer, noch bevor das Gelächter verebbt ist. Ich blicke den Grübchenlächler an und muss nun selbst ein wenig über die Absurdität der Situation schmunzeln. Auch der Typ kann sich fast ein Lächeln abringen.

Schüchtern fasst er sich an den Hinterkopf. »Hmmm … willst du vielleicht … wollen wir noch einen Kaffee …«

In dem Moment höre ich plötzlich eine Stimme: »Über die Unfähigkeit mancher Leute kann man nur den Kopf schütteln, solche Dilettanten! Aber was soll's, dann mache ich es eben selbst, dann wird es ohnehin am besten.«

Ein gut aussehender Arzt biegt am Ende des Flurs laut lachend mit einer ebenso gut aussehenden Kollegin um die Ecke.

S-U-P-E-R! Der hat mir grade noch gefehlt. Ich stöhne auf.

Meine braunen Locken stehen wie Antennen in alle Richtungen ab, mein Lippenstift ist verschmiert, und ein Träger meines BHs hat sich beim »Vorspiel« mit dem Grübchenlächler aus der Halterung gelöst und hängt nun schief an meinem Arm herunter. In Anbetracht dieser Erscheinung, des fremden Kerls an meiner Seite und der fragwürdigen Uhrzeit kann ich gut darauf verzichten, auf Konfrontationskurs zu gehen und McCharming für die Ghosting-Unverschämtheit die Meinung zu geigen. Nein, danke. Diesen peinlichen Triumph gönne ich ihm nicht!

Ich blicke mich nervös nach Fluchtmöglichkeiten um, denn noch steckt McCharming mit dem Kopf in einer Patientenakte. Er nähert sich uns aber gefährlich schnell. Scheiße. Ich schmeiße mich intuitiv auf den Boden hinter einen Rollwagen mit Bettpfannen und benutzter Bettwäsche.

Der Grübchenlächler starrt mich irritiert an. »Was machst du denn da?!«

»Nix«, presse ich zwischen geschlossenen Zähnen hervor, »wir müssen nur gehen, schnell!«

Ich linse von meinem Versteck aus unruhig den Gang hinunter, wo McCharming natürlich gut sichtbar stehen geblieben ist, um flirtiv mit seiner Kollegin zu fachsimpeln.

»Hach, Doktor Müller, Sie sind mir wie immer eine große Hilfe!« Die blonde Ärztin lächelt breit und fasst McCharming dabei spielerisch an den Arm.

Ich unterdrücke ein Würgen.

McCharming streicht sich gerade charmant lächelnd durchs dichte Haar. Verdammt, wenn er nur nicht so gut aussehen würde!

Ich drehe mich um, nur um festzustellen, dass der Grübchenlächler verschwunden ist. Wen wundert's. Ich seufze aus tiefstem Herzen, raffe meine Sachen zusammen – und robbe vorsichtig zum Ausgang.

I love my life!

Tag 50

Donnerstag, 09.04.

»Also ich hätte wirklich nicht gedacht, dass du dir so schnell mit einem Kerl die ganze Nacht um die Ohren schlägst – wenn auch anders als erwartet!« Gitta kann sich vor Lachen kaum halten.

»Ach, sei still! Ich hatte schon genug grauenvolles Erwachen. Vor allem beim Weckerklingeln am Dienstag in der Früh.« Ich zische leise zu Gitta rüber, während wir beide in halber Hocke versuchen, die anmutigen Bewegungen der Tanzlehrerin nachzumachen.

»Soooooouuuuuuuuuuumiiiiiiiiiiisuuuuuueeeeeeeeeee ...« Die fernöstlichen Gesänge wabern schon fast unwirklich aus den Lautsprechern.

Die kleine und zierliche Frau bewegt sich in Zeitlupe um ihre eigene Achse und lässt dabei grazil den Fächer in ihrer Hand durch die Luft gleiten.

Währenddessen zittern meine Beine mächtig, als ich mich eher ruckartig nach hinten drehe. Neben mir stöhnt auch Gitta, als sie in halber Hocke die Slow-Motion-Drehung versucht. Sie sieht aus, als wäre sie von schweren, durchfallbedingten Bauchschmerzen gequält.

Ich stöhne auf. »Wir haben bald Premiere, da kann ich es mir eigentlich nicht leisten, völlig verpennt und in desolatem Allgemeinzustand aufzuschlagen. Mitten in der Woche! Wie schaut das denn aus?!«

»Dieser Thommy fand das bestimmt sexy.« Gitta grinst.

»Der ist ja zum Glück nicht jeden Tag da. Reicht schon, dass er mir fast täglich irgendwelche anzüglichen Mails schreibt.«

»Psssst!« Frau Sato, unsere japanische Tanzlehrerin, wirft uns höflich einen mahnenden Blick zu. »Sehr, sehr schön. Und jetzt pflücken wir die Kirschblüte!«

Grazil, als wäre sie selbst eine Kirschblüte, lässt Frau Sato ihren Arm in sanften Wellenbewegungen nach oben gleiten (ohne natürlich auch nur einen Millimeter an der unbequemen Ausgangsposition zu ändern) und »pflückt« die imaginäre Kirschblüte. Um sie dann pantomimisch davonzublasen.

Auch ich versuche, diese verdammte Kirschblüte zu pflücken. Ich schwitze. Wie kann so wenig Bewegung nur so anstrengend sein? Scheiß Kirschblüte.

Ich schiele rüber zu Gitta, die, ebenso wie ich, mit komisch verdrehten Beinen versucht, ihren Arm nach oben zu strecken. Dabei begeht sie den Fehler, ihr Gewicht zu verlagern. Sie macht einen Schritt nach hinten, latscht auf den langen Ärmel ihres Kimonos – und plumpst sehr ungrazil auf den Allerwertesten.

Das ist natürlich saukomisch. Gitta und ich prusten los und ernten dabei erneut strenge Blicke von unserer sonst so ausgeglichenen Tanzlehrerin.

»Mann! Kabuki-Tanzkurs. Was für 'ne super Idee!« Gitta ächzt.

Sie bindet ihren langen, blonden Pferdeschwanz neu und verdreht die Augen.

Gitta macht mich für dieses sportliche Experiment verantwortlich – weil es tatsächlich auch meine Idee war. Kabuki ist nicht nur ein sehr alter, traditioneller japanischer Tanz, sondern auch der am spektakulärsten und exotischsten klingende Sportkurs, den das VHS-Programm zu bieten hat. Klingt ja witzig, dachte ich mir. Mal ausprobieren, ein bisschen Spaß haben. Und nach dem ganzen seelischen Stress mit Männern und sexelnden Eltern kann ein bisschen Feng-Shui für die Seele nicht schaden. Dachte ich mir.

Aktuell fühle ich nur Muskelschmerz und Anstrengung, keinen inneren Ausgleich. Dabei hätte ich das bitter nötig. Schließlich steht das Wiederherstellen meiner inneren Balance als nächster Punkt auf meiner 150-Tage-Challenge Liste. Ich habe nicht vor, solche chaotischen Ausrutscher wie neulich mit dem Grübchenlächler zu wiederholen. Ganz zu schweigen von der peinlichen Fast-Begegnung mit dem Super-Arzt.

»Wirklich – ich weiß nicht, was mit mir an diesem Abend los war. Ich war ja ... wie von Sinnen! Und was hatte ich davon? Das pure Grauen.«

Gitta ächzt angestrengt. »Kannst ja für mich die Sitzordnung planen – dann hast du *echtes* Grauen!«

»Pssssssst!« Nun wirft uns nicht nur Frau Sato, sondern auch eine der anderen Kursteilnehmerinnen böse Blicke über ihren Fächer hinweg zu.

Ich seufze.

Gitta und ich sind die Einzigen, die keinen maßgeschneiderten seidenen Kimono aus unserem letzten Japan-Urlaub haben. Aber ohne Kimono kann man den Kabuki nicht richtig praktizieren, wie wir aufgeklärt wurden. In der ersten Stunde mussten wir daher ersatzweise abgetragene Frottee-Bademäntel der VHS anziehen und kamen uns damit so deplaziert vor, dass wir flugs zwei Paar Faschingskostüm-Kimonos im Internet bestellt haben.

Wir sind auch die Einzigen im Kurs, die in ihrem Lebtag noch kein einziges Manga-Heft gelesen haben, und können auch nicht mitreden, wenn es darum geht, was man zum letzten Cosplay-Event getragen hat (in der Tat musste ich Cosplay sogar erst googeln, um mir zu hundert Prozent sicher zu sein, was damit genau gemeint ist).

Aber die YouTube-Clips von traditionellen Kabuki-Tänzen sahen so zauberhaft aus! Genau wie das, was uns Frau Sato mit unglaublicher Anmut und Leichtigkeit vortanzt.

Deswegen ist es wohl angebracht, sich ein bisschen mehr auf das Ganze einzulassen. Ich konzentriere mich also auf die Musik und drehe und biege mich langsam um die eigene Achse.

»Soooooouuuuuuuuuuumiiiiiiiiiiisuuuuuueeeeeeeeeee ...«

Diesmal klappt es sogar fast ohne Muskelzittern! Ich schließe meditativ die Augen, lasse mich ruhig auf den Moment ein, als das laute, melodische Ploppen eines Kronkorkens eine neue Nachricht auf meinem Handy ankündigt.

»Wir machen erst einmal Mittagspause. Okay?« Frau Sato strahlt uns angestrengt an und schwebt dann aus dem Raum.

Ich knete erleichtert meine steifen Wadeln.

Die anderen Mädels holen sich ihr selbst gemachtes Sushi in Tupperboxen aus der Tasche (kein Witz!).

Ich werfe Gitta seufzend einen Blick zu: »Leberkaassemmel?«

Zehn Minuten später genießen wir mampfend das bunte Treiben am Viktualienmarkt, während ich die eben eingegangene WhatsApp-Nachricht lese. Von meiner Mutter natürlich.

»Sie will wissen, ob wir unser Treffen am Samstag verschieben können. Sie ist bei einem Baumseminar im Englischen Garten. Ja klar ... ›Baumseminar‹!« Ich rolle stöhnend mit den Augen.

»Wo sollte sie denn sonst sein?« Gitta beißt genüsslich in ihre Semmel.

»Na ja, wahrscheinlich vögelt sie meinen Vater. Seit ich die beiden an Ostern erwischt hab, schickt sie dauernd so verklausulierte Nachrichten. Ich vermute mal, sie will mich wieder ›emotional schützen‹.«

Gitta legt ihre Stirn in Dackelfalten. »Vielleicht ist sie aber wirklich beim Baumseminar?«

»Vielleicht vögelt sie aber auch meinen Vater. Beim Baumseminar!«

Gitta grinst und schleckt sich den süßen Senf von den Lippen. »Und vielleicht sollte ich einfach deine Eltern zur Hochzeit einladen – dann wird's auf keinen Fall langweilig. Am besten setze ich sie neben Blokis Großtante Erika, dann hat sie wenigstens jemand anderen, über den sie sich das Maul zerreißen kann. Nicht über die ›unmögliche‹ Frau ihres Lieblingsneffen, die durch alle Betten Münchens gehüpft ist ...«

Ich verpasse meiner besten Freundin einen lieben Schubser. »Bloki hat mit dir den absoluten Glückstreffer gelandet, aber das weißt du ja.« Ich zwinkere ihr zu.

»Ja.« Gitta seufzt. »Ich wollte nicht rumjammern. Aber es ist einfach so viel zu tun zurzeit! Na ja, ich werd mich da nicht so reinstressen. Aber die Kirchenband geht mir auf die Nerven, weil sie unser Lied nicht einstudieren wollen. Dann gab's irgendwie ein Missverständnis bei der Menü-Auswahl. Und – boah! – der Pfarrer!«

Es folgt ein mindestens zehn Minuten langer Monolog über diverse Hochzeitsplanungskatastrophen. Oh mei.

Irgendwie verlagern sich die Gesprächsthemen im Freundeskreis, kaum ist man zwei, drei Jahre aus der Uni raus, stark in Richtung Arbeit, Partnerschaft, Ehe und auch potenzielle Nachwuchspläne. Das fühlt sich merkwürdig an, wenn man selbst nur marginal mitreden kann. Gitta ist bei Weitem nicht die Erste aus meinem Bekanntenkreis, die den Bund der Ehe eingeht. Sonst müsste ich auch nicht so rumstressen, zefix. Erst gestern habe ich wieder ein Verlobungsring-Selfie per WhatsApp bekommen. In diesem Jahr stehen höchstwahrscheinlich *drei* Hochzeiten an! Letztes Jahr waren es noch zwei. Da gehen sie dahin, eine nach der anderen. Und am Ende bin ich die Einzige, die allein in ihrem Kämmerchen sitzt.

Ich seufze und starre auf die ungesunde Mahlzeit in meinen Händen.

Eigentlich bin ich ja gar nicht der Stereotyp des hoffnungslosen Singles. Zumindest nicht, wenn man den Unterhaltungsmedien glaubt. Da dominiert nämlich immer noch die chaotische Singlefrau Mitte dreißig, meistens blond, das biologische Verfallsdatum im Gepäck, kein Glück mit den Männern, der ewige Single, vielleicht aber auch schon ein Kind an der Backe.

Was viele (und vor allem die Medienmacher ab vierzig) anscheinend nicht wissen: Wir befinden uns bereits mitten in der Post-Post-Babyboomer Generation.

Nachdem die (Haus-)Frauen in den Sechzigern mit möglichst unter fünfundzwanzig heiraten und Kinder kriegen sollten, folgte die emanzipierte Generation meiner Eltern: Das sind die, die in den Siebzigern und Achtzigern mit Megafonen und Plakaten gegen alles Mögliche auf die Straße gingen, sich austobten, ihre BHs verbrannten – um dann mit Mitte dreißig langsam mal anzufangen, über die Familienplanung nachzudenken. Dieser Spirit hielt sich noch ein weiteres Jahrzehnt, ist inzwischen aber passé.

In den 2010ern heiratet man gerne wieder jung (sprich: ab Mitte zwanzig) und kriegt dann auch bald Kinder – man möchte schließlich eine junge Mutter (beziehungsweise ein junger Vater) sein! Allerdings geht die junge Mutter von heute – anders als die Baby-Boomer-Mutter – sehr schnell wieder arbeiten und bastelt dann mit Pampers in der Hand an ihrer

Karriere. Denn mit Ende zwanzig ist man normalerweise weder schon verbeamtet noch seit Jahren in einem sicheren Job verwurzelt. Da kann man schon mal latent am Rad drehen.

Aber selbst davon bin ich Lichtjahre entfernt.

»Hallo? Hörst du mir eigentlich zu?« Gitta starrt mich etwas beleidigt an.

»Äh ... ja klar. Worum geht's?«

Gitta seufzt. »Die Sitzordnung. Ob es für dich okay ist, wenn du mit Sammy, Pete, Olli, Lisa, Susan und Bob am Tisch sitzt?«

Was sie wirklich meint, ist, ob es okay für mich ist, wenn ich mit Sammy *und* Pete, Olli *und* Lisa, Susan *und* Bob an einem Tisch sitze.

Ich brummle: »Ja, klar. Passt.«

Auch Gitta ist etwas zerknirscht. »Und ... äh ... also ... der Platz neben dir wird noch belegt, oder?«

Ich straffe mich. »Ich hab gesagt, ich komme plus eins!«

»Ja, ne, alles klar. Ich mein ja nur. Sonst setz ich die DJane neben dich.«

»Ich find schon wen.«

»Ja, das weiß ich doch.«

»Mach du mir nicht auch noch Druck! Das tut schon diese scheiß verkorkste und erfolgs- und gebärorientierte Gesellschaft!« Ich stemme empört meine Hände in die Hüften.

»Felilein! Auf gar keinen Fall!«

»Okay.«

»Es ist nur wegen der Planung. Das ist der totale Albtraum mit der Sitzordnung! Daher wäre es gut, das bald zu wissen ...«

Grrrrrrr. Grrrrrr.

Tag 52

Samstag, 11.04.

11. April 2015; 10:44 Uhr

La Mamma:	Spatzi, was ist jetzt eigentlich mit dem Baumseminar? Willst du da mitkommen?
Feli:	Nicht unbedingt.
La Mamma:	Schad. Da könntest du wirklich viel lernen!
Feli:	Nein.
La Mamma:	Doch. Diese Erfahrung in der Natur ... Frag deinen Vater!
Feli:	???

Tag 56

Mittwoch, der 15. 04.

»Grüß Gott?« Eine krächzende Stimme schallt viel zu laut aus dem Hörer.

»Servus Oma, is der Papa da?«

»Grüß Gott? Grüß Gott?«

»Oma! I bin's. Felizitas. Is der Papa …«

»Grüß Gott? I brauch nix. I will nix. Sie müssen mir nix verkaufn …«

»OMA! Tu dei Hörgerät eini!« Ich brülle inzwischen ins Telefon.

»Mama, schleich di vom Telefon …«

Mein Vater nimmt den Hörer an sich, während meine Oma, über schamlose Telefonvertreter schimpfend, abzieht.

»Felizitas, bassd ois?«

»Ja, freili. I wollt nur fragen, ob bei *dir* alles bassd. Also … wegen … wegen der Sache mit da Mamma.«

Ich warte unruhig die Antwort ab. Seit der Begegnung an Ostern spamt mich meine Mutter zwar mit den üblichen unnötigen Nachrichten zu, von meinem Vater habe ich aber gar nichts mehr gehört. Was bei meinem wortkargen Papili prinzipiell nicht ungewöhnlich ist. Trotzdem.

»Ja, mei …«, unwohle Pause, »des bassd scho. Weißt, also, deine Mutter und ich …«

Rrrrrrrrrring.

»Ah ... Mist. Wart mal kurz. Da ruft wer am Festnetz an.«

Da mein akkuschwaches Handy am Ladekabel hängt, dehne ich in perfekter Kabuki-Manier mein Bein grazil bis zu meinem Vintage-Festnetz-Telefon und angle mir mit dem Fuß den Hörer. (Frau Sato wäre stolz auf mich!)

»Hallo?«

»Spatzi! Warum gehst'n ned an dein Handy?«

»Weil ich telefonier' – mit dem Papa. Deswegen hört man auch kein Freizeichen!« Ich rolle die Augen.

»Ah, perfekt. Du, wenn du ihn grad dranhast ... Kannst du ihm ausrichten, dass ich später zu ihm rausfahre?« Die Tonlage meiner Mutter fällt plötzlich um zwei Oktaven. »Und dass ich mich schon auf ihn freue. *Sehr* freue!«

So viel zum Thema »emotional schützen«.

»Und gib ihm ein Bussi von mir. Nein, warte, das kann ich ihm ja gleich auch selbst geben, wenn wir ...«

»Okay, Mamma, ich muss jetzt aufhören! Ciao, ciao!«

Angeekelt lasse ich den Hörer fallen. Pfui Deifi! Seufzend wende ich mich wieder meinem Vater zu, der anderen Komponente in dieser abstrusen Amour fou.

»Des war die Mamma. Was auch immer i dir ausrichten soll, des kann sie dir aa glei selbst sagen.«

»Hmmmm ...« Mein Vater wirkt schuldbewusst. »Weißt, wir beide genießen halt einfach grad die Zeit zam. I weiß aa ned, was draus wird. Schau ma halt mal.«

Ich seufze. »Bassd scho, Papili.«

Was soll ich auch sonst dazu sagen? Als brave Tochter.

»Schau ma halt mal.« Woher hat mein Vater überhaupt diese Gelassenheit?! Wie gerne würde ich mich in Liebesdingen auch einfach treiben lassen. Aber es ist bereits Tag 50 durch und damit ein Drittel meines selbst auferlegten Countdowns verstrichen. Maaaaaaann!

Nachdem ich aufgelegt habe, starre ich fünfzehn Minuten grübelnd gegen die Wand, als würde sich diese dadurch auftun und auf magische Weise meine perfekte Plus-Eins ausspucken. Und dann kommt mir eine Idee.

Entschlossen greife ich zu meinem Handy und wähle Ollis Nummer: »Hey, was ist denn jetzt eigentlich mit diesem Supertypen von dem du mal gesprochen hast? Ich bin bereit, verkuppelt zu werden!«

Tag 58

Freitag, 17.04.

Mein Blind Date des Tages ist laut Beschreibung von Ollis Bekanntem ein »Supertyp« und wie für mich gemacht: Webdesigner, reist gerne, sehr sportlich, gebürtiger Franke, Vollbart.

Vor allem aber beschert er mir das ödeste Date aller Zeiten.

Ich starre unauffällig auf meine Armbanduhr, versuche mit all meiner Willenskraft, die Zeiger zu hypnotisieren, damit sie einen Gang zulegen.

»Joa. Hmmmm …« Der Typ blickt kurz von seinem Bier auf, wirft einen unschlüssigen Blick in den Raum. Und wendet sich dann wieder seinem Bier zu.

Unfassbar grausam.

Der angebliche Supertyp besitzt in der Tat alle von Olli genannten Eigenschaften. Vor allem der signifikante Vollbart ist eine Erwähnung wert, der wuchert nämlich dunkel und struppig im kompletten Gesicht. Hauptsächlich ist Mr. Frankenbart aber leider nur: furchtbar fad. Eine einzige Nullstelle. Bereits nach den obligatorischen zwei Minuten Small Talk haben wir uns nichts mehr zu sagen. Ob er maulfaul ist, schüchtern oder ihm einfach der Wucherbart das Reden erschwert – ich weiß es nicht. Es springt einfach so was von gar kein Funke über, noch nicht mal ein platonischer. Und das wusste ich bedauerlicherweise schon ab Minute eins.

»Hey, servus. Ich bin die Feli. Schön, dich kennenzulernen!« Strahlendstes Lächeln meinerseits.

»Joa. Servus.« Mr. Frankenbart reichte mir dumpf die Hand.

»Ist das auch dein erstes Blind Date?«

»Joa.«

Ich zwinkerte flirtiv. »Und bin ich so, wie du es dir vorgestellt hast?«

»Hmm. Joa.«

»Ich find's auf jeden Fall aufregend!«

Mr. Frankenbart kratzte sich nachdenklich am Kinn. »Joa.«

Und so zäh ging es die nächsten zehn Minuten weiter. Bis ich nach circa zwölf weiteren »Joa« die vielen anstrengenden Nachfragen zum Beruf und den Hobbys von Mr. Frankenbart aufgegeben habe.

Der scheint auch nach wie vor an einem anregenden Gespräch nicht sonderlich interessiert, streicht sich nur ständig durch seinen Bart (ich muss diesen Punkt auf meiner Kriterienliste langsam ernsthaft überdenken) und trinkt großzügig von seinem Bier.

So nähern wir uns schweigend dem Grenzwert der Unendlichkeit. Hilfe! Ich bin scheinbar in einer Dating-Zeitschleife gefangen!

»Tjaaaa ... also ...« Ich werfe unruhig einen Blick auf meine Uhr. Fünfzehn Minuten sind rum. Damit ist hoffentlich die angemessene Zeitspanne erreicht, um dieses Date höflich beenden zu dürfen. »Ich muss jetzt dann auch weiter, ich habe noch ... einen wichtigen Termin mit ... meinem Steuerberater!«

Mr. Frankenbart blickt mich durch seine buschigen Augenbrauen an. Es scheint eine gefühlte Ewigkeit zu dauern, bis er seinen Kopf gemächlich zu einem Nicken ansetzt.

»Joa.«

Ich lächle beflissen und raffe schnell meine Sachen zusammen. Bis ich plötzlich ein monotones Brummen vernehme.

»Wohnst du ned hier ums Eck?«

Wahnsinn. Er kann nicht nur mehr als zwei Worte sprechen, er hat mir auch noch zugehört!

»Ja, gleich zwei Häuser weiter, warum?«

»Joa. Das Klo hier ist defekt. Könnt' ich bei dir kurz bieseln gehn?«

Oh Mann. Der hat vielleicht Nerven.

Aber da ich einfach grundhöflich bin und nicht will, dass Mr. Frankenbart auf der Heimreise nach Franken implodiert und somit womöglich seine innere Ruhe verliert, stimme ich zu.

Die Behäbigkeit, mit der er mir hinterherschlurft, macht mich allerdings geradezu wahnsinnig. Wie kann man nur so langsam sein?!

Ich verkneife mir ein abschätziges Augenrollen und sperre die Wohnungstür auf.

»So, da sind wir. Ich schau nur schnell, ob ich noch Klopapier auf der Rolle habe.«

Ich husche ins Bad, um dieses auf seine Vorzeigetauglichkeit zu überprüfen. Wie gesagt, höflich, außerdem gastfreundlich und ein bisschen zwanghaft. Natürlich ist mein Bad wie immer perfekt aufgeräumt und clean. Ich verstecke nur schnell eine Packung Tampons in meinem Badezimmerschränkchen und gehe zurück in den Wohnbereich.

»So. Einfach da vorne die Tür li... WAS ZUR HÖLLE!!??«

Vor mir liegt der behäbige Mr. Frankenbart, der sich – inzwischen gar nicht behäbig – komplett entkleidet hat, nun splitterfasernackt auf meinem Bett! Ein Bein aufgestellt, sodass ich einen freien Blick auf sein Gehänge habe, starrt er mich lüstern an.

»Was BITTESCHÖN soll das denn jetzt?!« Ich bin völlig entgeistert.

»Joa. Was schon. Ich will in dich eindringen.«

Zur Bekräftigung dieser Aussage deutet er auf seine vollständig erigierte Mannespracht.

Mit seiner Potenzfunktion hat er im Gegensatz zu seiner Sprachfunktion keine Probleme.

Mr. Frankenbart verzieht sein bärtiges Gesicht – zum ersten Mal heute – zu einem breiten Grinsen.

Ich glaub's ja nicht! Der Typ hat eindeutig zu viel *How I met your mother* geschaut und zieht jetzt ernsthaft und wahrhaftig den »naked man« ab. Nur weil ich ihn in meine Wohnung hab »eindringen« lassen, heißt das noch lange nicht, dass ich ihm dasselbe auch bei mir gewähre!

Doch Mr. Frankenbart zuckt nur mit den Schultern. »Joa. Was isn dabei. Ham uns zwar ned so gut verstanden. Aber bissl Sex, damit holn ma noch das Maximale aus dem Date raus.«

In dem Moment platzt mir die Hutschnur, und ich erkläre dem nackten Kerl vor mir mit Nachdruck die Faktenlage: »Ich lass mich doch nicht so einfach vögeln, am helllichten Tag! Da hab ich schon Besseres zu tun, als mit dir zu vögeln! Überhaupt wird Vögeln völlig überbewertet. Vor allem beim ersten Date!«

»Joa. Wennst magst, könn ma auch nur 'n bissl rumschmusen ...«

»RAUS!!!«

Zu meiner Erleichterung hat Mr. Frankenbart anscheinend endlich den Schuss gehört und setzt sich in Bewegung.

Unglaublich. Ich freue mich schon darauf, Olli in die Finger zu bekommen. Supertyp! Pah! Wenn das so weitergeht, brauche ich wirklich bald einen Feng-Shui-Berater – aber für mein Leben, nicht für meine Wohnung!

Tag 59

Samstag, 18. 04.

»Alles wird gut!«

Ich bringe meinen Müll runter und bemühe mich um eine beschwingte Stimmung. Positiv denken hat auch was mit Karma und innerer Ausgeglichenheit zu tun! Es ist zwar Samstag, und statt mit Freund oder Date verbringe ich den Tag mit Hausputz (unter anderem steht eine ausgiebige Desinfektion sämtlicher Nackter-Frankenhintern-Bereiche auf dem Plan). Aber in meinem Leben aufzuräumen ist vielleicht der erste Schritt zu einer neuen Beziehung. Außerdem ist noch viel Zeit bis zum D-Day. Bestimmt gibt es da draußen noch Hoffnung für mich. Deckel auf Topf und so. Statt Frust sollte ich also erneute Dating-Lust verspüren. Alles wird gut. Alles wird gut. Ich sage mir mein Mantra gebetsmühlenartig auf und glaube es langsam sogar.

Als ich schon wieder zurück auf dem Weg zur Haustür bin, stoße ich mit einem Mann samt Müllsack zusammen.

»Oh, Verzeihung!« Ein groß gewachsener, schlaksiger Typ in Jogginghose, weißen Socken und Birkenstock-Pantoffeln lächelt mich entschuldigend an.

Ohne Anzug hätte ich ihn fast nicht erkannt! Aber das glatt rasierte Gesicht und die geschleckte Seitenscheitelfrisur enttarnen den Lackschuhträger.

»Ach, hallo!« Ich lächle höflich.

»Hallo. Wie ich sehe, sind Sie neulich noch gut heimgekommen ...«

»Ja, klar ...«

Ich frage mich, warum meinen Nachbarn unsere nächtliche Begegnung vor der Haustür von vor x Wochen immer noch beschäftigt. Ich wusste ja, dass er irgendwie komisch ist!

»Ich musste natürlich einen gesalzenen Nachtzuschlag für den Schlüsseldienst zahlen.«

Der Lackschuhträger lächelt verlegen. »Nein, ich meine, als sie neulich mitten in der Nacht Hals über Kopf mit ihrem Freund aus dem Haus gestürmt sind ...«

Der allergische Grübchenlächler! Ich erröte.

»Das war nicht mein Freund. Ich hatte den Kerl an dem Abend erst kennengelernt ...«

»Ach ... okay ...« Der Lackschuhträger ist kurz aus dem Konzept gebracht.

Prima. Da entsteht mal wieder ein völlig falscher Eindruck von mir und meinem scheinbaren Lotterleben!

»Entschuldigen Sie. Ich wollte wirklich nicht impertinent wirken. Ich musste an dem Tag wieder zum Flughafen, aber Sie haben mich wohl nicht gesehen.«

»Nein, habe ich tatsächlich nicht. Sorry.«

Ich mache mich eilig wieder auf den Weg Richtung Haustür. Ich sollte mein Leben wirklich dringend in den Griff bekommen. Das ist ja schon peinlich!

»Ach ...« Die Stimme des Lackschuhträgers schallt mir aus dem Müllhäuschen hinterher.

»Ja?« Mit der unguten Ahnung, auf weitere Entgleisungen angespochen zu werden, drehe ich mich um.

»Ist das Ihre Tüte da?«

»Ja, wieso?«

»Na ja, da ist auch Plastik drin ...« Der Lackschuhträger zeigt mit kritischem Blick auf meinen grünen Müllsack.

Bitte?!

Ich trete näher und werfe einen Blick auf das angebliche Corpus Delicti. »Ja, da ist eine Verpackung mit drin. Das ist blöd, sorry.« Ich zucke leicht ertappt mit den Schultern. »Ich habe ziemlich viel um die Ohren gerade. Wegen einer Käse-Verpackung gehe ich da ausnahmsweise mal nicht zum Plastik-Container.«

Ich blicke den Lackschuhträger an, in der festen Annahme, dass dieser mir und meiner Stress-Müll-Situation nichts anderes als vollstes Verständnis entgegenbringt.

»Hmmm, und die Bananenschale da?«

»Meine Biomülltüten waren aus.«

Ich kann es kaum glauben. Ich rechtfertige mich für meinen Müll. Vor meinem neuen Nachbarn.

Der zieht zwar die Stirn kraus, sagt aber nichts.

Ich blicke ihn skeptisch an. »Was?«

»Nichts. Vergessen Sie es. Mich hat der Hausmeister nur beim Einzug über die Müllproblematik hier im Haus aufgeklärt. Wenn das jeder so macht ... Na ja, egal. Wie gesagt, vergessen Sie's.«

So was! Was geht den eigentlich mein Müll an?!

Ich kneife angriffslustig die Augen zusammen. »Hören Sie mal! Wenn ich etwas nicht leiden kann, ist es der perfide in der Luft liegende Geruch von einem vollen Müllsack. Ich bringe deswegen jeden Tag meinen Müll runter. Dieser Sack war nicht ganz voll. Ich bin müde, ich bin gestresst, es lag eine leere Verpackung rum, und ja: Ich habe mir erlaubt, eine Banane zu essen. Und damit unsere Umwelt nicht noch mehr durch den übermäßigen Plastiktüten-Verbrauch leidet, habe ich eben den Sack mit diesen Sachen vollgemacht. Ich bin also mehr als umweltbewusst!«

Der Nachbar blickt nervös von links nach rechts. »Es tut mir wirklich leid. Ich wollte Sie bestimmt nicht angreifen. Es ist nur, der Hausmeister hat gesagt ...«

»Ach, rutschen Sie mir doch den Buckel runter, mit dem Hausmeister!«

Dem hab ich's aber gezeigt. So ein Depp! Wieder in meiner Wohnung, packe ich aufgebracht meine Dreckwäsche zusammen und mache dabei meinem Ärger Luft. Ich meine – was bildet sich der Korinthenkacker eigentlich ein!

Als ich eine Stunde später mit sauberer, trockener und desinfizierter Wäsche zurück vom Waschsalon komme, sehe ich, wie sich der Lackschuhträger gerade in einer angeregten Diskussion mit dem Hausmeister befindet. Ich stöhne innerlich auf: Der wird mich doch nicht etwa anschwärzen? Damit würde er bei unserem Hausmeister auf offene Ohren stoßen. Der Ordnungsfanatiker hat den ganzen Tag nichts Besseres zu tun, als sich über Leute aufzuregen, die gegen seine heilige Hausordnung verstoßen. Bis jetzt war ich damit völlig d'accord – und sogar fast schon best friends mit dem alten Mann. Aber bei Müllsündern versteht der Hausmeister keinen Spaß. Da macht er nicht mal bei mir eine Ausnahme. Bevor die beiden mich entdecken können, hetze ich mitsamt Wäschekorb ins Haus.

Fünf Minuten später klingelt es an meiner Wohnungstür.

Als hätte ich es geahnt: Es ist der ernst dreinblickende Lackschuhträger.

Ich kann mit meinem Grant nun nicht mehr hinterm Zaun halten. »Wollen Sie mir weitere Vorträge halten?!«

Der Lackschuhträger blickt mich unwohl an. »Na ja, eigentlich ...«

Wie er mich lehrerhaft durch die unmodische randlose Brille ansieht!

Ich platze fast. »Ich weiß nicht, was Sie nach diesen letzten beiden Begegnungen von mir denken. Aber ich bin sehr wohl ein ordentlicher, anständiger und gut organisierter Mensch. Ich rauche nicht, ich gehe nur äußerst selten aus – ich bin eine sehr respektable Person!!!«

Dem Lackschuhträger scheint nun noch unwohler zu sein.

»Das haben Sie jetzt ganz falsch verstanden! Ich wollte nur … Sie haben vorhin etwas verloren.« Mit diesen Worten hält er mir meinen verruchtesten, durchsichtig-roten und mit Pailletten besetzten Victoria's-Secret-Slip vors Gesicht. »Also … äh … ich denke mal, das gehört Ihnen?«

Boden, tu dich auf!

Tag 60

Sonntag, 19.04.

Ja, ich trage sexy Dessous, auch wenn ich single bin. Oder eben gerade *weil* ich single bin. Was bleibt mir denn von einem erfüllten Beziehungsliebesleben, wenn nicht die heißen Höschen?! Ich weigere mich einfach, auf schlabbrige Pantys oder Krümelmonster-Boxershorts umzusteigen. Es geht schließlich um das *Gefühl*, das einem sexy Dessous geben. Auch, oder vor allem, weil man nur selbst weiß, was man »drunter« trägt.

Tatsächlich trage ich heute nämlich besagtes rotes Höschen – und ich trage es mit Stolz, zusammen mit der vollen Kombination aus dem dazugehörigen schimmernden BH und (zur Feier des Tages) den halterlosen Strümpfen. Ha!

Derart »aufgebretzelt« stehe ich vor einem meiner Lieblingscafés und warte – wie so oft – auf meine Freunde. Was mir die Zeit vertreibt, ist die Tatsache, dass bereits das dritte männliche Wesen an mir vorbeigeht und ich mir nur mühsam ein kindisches Kichern verkneifen kann – wenn der wüsste, was ich unter Jeans und Pulli trage!

Ich blicke auf meine Uhr. Zefix! Seit fünfzehn Minuten bin ich schon mit Sammy und Susan verabredet, um Details für den Junggesellinnenabschied in ein paar Wochen zu besprechen. Stripper ja/nein, zwei oder drei Flaschen Likör, mit oder ohne Schaumparty – die üblichen Rahmenbedingungen eben. Allerdings scheine ich als Single-Frau die Einzige zu sein, die nicht hunderttausend anderen Verpflichtungen nachkommen muss und daher pünktlich sein kann. Dabei muss ich heute noch zwei Listen für ein Meeting morgen fertigstellen!

Plötzlich kommt ein Mädchen um die Ecke gestürmt und rennt fast in mich rein. Sie ist dreizehn oder vierzehn Jahre alt und hat einen jungen Hund an der Leine. Und sie scheint ziemlich aufgelöst.

»Holla!«, denke ich mir.

»Hallo!«, sagt sie. »Kannst du kurz auf ihn aufpassen? Bitte!«

Eindeutig eine rhetorische Frage. Denn schon hat mir das Mädchen die Leine in die Hand gedrückt und rennt eilig weiter.

»Äh … Moment mal?!«

Doch der Teenie ist schon rum ums Eck.

Ich blicke baff auf den kleinen Beagle vor mir, der mich mit unschuldigen, kugelrunden Hundeaugen anstarrt.

»Jetzt schau nicht so!«

Ich bin völlig überrumpelt. Was war *das* denn?! Und vor allem: Was *jetzt?*! Ich rede mir ein, dass das Mädel nur schnell in den Supermarkt zwei Straßen weiter wollte. Bestimmt wollte sie sich nur eine Tiefkühlpizza oder einen Alcopop kaufen, und da kann der Hund natürlich nicht mit.

Der fiept mich ungeduldig an. Ich komme ins Schwitzen – und kann nicht umhin, meinen Gedankengang noch mal zu überprüfen.

Vor dem Supermarkt gibt es extra eine Stelle, an der man die Hunde anleinen kann. Außerdem muss man für eine Tiefkühlpizza auch nicht wie von der Tarantel gestochen losrennen, egal, wie viel Hunger man hat.

»Wuff.« Der Hund meldet sich erneut und blickt mich erwartungsvoll an.

»Ja, ja … Hund … es wird schon alles gut.« Ich tätschle dem braun gepunkteten Wuffi unbeholfen den Hunderücken.

Zehn Minuten später ist das Mädchen immer noch nicht wiederaufgetaucht. Scheiße. Ich lege mir mental einige schlimme Flüche auf unverantwortliche Teenies zurecht, die durch *Berlin – Tag und Nacht* und andere Spartenprogramme anscheinend völlig verdorben sind.

Rrrrrrring.

»Fee! I am so sorry. Der MVV und so … Ich bin gleich da!«

»Ich glaub, ich hab jetzt 'nen Hund.«

»What???«

Ich starre auf das Tier, das brav neben mir auf dem Trottoir sitzt. Aber ich bin doch überhaupt kein Hundemensch! Und was wohl Tarantino dazu sagt, wenn er sich plötzlich sein Revier mit einem Köter teilen muss! Nein, nein – das geht auf keinen Fall!

Luigi, so habe ich den Hund inzwischen getauft, winselt und starrt mich treuherzig an.

Oh Mann.

»Gott sei Dank! Da ist er ja!«

Ich drehe mich irritiert um und sehe einen hübschen Typen mit dunklen Locken auf mich zurennen. Mit dem verantwortungslosen Teenie im Schlepptau. Der Typ, etwa dreißig, beugt sich sofort besorgt zu Luigi hinunter und streichelt das verwirrte Tier.

»Armer Fiffi, aber jetzt kommst wieder heim.«

Fiffi? Ernsthaft? Ich starre den Hund skeptisch an, der blickt entschuldigend zurück. Als wüsste er selbst, dass er mit dem dämlichsten aller dämlichen Hundenamen gestraft wurde.

»Mei… danke schön, dass Sie auf ihn aufgepasst haben!« Der Typ wendet sich nun mit (äußerst sympathischem) Münchner Zungenschlag an mich. »Es tut mir leid für die Umstände! So ein Schmarrn kann auch nur meiner Schwester einfallen, den Hund einfach beim nächstbesten Passanten auszusetzen!« Er besieht das Mädchen neben sich mit einem tadelnden Blick.

»Ach, das ist schon okay.« Ich lächle. »Ich bin nur froh, dass der Hund sein Herrchen wiederhat. Ich bin eigentlich eher der Katzenmensch und nicht wirklich ausgerüstet für ein neues Haustier.«

Der Typ grinst. »Ich bin auch nicht sein Herrchen, aber ich arbeite hier ums Eck, in dem Laden da hinten. Meine kleine Schwester hat sich eingebildet, einen Hund zu brauchen, und meine Eltern erfüllen ihr halt leider immer jeden Wunsch. Nachzüglerkind! Und als hätte ich es geahnt: Erstes Mal alleine Gassi gehen, und schon ist sie mit dem Tier überfordert!«

Ich mustere den unschuldig aussehenden kleinen Hund skeptisch.

»Ist ja nichts passiert.«

Ich blicke auf – und dem Typen direkt in die tiefblauen Augen.

Wir starren uns für den Bruchteil einer Sekunde einfach nur an.

Ich bin wie hypnotisiert.

Meinem Gegenüber scheint es genauso zu gehen, denn er lächelt und fasst sich verlegen an den Hinterkopf. Dann streckt er mir seine Hand hin.

»Ich bin Tom.«

»Feli.«

Wir schütteln Hände – und wieder durchzuckt mich ein Blitz.

»Ja … äh …« Ich bin auf einmal ganz verlegen, weiß nicht, was ich sagen soll.

»Können wir jetzt endlich gehen?« Das Mädchen nimmt mir energisch die Leine aus der Hand und rollt genervt mit den Augen.

»Chiara, jetzt reiß dich mal zam!« Tom wendet seinen Blick nicht von mir ab. Fast schon Magische Augen!

In mir beginnt es zu kribbeln.

»Aber Mama wartet auf uns! Jeeeeeetzt.«

Tom-Magic-Eyes seufzt. »Ja gut, also dann …« Er blickt mich intensiv an.

»Ja dann …« Ich starre erwartungsvoll zurück.

Frag doch nach meiner Nummer! Frag doch endlich!

»Toooooom!« Chiara-ich-könnte-sie-erwürgen rollt erneut mit den Augen.

»Ich …« Tom zögert.

In dem Moment klingelt – wie könnte es anders sein? – mein Handy. Ich versuche, es zu ignorieren.

Doch Chiara, die pubertierende Spielverderberin, runzelt die Stirn. »Geh halt ran! Das Gebimmel nervt vooooll …«

»Chiara!« Tom-Magic-Eyes schlägt nun einen etwas schärferen Ton an. Und blickt mich dann wieder entschuldigend an.

Diese Augen!

»Schon gut.« Ich wische über mein Display – und schon schallt mir gut hörbar eine wohlbekannte, glockenhelle Stimme entgegen.

»Spatzi! Was machst du am ersten Mai? Willst du mit mir und deinem Vater in die Sauna gehen? Und komm mir nicht gleich wieder mit deiner Prüderie – capisce! Die haben so einen tollen neuen textilfreien Vitalbereich in den Thermen!«

»Was? Nein! Mamma, ich hab jetzt gar keine Zeit!«

Ich versuche hektisch, den Lautsprecher an meinem Handy

auszustellen, während meine Mutter weiter fröhlich von der ganz natürlichen Nacktheit des Menschen erzählt. Als mir das nicht sofort gelingt, entferne ich mich eilig ein paar Meter. Ich habe einfach gnadenlose Panik, dass la Mamma tatsächlich einen textilfreien Wellnesstag für sich, meinen Vater und mich bucht!

»Mamma! Ich mache bestimmt nicht einen auf verkorkste, heile Familie mit euch. Und schon gleich gar nicht nackt in der Therme!«

Nach fünf endlos scheinenden Minuten habe ich meine Mutter endlich von der Absurdität ihrer Idee überzeugt – oder zumindest hartnäckig genug Nein gesagt, um einen Kompromiss auszuhandeln.

Ich eile schnell zu der Stelle zurück, an der ich nach Monaten des trostlosen Datens endlich und unerwartet so etwas wie den berühmten Funken gespürt hatte – nur um festzustellen, dass der Funken samt Hund und Teeniegör verschwunden ist.

Neeeeiiiiin!!!

Tag 63

Mittwoch, 22. 04.

22. April 2015; 18:30 Uhr

Feli: Und überhaupt! Warum hat er nicht einfach sofort nach meiner Nummer gefragt?

Olli: Warum hast DU nicht nach seiner Nummer gefragt?

Feli: Das macht man als Frau doch nicht!

Olli: Quatsch! Frauen dürfen heutzutage den ersten Schritt machen, da gibt es tausend Bücher drüber! Meine Kollegin hat mir da von einem Bestseller erzählt.

Feli: Ich weiß, worauf du anspielst, und die Antwort ist: auf gar keinen Fall!

Tag 66

Samstag, 25.04.

Ich kann nicht glauben, was ich gerade tue.

Generation Liebestöter. So findest du ihn ... nicht! 100 Regeln für die perfekte Partnerschaft. Er, Sie und ein Haufen Probleme.

Oh Mann.

Oh Mann!

Ich stehe vor dem Regal des Grauens. Dem Regal für Beziehungsratgeber in der Abteilung für Selbsthilfebücher. Hier tun sich die seelischen Single-Abgründe auf. Hier möchte man nicht gesehen werden. Es ist wie vor dem Kondomregal im dm. Dem Ständer mit Pilzmitteln in der Apotheke. Dem Seminarraum der Anonymen Alkoholiker im VHS-Hauptgebäude. Oder bei Beate Uhse – ganz allgemein. Denn hier offenbart man sich, hier zieht man in der Öffentlichkeit blank und bekennt: Ich habe Probleme und brauche Hilfe. Gut, in zwei der eben genannten Beispiele bekennt man sich eher zu einem aktiven Sexleben. Was aber auch unangenehm sein kann, wenn man von den falschen Leuten überrascht wird (»Herr Mayer! Ja, ich komme morgen zum Meeting. Haben Sie schon mal die mit den Noppen probiert?«).

Wenn Sie sich Schritt für Schritt an diese 100 Regeln halten, garantieren wir Ihnen eine glückliche und erfüllte Partnerschaft.

Aha.

Regel Nr. 56: Lieben Sie nur einen Mann, der Sie auch liebt.

Ach nee! Das ist ja *die* Erkenntis! Wahnsinn. Und vor allem ist das immer so einfach! Ich lasse einen verächtlichen Laut los.

Diese Ratgeberbücher können bisweilen allerdings sehr humorvoll und aufbauend sein, deswegen bin ich hauptsächlich hier. Und natürlich auch, um mich fortzubilden. Wie ich ja bereits schmerzlich erfahren musste, scheint Dating in den 2010er-Jahren irgendwie viel komplexer abzulaufen als noch vor zwei Jahrzehnten. Wenn man überleben möchte, muss man wohl ein paar der Dating-Grundregeln beherrschen. Mit Ghosting habe ich inzwischen bereits durch learning by doing Bekanntschaft gemacht. Hätte ich vorher von diesem neuesten und anscheinend landläufig bekannten Abservierprinzip gewusst, hätte ich mir drei Tage Grübelei erspart. Und hätte ich gewusst, dass es für den modernen Mann nicht demütigend, sondern sogar schmeichelnd ist, wenn Frau den ersten Schritt macht (wie die Psychologin Frau Dr. Hanwandhausen in Regel 76 ausführlich erklärt), wäre mir Tom-Magic-Eyes nicht durch die Lappen gegangen. Grrrrr.

Man muss möglichst viele der klugen Bücher von Psychologen, Wissenschaftlern, Hobbypsychologen, Frauenverstehern und Power-Emanzen lesen, um zu verstehen. Das Spannende dabei ist: Jeder Ratgeber rät etwas anderes.

Regel Nr. 95: Zeigen Sie Interesse! Schmeicheln Sie dem Mann, indem Sie ihm circa drei bis vier Tage nach einem Date eine unverbindliche, lustige SMS schreiben. Am besten packen Sie ein unterschwelliges Lob in die Nachricht. Männer wollen erobert werden!

Und im nächsten Buch – eines anderen »Beziehungsexperten« – heißt es:

Männer brauchen Freiraum. Sie finden Frauen unattraktiv, die sich zu sehr anbiedern. Melden Sie sich nach einem Date erst einmal nicht. Machen Sie sich rar. Überlassen Sie ihm das Ruder!

So. Da haben wir den Salat.

Was mache ich jetzt? Wähle ich den Zwischenweg und melde mich nach fünf bis sieben Tagen? Oder lieber gar nicht? Zefix! Und vor allem: Wie soll man sich denn bitte verhalten, wenn nun »Ghosting« als allgemeine Dating-Regel existiert? Dann weiß man doch gar nicht, ob man gerade geghostet wird oder ob der andere vor seinem Handy sitzt und sehnsüchtig auf eine Nachricht wartet, weil er den falschen Dating-Ratgeber gelesen hat. Und schließlich meldet sich einfach gar keiner mehr, da niemand mehr weiß, was er tun soll, und man kommt nie über das First Date hinaus? Man lebt also ein nicht enden wollendes Single-Leben mit lauter First Dates?

Ich muss nun doch schmunzeln, das macht mehr Spaß, als ich dachte – wenn man die Sache nicht zu ernst nimmt.

Ich greife fasziniert zum nächsten Buch. Das stellt die These auf, dass meine Generation prinzipiell beziehungsunfähig ist. Vor allem die Männer. Aha. Ist das vielleicht die Antwort auf all meine Dating-Probleme? Der Autor scheint sich zumindest mit dieser verkorksten jungen Generation auszukennen, zieht sich selbst als das ultimative Fallbeispiel heran, schließlich ist er ja auch ... Moment, einundvierzig?! Aber weiter im Text: Die Männer auf Selbstverwirklichungstrip wollen sich einfach nicht mehr binden und gehen daher vorzugsweise sogenannte Mingle-Beziehungen ein. Ich stutze. Lese noch mal. Nein, da steht eindeutig »Mingle«. Eine Seite weiter finde ich eine Art Erklärung: Mingle ist eine Wortneuschöpfung aus den Begriffen »Single« und »mixed«. Hä? Ich halte eine Verkäuferin auf. Das muss mir jetzt mal jemand genauer erklären, bevor ich in die nächste Dating-Falle à la Ghosting tappe!

»Entschuldigung, kennen Sie zufällig dieses Buch?«

»Ähm ...« Kurze, peinliche Pause. »Ja, habe ich auch daheim.«

»Ah, super. Ich bin Neuling auf dem Gebiet. Quasi erstes Semester Dating.« Ich amüsiere mich über meine eigene Spritzigkeit, die Verkäuferin lächelt gequält. »Können Sie mir den Begriff ›Mingle‹ genauer erklären?«

»Ja klar. Also das heißt, man ist in einer Art Partnerschaft, ohne eine Beziehung zu führen.«

»Wie? In einer Partnerschaft ist man doch in einer Beziehung?«

»Nein, eben nicht.«

»Also eine Sex-Affäre?«

»Nein. Das ist schon viel mehr als eine Sex-Affäre.«

»Also eine Beziehung.«

Die Verkäuferin legt die Stirn in Falten, kann nur schwer mit meiner Ignoranz umgehen. »Keine Beziehung! Man trifft sich in unregelmäßigen bis regelmäßigen Abständen, wie man will und ohne Verbindlichkeit. Man hat Sex, aber man bleibt auch mal über Nacht oder verbringt den Morgen zusammen. Nicht wie bei einer Sex-Affäre. Man kann theoretisch auch mal einen Ausflug zusammen machen oder sich gegenseitig beistehen.«

»Also, das hört sich für mich wie eine Beziehung an.«

»Nein, verstehen Sie, das ist heutzutage komplexer. Der Hauptunterschied ist der, dass sich beide Partner, oder auch nur einer, nicht binden möchten. Das heißt, man hat keine Verpflichtungen gegenüber dem anderen. Man ist nicht wirklich Single, aber auch nicht wirklich in einer Beziehung. Mingle eben.«

»Jetzt hab ich's kapiert!«

»Schön, freut mich, wenn ich weiterhelfen konnte.«

»Mingle ist so ein scheiß neumodischer Begriff, der den Männern eine Rechtfertigung gibt, warum sie in einer Beziehung mit anderen schlafen dürfen!«

Die Verkäuferin starrt mich nur an, tut dann so, als wäre sie von ihrer Kollegin gerufen worden, und eilt davon.

Ich kann nur den Kopf schütteln. So ein Schmarrn! Die ganzen Regeln, die schlauen Bücher, die Überanalyse und Verkomplizierung – kein Wunder, dass so viele Singles am Rad drehen. Wenigstens hat mich der Wahnsinn noch nicht ergriffen!

»Ähm, das kann ich nicht beurteilen, aber Sie machen einen normalen Eindruck!«

Plötzlich ist wie aus dem Nichts ein Typ um die vierzig neben mir aufgetaucht – und lächelt mich an.

Achduheiligemariamuttergottes! Ich führe laut Selbstgespräche! Jetzt ist es so weit. Fünf Monate Single, und ich werde schizophren. Gut, wenn ich mir auch noch eine multiple Persönlichkeit zulege, spare ich mir immerhin einen reellen Partner. Und vielleicht mache ich ja in der Klapse neue Bekanntschaften.

»Suchen Sie auch?« Der Mann blickt mich immer noch höflich lächelnd an.

»Äh ... wie?«

Diese Frage war eindeutig zweideutig!

»Ein Buch. Haben Sie da vielleicht einen Tipp für mich?«

Ich starre erst den seriösen Mann neben mir, dann das riesige Regal mit den Single-Selbsthilfebüchern vor uns an. Und plötzlich ist es so, als befinde ich mich vor dem Kondomregal. Die Schamesröte steigt mir ins Gesicht.

»Äh ... nein, ich recherchiere nur.«

Der Mann lächelt erneut höflich. »Tun wir das nicht alle?«

»Ich meine ... ich ... äh ... schreibe einen Artikel. Über Dating und Mingles und so.«

Ich klopfe mir im Geiste auf die Schulter für diesen genialen Rettungseinfall.

»Ah, verstehe. Und sind Ihre Feldversuche schon abgeschlossen, oder sind Sie noch auf ... Erkundungstour?« Er sieht mich eindringlich an.

Oh mein Gott. Der Typ will mich tatsächlich aufreißen. In der Abteilung für Selbsthilfebücher. Vor dem Regal mit den Beziehungsratgebern. Das ist doch total ... genial! Nice move! Hätte ich auch selbst draufkommen können.

Ich nicke dem Kerl anerkennend zu. Der starrt mich weiter an. Und da geht mir auf: So plötzlich, wie er gerade neben mir aufgetaucht ist, kann es gut sein, dass er schon den ganzen Tag unauffällig um dieses Regal herumschleicht, um auf Beute zu lauern. Und dann im richtigen Moment zuzuschlagen. Jetzt ist seine Strategie nicht mehr genial, sondern creepy.

»Also, wollen Sie sich mal auf einen Kaffee treffen, um über dieses Buch hier zu sprechen? Wir können es ja beide lesen, ein bisschen exzerpieren und uns dann austauschen. Wie in einem Buchclub.« Er grinst mich hintergründig an und starrt (so bilde ich es mir zumindest ein) unverhohlen auf meine Brüste.

Mich ergreift langsam die blanke Panik.

»Wie gesagt, ich bin eigentlich Journalistin undercover – und nur hier, um zu recherchieren. Aber Ihnen viel Glück. Tschüss!«

So schnell bin ich noch nie die vier Stockwerke in dem Buchladen runtergesprintet. Eins ist klar: In der Ratgeberabteilung werden die mich so schnell nicht wiedersehen. Scheiß auf Regeln, Ratgeber und Feng-Shui, ich habe mein Leben selbst in der Hand – und es wird Zeit, aktiv zu werden!

Schritt 5:

Vegan verwegene Rollenspiele

Tag 66, zehn Minuten später

Samstag, 25.04.

»Ich freue mich echt, dich noch mal zu treffen. So ein Zufall!«

Tom-Magic-Eyes ist zu meiner großen Freude sehr angetan, als wir an einem Regal mit Damen-Funktionsshirts nett quatschen. Und auch ich habe tatsächlich ein flattriges Gefühl in der Brust. Was für ein attraktiver und sympathischer Typ!

Okay. Ich muss zugeben – es ist nicht wirklich Zufall, dass ich hier beim vorgeblichen Kauf eines reflektierenden, multifunktionalen Laufshirts ausgerechnet auf Tom, den Ladenbesitzer, treffe. Ich bin bekanntermaßen Stratege, und als ich mich erinnerte, dass Tom »in einem Laden um die Ecke« eines meiner Stammcafés arbeitete, kamen nach eindringlicher Recherche inklusive Ortsbegehung nur drei Locations infrage: ein Blumenfachhandel, ein Beate Uhse und ein kleines Sportgeschäft. Da ich mir Ersteres bei Tom nicht vorstellen konnte, und Zweiteres nicht vorstellen wollte, blieb nur der Sportladen. Bingo!

Ich lächle breit, und Tom, gebürtiger Münchner (check!), strahlt mich an. Er ist zu meiner Freude auch einem weiteren »zufälligen« Treffen nicht abgeneigt.

»Ich würd' dich gerne gescheit kennenlernen. Darf ich dich zum Essen einladen? Sag bitte Ja!«

»Klar!«

Ich bin jetzt schon aufgeregt und weiß, dass dies endlich

wieder ein Date sein wird, auf das ich mich auch wirklich freuen werde.

Allerdings macht Tom-Magic-Eyes gerade, wie er mir enthusiastisch erklärt, eine Art vegane Phase durch. Er steht noch am Anfang und ist daher als Burger- und Knödelfan noch sehr anfällig für alle tierischen Verlockungen.

»Ich will's nicht kompliziert machen mit der Restaurantauswahl. Wie wär's: Du kommst einfach zu mir, und ich koche für uns?«

Ich bin unsicher. Beim ersten Date gleich zu dem Mann nach Hause, wenn auch nur zum Essen, widerspricht ja nun wirklich jeder Dating-Regel! Und dann noch zusammen kochen, das ist schon sehr intim. Besonders für einen verqueren Eigenbrötler wie mich, der gerne auf Nummer sicher geht und die emotionale Distanz so lange wie möglich aufrechterhält. Man sagt ja, zusammen kochen ist der neue »DVD-Abend« …

»Eigentlich …« Ich zögere.

Doch schließlich habe ich erst vor Kurzem gute Vorsätze gefasst. Und auch meine selbst auferlegten Pläne für diese Dating-Phase meines Lebens (sich öffnen, spontan und verwegen sein!) erlauben nur eins …

Tag 70

Mittwoch, 29.04.

Ich bin tierisch ... äh ... vegan aufgeregt, als ich ein paar Tage später vor Toms Haustür stehe. Schon hier schlägt mir ein verführerischer Duft von exotischen Gewürzen und Knoblauch entgegen.

»Ich hab ein neues Kochbuch mit ein paar ausgefallenen veganen Gerichten gekauft. Es gibt einen türkischen Linseneintopf!« Tom empfängt mich mit bekleckerter Kochschürze und rotem Kopf.

Sehr süß!

»Ich hoffe wirklich, du hast was für die vegane Küche übrig.« Tom lächelt.

»Klar! Wollt' ich schon immer mal ausprobieren!« Ich gebe mich entschlossen.

Zugegeben: Ich bin Bayer, also radikaler Fleischfresser. Mein Lieblingsfrühstück ist und bleibt einfach eine warme Leberkässemmel. Das kann ich natürlich im Alltag nicht durchziehen, sonst rolle ich bald durch die Welt. Deswegen bin ich schon lange auf eine »leckere« Haferbrei-Chia-Samen-Mischung umgestiegen. Auch, weil ich trendgeplagt bin.

Nicht, dass ich dauerhaft auf meine Leberkässemmel und den Schweinsbraten verzichten könnte, aber auch ich hatte durchaus schon eine vegetarische Phase (gefolgt von einer laktosefreien und einer kohlenhydratefreien Phase). Und ich bin durchaus bereit, mich durch gute Argumente bekehren zu lassen. Auch wenn Sammy auf meine Info über das vegane Date mit Tom-Magic-Eyes schlichtweg entsetzt reagierte: »Shit, Fee. Traue niemals einem Mann, der kein Fleisch isst. Seriously!«

Trotzdem: Ein paar Minuten später lasse ich mir einen deftigen Linsenbrei mit veganem Wein schmecken. Und – es schmeckt wirklich! Ich bin überrascht.

»Mmmmmm ...« Ich schlecke meinen dritten Teller aus. »Das war scharf. Aber gut scharf! Ich wusste gar nicht, dass veganes Essen so lecker schmecken kann.« Ich lächle Tom bewundernd an.

»Das sind die Gewürze. Die bringen ein bisschen Pfiff in das Ganze.« Tom zwinkert mir zu und nimmt noch einen Schluck aus seinem Glas.

Pfiff, ja. Kann man wohl sagen. Ich bin ziemlich vollgefressen, habe das Gefühl, mein Bauch ist eine riesige Kugel. Weil ich auch nie genug bekommen kann! Na ja. Das legt sich bestimmt gleich wieder.

Tom blickt mich zufrieden an. »Ich mach das ja erst seit ein paar Wochen, aber ich fühl mich schon viel gesünder, echt!«

Da isst er wohl nicht so oft Linsen. *Ich* fühle mich gerade nicht wirklich gesund. Im Gegenteil. Mein Bauch verwandelt sich in einen Ballon.

»Dem Fiffi geht's übrigens gut. Meine Mutter hat meiner Schwester ziemlich den Kopf gewaschen. Jetzt hat sie sich eine gute Hundesitterin gesucht!« Tom sieht mir lächelnd in die Augen.

»Das freut mich. Der ist ja auch süß und ...« Oooh! In meinem Bauch haben sich die Linsen quergelegt und brummeln leise. Ich halte mir schnell meinen Wanst. »Äh ... und außerdem fand ich die ganze Situation auch irgendwie lustig.«

Zum Glück hat Tom-Magic-Eyes nichts bemerkt, sondern sieht mich weiter interessiert an.

Oh Mann. Das ist nicht gut. Linsen, scharfe Gewürze, Knoblauch. Ich hätte es wissen müssen. Mein Verdauungstrakt ist eine wählerische Zicke. Und ziemlich schnell beleidigt.

Wie aufs Stichwort beschwert sich mein Magen lautstark: Grrrrrrrmmmmlllll. Ich bin mir sicher, dass gerade die Queen drüben auf der Insel irritiert aufhorcht: »Pardon me?«

Tom aber steht nur auf, um abzuräumen: »Wollen wir uns rüber auf die Couch setzen? Ist gemütlicher.«

Damit ich die Couchecke in einen fliegenden Teppich verwandle?! Sicher nicht!

»Ach, es ist doch endlich mal richtig schön draußen. Wollen wir nicht noch eine Runde spazieren gehen?«

Tom-Magic-Eyes blickt mich verwundert an. »Es ist neun Uhr abends. Und es nieselt.«

»Ja!« Ich setze mein euphorischstes Lächeln auf. »Ist doch toll! So ein bisschen … frische Luft.«

Oh Mann.

Wobei …

»Ach, weißt du was, ich geh allein. Dann kannst du in Ruhe abräumen.«

In meinem Innersten gibt mir mein Darm thumbs up. Yes – sehr schlau, Feli!

Denn ich finde Tom wirklich nett und würde gern noch ein bisschen Zeit mit ihm verbringen – gasfrei!

»Ach Schmarrn.« Tom winkt selbstverständlich ab. »Wir haben ein Date. Natürlich begleite ich dich!«

Super.

In den folgenden zehn Minuten schwillt mein Bauch von Ballon zu Heißluftballon an. Und während ich in völlig abstruser Weise immer wieder versuche, ein paar Meter hinter Tom zurückzufallen (»Muss nur schnell meinen Schuh binden.«, »Ich geh nur schnell zurück, um zu sehen, wie die Straße heißt.«), denkt der bestimmt langsam, dass ich irgendeinen Schaden habe.

Als wir zurück in die Wohnung kommen, habe ich das Gefühl, die Situation zumindest ein bisschen entschärft zu haben.

Tom nimmt mir charmant die Jacke ab.

»Es macht echt Spaß, sich mit dir zu unterhalten. Nicht mit jeder Frau kann man so gut gleichzeitig über Politthriller und Ernährungstrends reden.« Er grinst.

Ganz ehrlich, hätten wir noch eine Minute länger über die Kohlsuppen-Diät gesprochen, hätte er sich gewünscht, das Wort »Kohl« nie in den Mund genommen zu haben!

Tom sieht mich etwas irritiert an. »Was ist? Du wirkst schon wieder ein bisschen verkrampft.«

Ach nee!

Aber er lächelt so nett, und abgesehen von meinen spontanen Fluchtversuchen war die Unterhaltung eben wirklich sehr anregend. Ich würde mich tatsächlich gerne entspannt mit ihm auf die Couch setzen – und vielleicht auch ein wenig kuscheln. Kreizkruzifix!

»Komm, wir trinken noch ein Glas von deinem tollen Wein auf der Couch. Was meinst du? Keine Angst, ganz ohne Druck.«

Buhuhuuuuuuuuu.

Tom holt entspannt die Flasche und die zwei Gläser vom Tisch.

Grmmmmmmml. Die Linsen in meinem Bauch tanzen Tango. Ich setze mich total verkrampft, aber gleichzeitig so entspannt wie möglich auf die Couch. Grrrrrrrmmmmmmmmmmml.

»Wie wär's mit Musik?« Ich lächle Tom gezwungen an.

»Gute Idee.«

Eine Minute später ertönt Moop Mama aus den Boxen – und moop aus meinem Bauch. Die Willenskraft, mit der ich gegen meinen eigenen Körper ankämpfe, geht inzwischen exponentiell gegen unendlich. Tom setzt sich lächelnd nah neben mich. Nah. Viel zu nah! Und ich merke plötzlich – wenn ich jetzt nicht kurz austrete …

»Wo ist denn dein Badezimmer?«

Es ist furchtbar. Jede Frau weiß, was für ein Ding es ist, zum ersten Mal bei seinem neuen Partner ein »Ding« zu tun. In der fremden Wohnung und unter Anwesenheit des Mannes, der einen bisher nur in heißen Dessous kennt. Immer frisch geduscht, hübsch frisiert und umwerfend charmant. Frauen haben da ein Problem mit. Frau geht lieber mitten in der Nacht aufs Klo, wartet, bis sie zu Hause ist oder bis der Partner kurz den Müll runterbringt – statt Gefahr zu laufen, ein unangemessenes und unschönes Geräusch zu produzieren, das sich wahrscheinlich für immer in das Gehirn des Partners einbrennt. Männer, tja, die sehen das alles um einiges lockerer. Manche wagen es sogar, mit Absicht durch geschlossene Toilettentüren mit einem zu kommunizieren. Merci auch!

Aber – und das ist der springende Punkt – ich bin mit Tom-Magic-Eyes ja nicht mal zusammen! Ich habe diese Notsituation bei einem Date. Einem FIRST Date!

Ich sterbe tausend Tode auf dem fremden Klo. Tausend mehr, als ich es vorher auf der Couch getan habe. Ich habe aber keine andere Wahl. Clever, wie ich bin, versuche ich zumindest, eine umfassende Geräuschkulisse zu kreiern. Damit jegliche anderen Geräusche, die in diesen engen vier Wänden entstehen könnten, überdeckt werden.

»Okay, Feli, denk nach!« Ich blicke mich schwitzend um.

Ein Föhn! Perfekt. Doch gerade, als ich das Gerät starten

will, fällt mir ein, dass es durchaus schwierig werden könnte, dies später zu erklären: Ich trage schließlich eine Hochsteckfrisur. Letztendlich entscheide ich mich dazu, den Wasserhahn voll aufzudrehen, rupfe lautstark Toilettenpapier vom Spender und klappere zeitgleich mit dem blechernen Mülleimerdeckel. Eine Toilettensinfonie zur tonalen Vertuschung. Warum sind wir eigentlich nicht in China, wo es Klokabinen gibt, die genau das tun – vollautomatisch!

Ich bin mir nicht ganz sicher, ob der Plan geklappt hat, rede es mir aber ein, um halbwegs guten Gefühls aus dem stillen Örtchen zu kommen.

Ich setze ein Lächeln auf, trete zur Tür hinaus – und pralle gegen Tom, der direkt vor der Tür steht.

Mein Herz rutscht in die Hose. Oh no!

Tom atmet erleichtert aus. »Gott sei Dank! Boah, diese Linsen. Aber wie ich gehört hab, haben sie dich auch übel drangekriegt, oder?« Damit öffnet er die Klotür und wedelt mit der Hand vor seiner Nase herum. »Mein lieber Scholli ...«

Wie bitte???!!!

Tom-gar-nicht-mehr-so-Magic-Eyes rauscht schon an mir vorbei ins Klo – und legt laut knatternd los. Ohne auch nur zu versuchen, eine alternative Geräuschkulisse herzustellen.

»Aaaaaah, das tut gut. Nächstes Mal koche ich uns was Verträglicheres, versprochen!«, hallt es gut verständlich durch die Tür.

»Äh ... ja. Also, ich geh dann mal!«, rufe ich Richtung Klotür und schnappe mir meine Jacke.

Ich höre nur noch, wie Tom laut flucht: »Maaaaann! Mir zerreißt's gleich den Darm! Verdammtes Veganertum!«

Funken hin oder her. Aber ich kann Tom-Magic-Eyes nun definitiv nicht mehr in die Augen schauen. Da wäre sogar der Saunabesuch mit meinen Eltern weniger peinlich!

Tag 71

Donnerstag, 30.04.

»Und i hoff', es gibt abends wenigstens an gscheiden Schweinsbraten? Mit viel Kruste!«

Ich hänge am Telefon und lege extra Nachdruck in meine Worte. Von wegen sich öffnen und Neues kennenlernen – ich will Fleisch, zefix! Was ich gerade nicht brauchen kann, sind Vegetarismus, noch mehr Dates mit desaströsem Ausgang – und sexelnde Eltern.

Letztgenannte wollen aber aus unerfindlichen Gründen am 1. Mai mit mir einen auf heile, bayerische Bilderbuchfamily machen.

Gut, wenn die Prämisse wäre, dass Mutter und Vater seit Jahrzehnten in einer wilden Ehe leben, einen Bastard haben und ein Bett, aber keine Liebe teilen – dann sind wir sogar die gebundene Hochglanzausgabe der Bilderbuchfamilie. In Farbe. So viel zur Romantikerin in mir.

»Spatzilein, jetzt stell dich halt nicht wieder so an. Das wird ein ganz, ganz toller Tag! Ach, apropos toll. Hab ich dir schon erzählt, dass ich deine tolle Begleitung aus dem Museum letztens wieder getroffen habe? In der Foto-Sonderausstellung in der Pinakothek. Du weißt schon, da hat diese Künstlerin doch Hunderte von Vaginas im Close Up fotografiert ...«

Kruzifix! Der nackte Wahnsinn!

Zumindest konnte ich meine Mutter davon abhalten, einen

nudistischen Familienausflug in die schwedische Sauna zu machen. Ja wo samma denn? Jedenfalls nicht im Jahr 1968.

Wobei – wahrscheinlich hat la Mamma meinen Papili schon lang zum gemeinsamen Leben in einer Kommune mit anderen Männern und Frauen aufgefordert. Gott weiß, dass dieser Gedanke bei meiner Mutter nicht abwegig ist. Schließlich hat sie bereits in einer Kommune-I-artigen WG gelebt. Zumindest denke ich das, seitdem mir damals der stark ergraute und stark behaarte Werner splitterfasernackt die Tür öffnete, als ich nach einer Vorlesung auf einen Kaffee vorbeikam.

Trotzdem ist es irgendwie schon merkwürdig, dass meine Mutter so plötzlich auf die Idee eines Familientages gekommen ist. Das passt so gar nicht zu ihr. Vielleicht hat sie immer noch ein schlechtes Gewissen wegen des Sex-Schocks an Ostern – und vielleicht auch wegen des versauten Dates im Museum. In jedem Fall benimmt la Mamma sich derzeit merkwürdiger als ich. Und das will was heißen, wo ich doch irrationalerweise all meine Vorsicht über Bord geworfen habe, um dem idiotischen, romantischen Gedanken nach dem Funken nachzulaufen.

Tag 72

Freitag, 01.05.

Als ich einen Tag später skeptisch den Hof meines Vaters betrete, wirkt zumindest alles wie immer. Nichts deutet auf das neu gefundene Familienidyll hin.

La Mamma wollte eigentlich in München brunchen, was mir um einiges lieber gewesen wäre (→ schnellere Fluchtmöglichkeiten). Aber mein Vater kann meine Omi gerade nicht alleine lassen.

Die hatte vorgestern wohl wieder einen ihrer »besonderen Momente« und wollte nachts um drei im Dorfladen Schnitzel kaufen. Dummerweise hat sie den Dorfladen mit dem Pfarrhaus verwechselt und den Alarm in der Sakristei ausgelöst. Der Hausmeister musste dann meinen Vater holen, weil Omi drauf und dran war, sämtliche Hostien aufzufuttern und sich dabei auch nicht vertreiben ließ. Dass sie den notgeilen Hausmeister, der mir bei jeder Weihnachtsmesse wieder auf den Hintern starrt, als »grattligen SS-Deppen« bezeichnet hat, kann man in dem Fall allerdings als ausgezeichneten Ausgang der ganzen Sache ansehen. Ich habe deswegen sogar eine extra Tafel Zartbitter-Schokolade für sie dabei.

Ich führe meine Hand mutig zur Klingel und mache mich auf alles gefasst: kopulierende Eltern, bunte Kärtchen, auf die jeder von uns aufschreiben muss, was er an dem anderen toll findet, hysterisches Drama …

La Mamma reißt strahlend die Haustür auf und mich damit aus meinen Gedanken.

»Bravissimo! Die Unterstützung aus der Großstadt!« Italienisch-theatralisch schmeißt sie die Hände gen Himmel, busselt mich ab und plappert dann meckernd los: »Mei, Spatzi, in dem Kaff gibt's leider immer noch kein anständiges Café, aber ich hab Kuchen von der Christl in der Bäckerei geholt. Schauen wir mal, ob der was taugt.«

Ich stemme empört meine Hände in die Hüften. »Ich mag den Kuchen von der Christl! Der ist spitze! Vor allem die Käsesahne. Und man kann da inzwischen auch gut Kaffee trinken!«

Nicht einmal im Traum würde es mir einfallen, den Hag-Filterkaffee von Bäcker-Christl einem guten, low fat Soja-Latte aus meinem Lieblingscafé in Schwabing vorzuziehen. In der Tat könnte die Lästerei meiner Mutter auch eins zu eins aus meinem Mund gekommen sein. Aber ich verbitte mir in diesem Moment einfach, dass la Mamma schon nach zwei Minuten kein gutes Haar an der Heimat von mir und meinem Papili lässt. Für den Sex fährt sie ja immerhin gerne raus, in das »Kaff«!

Zehn Minuten später sitzt die ganze Bagage am Tisch. Mutter, Vater, Tochter, Oma. Ein Traum.

Meine Omi bringt den Wahnsinn wenigstens auf den Punkt. »Host wieder an Freund?«

»Naa, Oma, hab i ned.«

Ich rühre seufzend in meinem Kaffee (ein Espresso, meine Mutter hat natürlich ihr Mokkakännchen ins »Kaff« mitgenommen).

»Ah so. Und … was i di noch fragen wollte. Host wieder an Freund?«

»Naa, Oma.«

Meine Oma nickt, scheint mit dieser Antwort erst mal (also

für die nächsten zweieinhalb Minuten) zufrieden und tunkt glücklich ihre Schokolade in den Kaffee.

Meine Mutter gibt sich währenddessen eifrig Mühe, die Gastgeberin zu spielen, und hüpft wie aufgescheucht mit Mokkakännchen und Kuchenstücken um uns herum. Wie gesagt: sehr merkwürdig.

Ich schiele zu meinem Vater hinüber. Der sieht gut aus heute, in dem neuen Karohemd. Und irgendwie auch zufrieden. Er schweigt zwar wie immer, scheint aber insgesamt happy, dass wir hier an diesem Feiertag alle zusammensitzen. Er ist und bleibt ein Familienmensch. Ich seufze innerlich auf. Ihm zuliebe tu ich mir dieses Schauspiel halt an.

Dieser Vorsatz wird allerdings weitere zehn Minuten später auf eine harte Probe gestellt, als meine Mutter meinen Vater mit einer Gabel Kuchen füttert.

»Georg, der ist tatsächlich lecker. Probier mal!«

Und mein Papili ... lässt es geschehen!

»Hoppla!«

Ein Stück Käsesahne hängt noch im Mundwinkel meines Vaters, was meine Mutter zum Anlass nimmt, ihn lasziv zu küssen.

»Schorschi! Was soll denn des Geschmuse! Du bist doch viel z' jung zum Schmusen!« Meine Oma meldet sich meckernd hinter ihrem Schokokaffee zu Wort.

Ich muss grinsen.

Jetzt wird es auch meinem Vater zu viel. »Geh, Claudia, lass des halt!« Er entzieht sich meiner grinsenden Mutter.

»Felizitas, wie lafft's eigentlich in der Arbeit? Bassd ois?«

»Bassd.«

Ich beschließe zweckoptimistisch, dass es weitaus schlimmer sein könnte, und widme mich wieder meinem Kuchen.

Doch nachdem sich meine Omi auf ihr Zimmer verzogen

hat und ich kurz auf Toilette war, revidiere ich diesen Gedanken. Denn beim Zurückkommen sehe ich, wie meine Mutter sich »zufällig« mit Torte bekleckert – und mein Vater es ihr (scheinbar unbeobachtet) sanft aus dem Dekolleté wegküsst.

Meine Mutter lacht mit glockenheller Stimme auf. »Das ist ja wie damals, weißt' noch, 1987 in der einen Nacht in Starnberg ...«

Mein Vater schmunzelt nur wissend und küsst la Mamma lang und intensiv.

Uff.

»Ähem ...« Hüstelnd mache ich mich bemerkbar.

Mein Vater weicht sofort zurück. Auch er hüstelt nun. Aus anderen Gründen.

Ich setze mich mit missbilligendem Blick wieder an den Tisch, und mein Vater hat es ungewohnterweise eilig, ein Gesprächsthema zu finden.

»Und ... wie schaut's sonst so aus? Also ... hmmm ... mit den Männern?« Er wirft einen Blick zu meiner Mutter. »Hab g'hört, es is ned so leicht?«

Was?! Ich glaub, ich hör nicht recht! Jetzt mischt sich auch noch mein verständnisvoller, diskreter Vater in mein Liebesleben ein?! Wenn er sich auf die dunkle Seite der Macht (also die meiner Mutter) schlägt, dann bin ich verloren! Doch auf die Art und Weise, wie meine Mutter meinen Vater ansieht, kann ich nur vermuten, dass sie ihn für ihre Sache eingespannt hat.

Und tatsächlich.

»Spatzi, ich hab mir halt gedacht, es schadet nichts, wenn du auch mal mit deinem Vater drüber sprichst. Weil du dich so reinsteigerst. Und jetzt schau nicht so grantig!«

Boaaaah! Ich *schau* grantig?! Jetzt *werd* ich erst grantig!

»Sorry, Mamma, aber nur weil du anscheinend mit Hof, Hund und Sex-Affäre deinen Frieden gefunden hast – ich bin noch lange nicht angekommen! Und auf so was Gschlampertes, wie ihr es hier treibt, hab ich keine Lust!«

Mein Vater sieht mich ob des untypischen Gefühlsausbruchs baff an. Und auch meine Mutter scheint für eine Sekunde fast getroffen. Sofort fühle ich mich schuldig.

»Tut mir leid. So war das nicht gemeint.«

Meine Mutter schenkt mir wieder diesen verständnisvollen Blick. »Ach Spatzi, ist schon okay. Wir alle hatten schwierige Zeiten, wir alle mussten uns durchs Leben kämpfen. Mit sechsundzwanzig ...«

»Ich bin siebenundzwanzig, Mamma!« Ich stöhne auf.

»Ja, mein ich doch. Jetzt atme erst mal durch. Iss ein Stück von der Käsesahne. Alles halb so tragisch.«

Diese sanfte, pragmatische Mutter-zu-Kind-Art, mit der sie mit mir spricht, macht mich wahnsinnig. »Ichwillaberkeinescheißkäsesahne! Die war schon in deinem Ausschnitt!«

Mein Papili hüstelt erneut. Wenn er etwas nicht leiden kann, dann ist es Zoff.

Er versucht wie immer, mit seiner ruhigen Art zu deeskalieren: »Felizitas, des bassd scho. Geh doch rüber zum Maifest, ein bissl feiern. Nimm dein Horn mit. Die lassen dich bestimmt mitspielen.«

Meine Mutter ist sofort Feuer und Flamme für diesen musiktherapeutischen Vorschlag. »Ja! Das tut dir bestimmt gut, das Musikspielen. Das war doch immer so, oder?«

»Pah!« Ich stütze trotzig meine Hände in die Hüften. »Ich bin bestimmt nicht da, um wieder mit dem Dorf-Musikverein auf dem Dorf-Maifest mitzuspielen. Das könnt ihr so was von vergessen!« Damit mache ich auf dem Absatz kehrt.

Ich lebe schließlich seit acht Jahren mein eigenes Leben, ich lasse mir bestimmt nicht von meinen Eltern sagen, was mir »guttut«!

La Mamma ruft mir nun doch etwas besorgt hinterher: »Wo gehst' denn hin, Spatzi?«

»Nach oben, ein bisschen Horn spielen!« Mit diesen Worten ziehe ich schwungvoll die Tür hinter mir zu.

In meinem alten Jugendzimmer hole ich sofort Hermann, mein geliebtes Baritonhorn, aus seinem Case und klappe seufzend meine Notenmappe auf. Daraus fällt mir als Erstes eine getrocknete Spinne, ein witziges Foto von einem Probenwochenende sowie eine Urkunde für zehnjährige Vereinsmitgliedschaft entgegen. Ich seufze noch mal aus tiefstem Herzen und stecke das Mundstück auf. Tonleitern rauf und runter. *Böhmischer Traum*. Humptata. Nach einer guten halben Stunde ist meine Lippe bereits dick wie nach einer fehlgeschlagenen Botoxbehandlung und mein Ansatz nur noch ansatzweise vorhanden. Ich bin halt doch aus der Übung.

Was aber viel schlimmer ist: Kaum habe ich aufgehört zu spielen, höre ich, dass zwei Zimmer weiter das Bett knarzt. Oh Gott. Was für ein Albtraum! Meine Mutter kichert, ich kann dumpf meinen besorgten Vater hören, der wohl etwas zu meiner Anwesenheit im selben Haus sagt. Doch la Mamma bringt ihn irgendwie zum Schweigen (will's gar nicht wissen) – und mein Vater lacht gut gelaunt.

Ich halte irritiert inne. So was. Vielleicht ist das jetzt doch etwas Ernstes zwischen meinen Eltern. Nur weil ich es nicht auf die Reihe kriege, heißt das nicht, dass das bei meinen Eltern auch der Fall sein muss. Wunder geschehen schließlich immer wieder!

Ich setze mein Horn ab und gehe runter, möglichst weit weg von der Bett-Geräuschkulisse, um mir einen Kaffee zu machen.

»Zefix! Glump verreckt's!«

Ich höre meine Omi schon von Weitem fluchen und eile in

die Küche. Dort versucht sie gerade verzweifelt, ein großes Stück Brokkoli in den Toaster zu pressen.

»Mei Oma! Hast Hunger?«

Ich gehe ihr fürsorglich zu Hilfe und nehme ihr sanft den Brokkoli aus den Händen.

»Naa, i muss die Wäsch' waschen! Der Schorschi braucht morgen was zum Anziehen, für die Schule ...«

Ich führe sie erst mal zum Tisch, versorge sie mit entkoffeiniertem Kaffee und Schokolade und erkläre ihr, dass wir den Brokkoli auch später in die Waschmaschine packen können. So schnell muss »Schorschi«, also mein Vater, schließlich nicht in die Schule.

Meine Omi gibt sich damit zufrieden und tunkt selig Schokolade in ihren Kaffee.

Das ist der Moment, in dem mir aufgeht, dass in meinem Leben gerade mehr Wahnsinn herrscht als im Großhirn meiner dementen Großmutter. Und vor allem mehr Einsamkeit.

»Sag amoi ... Hast du grad an Freund?«

Ich schlucke, zwei hartnäckige Tränen rollen über meine Wangen.

»Ach Oma ...«

Und weil sie es in ein paar Minuten eh vergessen hat und leider (zu meiner leisen Traurigkeit) sowieso nichts mit dem anfangen kann, was ich ihr gleich erzähle, lass ich alles raus: die verkorksten Dates, McCharming, Tom-Magic-Eyes, ätzende Nachbarn, einsame Nächte, heiratende Freunde, Erwartungsdruck ...

Nach fünfzehn Minuten bin ich fertig damit, die glorreichen Highlights meines bisherigen unfreiwilligen Single-Lebens vor ihr auszubreiten. Und mir geht's schon besser. Es war wohl gut, alles einmal auszusprechen.

Meine Oma starrt nur mit grübelndem Gesichtsausdruck

vor sich hin, ist scheinbar schon wieder in ihrer eigenen Welt versunken.

Ich stehe lächelnd auf: »Soll ma mal nach der Wäsche schauen?«

Ich drehe mich um, will noch einen Kaffee holen, da höre ich plötzlich hinter mir eine leise, klare Stimme.

»Wennst mi fragst, Mauserl, spinnst ned du. Sondern deine ganzen Freund', die denken, sie müss'n jetzt scho heiraten und Kinder krieg'n. Des hat doch no Zeit! Alt wirst no früh g'nug. Mach, was dir Spaß macht, geh in die Berg', genieß dei Leb'n. Lass dir doch ned reinredn, von dene ganzen Quadratdeppn!«

Ich wirble baff herum. Da sitzt sie, meine geliebte Omi, mit ihrer groben, aber tröstenden Weisheit, die mich die ganze Kindheit hindurch begleitet hat.

Wenn ich mich mit Freunden gestritten hatte. Oder frustriert von einem Wochenende mit meiner zwar liebevollen, aber anstrengenden Mutter nach Hause kam. Fast erwarte ich, dass sie wieder aufsteht und das Glas mit der verbotenen Nutella aus unserem Geheimversteck im Schrank holt und mir mit einem entschlossenen Lächeln ein Brot schmiert: »Wirst sehen, Mauserl, es is' ois halb so wild.«

Ich blicke bewegt zu meiner Oma, die sich auch jetzt entschlossen an ihrer Kaffeetasse festklammert und mir ermutigend zunickt.

Mein Herz füllt sich plötzlich mit Liebe, ich kann mir ein breites Lächeln nicht verkneifen.

»Mei Oma ...«

Ich gehe fröhlich zu ihr und gebe ihr ein liebes Bussi auf die weiche Wange.

»Du ...«

»Ja, Oma?«

»Host eigentlich wieder an Freund?«

Tag 74

Sonntag, 03. 05.

03. Mai 2015; 15:05 Uhr

Gitta: Hey! Sorry, die Hochzeit frisst mein Leben. Wie geht's dir so? Hab gehört, du warst auf dem Land?

Feli: Ja, war ganz nett. Irgendwie.

Gitta: Willst du was unternehmen diese Woche?

Feli: Sorry, aber ich muss mal was für mich tun. Mein Leben genießen. Hab mir Donnerstag freigenommen, um in die Berge zu fahren. Ganz spontan. Das wird mir guttun!

Tag 79

Freitag, 08. 05.

»Haaaaatschi!«

Spontan und verwegen, das Leben genießen – kruzifix, Oma! Ich liebe die Berge, aber Wandern im Frühjahr bei strömendem Regen gehört definitiv *nicht* zu den Dingen, die deinen Charakter bilden oder dich aus einer emotionalen Krise herausholen. Außer vielleicht man ist ein geborener Alm-Öhi oder Nationalpark-Ranger. Aber dann braucht man wahrscheinlich auch keine stumpfsinnig-spontanen Aktionen an der frischen Luft für emotionalen Ausgleich.

Jetzt bin ich auf jeden Fall krank. Super. Meine Mandeln sind so groß wie Golfbälle, und der letzte Stand auf dem Fieberthermometer zeigte 38,6 Grad.

Trotzdem ist das für die langsam, aber stetig zu Brautzilla mutierenden Gitta kein Grund, ein hochzeitsbezogenes Treffen sausen zu lassen.

»Was?! Nein, das kannst du mir nicht antun! Nur wegen dem bisschen Erkältung. Wir wollten doch morgen Dessous und Strumpfband kaufen gehen. Ich brauche dich, um etwas zu finden, das verrucht, aber nicht nuttig ausschaut. Quasi hotte Braut, aber nicht Hochzeitsflittchen!«

»Gnnnnnnein«, nuschle ich mit Kloß im Hals ins Telefon.

Ich kriege kaum einen vernünftigen Ton raus. Mein Rachen

brennt wie Feuer, und eigentlich will ich nur zurück in mein Bett kriechen.

»I... bin ... wirkli... grang! I... muss zum ... Arzd.«

»Ja, aber dieser Lagerverkauf ist nur heute und morgen! Du hast es versprochen!« Gitta brummelt vorwurfsvoll.

Ich kann es kaum fassen: »Gidda ... meine Mandeln reflegtieren zurüg, wenn man ... sie anleuchded!«

Zur Demonstration dieses ekligen und irgendwie auch faszinierenden Phänomens schnappe ich mir meine Taschenlampe von der Anrichte, leuchte mir in den weit geöffneten Mund und schieße ein Handyfoto über WhatsApp, das ich meiner Freundin schicke.

Gittas Einstellung zu dem Thema ändert sich schlagartig. »Bäh! Ist das widerlich. Geh sofort zum Arzt! Lass dich mit Medikamenten vollpumpen. Und komm ja nicht in meine Nähe!«

Mein HNO-Arzt sieht das ähnlich.

»Uuuuh. Ja, ja, ja.« Er nickt wissend.

Das »Uuuuh«, beruhigt mich jetzt nicht wirklich.

»Was?«, nuschle ich angestrengt.

»Eitrige Mandelentzündung. Aber vom Feinsten. Ich verschreibe Ihnen ein Penizillin, und dann bleiben Sie die nächste Woche bitte noch daheim.«

DIE GANZE WOCHE?!

»Aber ... wir hab'n 'ne Premiere ... am Mondag!«

»Ich glaube nicht, dass sich Ihre Kollegen mit Streptokokken anstecken wollen. Außerdem brauchen Sie Ruhe.«

Okay. Ruhe. Nichts leichter als das, in einer hellhörigen Mietwohnung mitten in einer Großstadt. Ich lache mich innerlich schlapp.

Zu Hause angekommen, desinfiziere ich erst mal alles, was mir in die Finger kommt, beziehungsweise alles, was mir in den letzten vierundzwanzig Stunden in die Finger gekommen ist. Danach bin ich erschöpft wie nach einem Zehn-Kilometer-Lauf.

Kaum, dass sich der Sagrotan-Sprühnebel gelegt hat, verkrieche ich mich mit dröhnendem Kopf und dickem Hals erst mal in mein Bett, neben dem ich schon eine ganze Batterie an Medikamenten aufgebaut habe: das Antibiotikum, Schmerztabletten, etwas, das verhindern soll, dass sich meine Darmflora durch das Penizillin in Luft auflöst, etwas für den Kreislauf …

Mein müder Blick fällt auf die Uhr. Mist. Ich kann ich es nicht mehr aufschieben: Ich muss in der Arbeit Bescheid sagen, wie lange ich ausfalle. Ich mache mich auf alles gefasst – hysterisches Gekreische, wütende Tobsuchtsanfälle, Morddrohungen – und lege mir eine sinnvolle Argumentationskette zurecht, warum ich *wirklich* nicht ins Büro kommen kann. An erster Stelle: Bereits ein kleiner Nieser von mir würde die komplette Firma inklusive Hunden und Topfpflanzen kontaminieren.

Ich atme tief ein und wähle die Nummer meiner Chefin.

»Lara … es dud mir … wirglich leid … aber i … bin dodal grang. I … gomm die … ganze nächsde Woche … ni…d ins Büro …«

»Ah, okay. Klar, Felizitas, kurier dich aus. Bleib ruhig noch länger daheim, wenn es nicht besser wird.«

Was?! Meine Krankmeldung löst keinen Katastrophenalarm aus?! Ich bin total baff. Brummel. Ist wohl doch jeder ersetzbar.

Doch schon fünf Minuten später ruft Sandra, unsere aktuelle Praktikantin, an.

»Hey Feli! Ich wollt dir grad die vorläufige Gästeliste für die

Premiere schicken. Aber dein privates Postfach ist irgendwie voll.«

»Hä? I... bin grang ...«

Ich angle mir meinen Laptop und klicke mich schwach in meinen Mailaccount. Dort befinden sich bereits drei dicke Drehbücher, die mir meine Chefin kommentarlos gemailt hat.

»Woah ... ne!«

Sandra versteht nicht. »Es hat geheißen, du arbeitest von daheim aus?«

Fabelhaft.

FABELHAFT!

Tatsächlich versuche ich, kaum ist das Telefonat beendet, aus Pflichtbewusstsein doch etwas zu arbeiten – und gebe nach zehn Minuten mit schwirrendem Kopf auf. Ich will einfach nur schlafen. Schlafen, schlafen, schlafen.

Stattdessen döse ich nur fiebrig vor mich hin. Erst nach einem Cocktail aus Schmerztablette und Lavendeltee schlafe ich ein.

Bis zehn Minuten später mein Handy klingelt und mich aus den Träumen reißt.

Rrrrrrring.

»Feli, hey! Thommy hier! Ich wollt nur abklären, ob ich für Montag auch schon auf der Gästeliste stehe?«

»Thommy, i... bin grang. Außerdem ... hasd du doch mid dem Projegd ... nix zu dun!«

»Jaaaa ... Ach, Felilein, Schwester im Geiste, komm schon. Ich hab damals am ersten Exposé mitgearbeitet. Das weißt du doch! Die haben mir in der Firma gesagt, dass du dich um die Gästeliste kümmerst... «

Ein stechender Schmerz schießt mir in den Kopf. Und um einfach wieder schlafen zu können, nuschle ich: »I... schreib dich drauf.«

Stöhnend reibe ich mir den glühenden Kopf.

»Supi! Und ... äh ... mein Auto ist in der Werkstatt, ich bin irgendwie gegen eine Ampel gefahren. Dumme Sache. Ich würde gern abgeholt werden. Du kannst doch da sicher was organisieren?«

Boaaaaah ey!

»Jaaa, i... schick' 'n Fahrer ...« Ich niese laut in den Hörer.

»Suuuuuupi! Wenn du magst, fahr doch auch mit. Ich hab da nichts dagegen.« Er senkt seine Stimme. »Du weißt ja, wir zwei, das perfekte Match ...«

»Servus, Thommy!«

Genervt schmeiße ich mich wieder in die Kissen. Ich hasse es, krank zu sein. Hasse es wirklich! Vor allem, wenn ich allein bin. Schnief.

Ich brauche Essen. Ich habe nicht wirklich Appetit, aber mein Magen knurrt, und irgendwie muss ich die Antibiotika mit Nahrung zu mir nehmen. Sonst retten mich auch die probiotischen Tabletten nicht mehr vor der Auflösung meiner Darmflora.

Ich schleppe mich zum Kühlschrank: gähnende Leere. Natürlich. Eigentlich wäre ich ja in der Arbeit und somit ernährungstechnisch rundum versorgt gewesen. Alles, was ich habe, ist ein Rest scharfe Soße, eine halb volle Flasche Aperol, ein paar Gelbe Rüben und Joghurt, den ich wegen des Antibiotikums nicht essen darf.

Es hilft nichts. Ich werde den weiten und anstrengenden Weg zum Supermarkt eine Straße weiter auf mich nehmen müssen. Das fühlt sich in meinem Fall an wie eine mittlere Himalaya-Expedition. Bereits nachdem ich einen meiner Stiefel angezogen habe, sind meine Kraftreserven restlos aufgebraucht. Ich keuche und lehne meine heiße Stirn gegen den kühlen Bettpfosten. Und bleibe erst mal ein paar Minuten so stehen. Dann verhungere ich halt, so reiße ich die Streptokokken wenigstens mit in den Tod!

Ich nutze den Moment, um fiebrig in einer dicken Welle Selbstmitleid zu baden. Wenn ich jetzt einen Mann hätte, könnte der für mich einkaufen gehen, mir eine gute Hühnerbrühe machen, mir den Fieberschweiß von der Stirn tupfen ... Ich schniefe erneut, diesmal mehr traurig als schnupfig. Gut, das ist bis jetzt auch noch nie vorgekommen. Aber meine perfekte Plus-Eins würde das tun!

In dieser Sekunde klingelt es an der Tür.

Warum, WARUM lässt man mich und meine Streptokokken heute nicht einfach in Ruhe?!

Völlig fertig schleppe ich mich zur Wohnungstür. Und weiche stöhnend zurück, als mir der Lackschuhträger freundlich entgegenstarrt. Ausgerechnet!

»Oh, tut mir leid. Haben Sie geschlafen?« Mein Nachbar mustert mich, das schlechte Gewissen steht ihm dabei ins Gesicht geschrieben. »Ihr Fenster war auf, und da dachte ich, Sie sind daheim. Ich hab gestern ein Paket für Sie angenommen.« Er lächelt verunsichert und wuchtet angestrengt das riesige Zalando-Paket in meinen Flur. »So ... bitte sehr!« Dann starrt er mich irritiert an.

Ich blicke an mir herunter. Zwei nicht zusammenpassende Schlafanzugteile. Ein Fuß steckt in meinem schicken Wildlederstiefel. Der andere in einem bunten Wollringelsocken, den meine Omi in prädementen Zeiten mal für mich gestrickt hat. Außerdem ist es drei Uhr nachmittags – und ich stehe verschlafen im Türrahmen. Ich gebe also mal wieder einen äußerst seriösen Eindruck ab.

Nuschelnd setze ich zu einer ausufernden Rechtfertigung an, was diesmal zumindest nicht schwer ist: »I... bin grang.«

»Ach herrje«, der Lackschuhträger wirkt ernsthaft besorgt,

»ich lag vor Kurzem mit einer Mandelentzündung flach. Das war kein Spaß!«

»Jaaaa!«

Ich kann es kaum fassen. Langsam wird er mir doch ein bisschen sympathisch.

»Brauchen Sie irgendetwas?«

»Nein, nein. Dange.«

»Sicher? Ich werde mich jetzt ohnehin zum Supermarkt begeben. Wenn Sie bestimmte Nahrungsmittel brauchen …?«

Er *begibt* sich jetzt zum Supermarkt. Wenn ich *Nahrungsmittel* brauche … wer spricht denn bitte so?! Der Typ hat wirklich einen Stock im Popo, der reicht von den glänzenden Lackschuhen bis hoch zu seiner randlosen Brille. Die lila-silbern gestreifte Krawatte mit dem Metalliceffekt ist heute auch wieder ein modisches Highlight.

Grrrrrml. In dem Moment meldet sich mein Magen brummelnd.

Der Lackschuhträger schiebt seine Brille zurecht und lächelt mich höflich an. »Ich habe bei meiner Mandelentzündung anfangs keinen Bissen den Hals herunterbekommen, aber mit Instantbrei und Suppe kommt man ganz gut durch.« Er sieht mich auffordernd an: »Also?«

Hmmm … Stock im Popo hin, weiblicher Stolz her, vielleicht muss man sich doch manchmal helfen lassen.

Tag 86

Freitag, 15. 05.

15. Mai 2015; 18:44 Uhr

Feli: Freunde, was starten wir morgen? Ich bin endlich wieder keimfrei! Und es ist Wochenende! Juchhu!!!

Gitta: Oh Mann. Ich kann nicht. Wir sind den ganzen Tag am Basteln, Menükarten, Gastgeschenke und so.

Olli: Und ich hab Lisa versprochen, dass wir endlich mal den Ausflug an den Chiemsee machen. :-(

Sammy: I am so sorry, Fee! Skype-Date mit Pete!

Feli: . . .

Tag 87

Samstag, 16. 05.

Mmmmmpppffff...

Ich stehe in der Position des dreibeinigen Hundes und versuche, die Glücksgefühle, die eine gute und ausgedehnte Sporteinheit verursacht, durch meinen Körper strömen zu lassen. Nur: Da strömt nix. Außer das Blut in meinen Kopf. Mein ausgestrecktes Bein wird langsam schwer. Scheiß Yogalates. Yogalates oder auch: Wie-verrenke-ich-mir-das-Kreuz-zu-meditativer-Musik-auf-sechsundzwanzig-Arten.

Ganz ruhig, Feli. Du liebst deinen Ausgleichssport! Durch die Nase einatmen. Durch den Mund aus. Pffffffffff.

Es gibt doch nichts Besseres, als einen Samstagabend in einer der spannendsten Großstädte Europas *mal wieder* mit sich selbst zu verbringen. Gerade nach einer längeren Krankheit kann man so etwas für sich und seinen Körper tun, mal richtig abschalten...

»Miau?«

»Zefix!«

Tarantino schleicht mir um die Beine und bringt mich damit unsanft zu Fall. Heute will aber auch einfach nichts funktionieren! Ich reibe mir stöhnend den Hintern.

Wem mache ich was vor? Nun, da ich als Single so exorbitant viel Zeit an meinen Wochenenden habe, würde ich liebend gern mit meinen Freunden einen tollen Ausflug machen, ins

Kino gehen, an der Isar abhängen oder plaudernd bis drei Uhr morgens in unserer Lieblingsbar sitzen. Dinge, die man in der Studentenzeit tagtäglich tut und die dann mit Job und Beziehung immer schwieriger zu planen sind. Aber leider hat eben keiner meiner Pärchen-Freunde Zeit. Und so befinde ich mich, wie an so vielen anderen Samstagabenden auch, alleine in meiner Wohnung. Nachdem ich quasi mein gesamtes Leben in Beziehungen verbracht habe, ein äußerst ungewohnter und beängstigender Umstand. Und vor allem sehr deprimierend. Der Plan war, auch mal aus mir rauszugehen – wie soll das funktionieren, wenn ich nicht mal Anlass habe, *raus*zugehen?

Während ich brummelnd auf dem Boden sitze, fällt mein Blick auf die Wand über meinem Bett, wo sich die Galerie meiner schönsten Reisefotos befindet. Bunte Bilder, viele von meinem Lieblingsland Neuseeland. Fotos von Palmen, Vulkanen, Bergen im Sonnenuntergang, Seelöwen am Strand ... Trotz vieler unterschiedlicher Orte haben die Bilder alle eins gemeinsam: Ich sehe glücklich darauf aus. Auch sehr erholt, frisch und schön – auf eine hippiemäßige Art und Weise. Aber das Glücklichsein, das unweigerliche und unerschütterliche Happy Face, das ist es, was mich fasziniert. Ich stehe auf und nehme ein paar der Fotos in die Hand. Sofort befinde ich mich im Erinnerungskino.

Ich liebe es zu reisen. Touren zu planen, den Rucksack zu packen, Abenteuer zu erleben. Als Backpacker bin ich eine ganz andere Person: unverfroren, ungeplant, unmotzig, ungeschminkt. Genau das, was ich irgendwie seit Tagen auch versuche, hier im Alltag zu bewerkstelligen (abgesehen von dem »ungeschminkt«).

Na ja. Natürlich wird jede Reise mithilfe von *Lonely Planets*, Sprachlern-Apps und diversen Internetforen bis ins letzte Detail minutiös durchgeplant und organisiert, mein Backpack super akkurat und ordentlich gepackt, und alle Teile – inklusive Mini-Reiseapotheke und einem Jahresvorrat an Desinfektionstüchern – werden in verschieden großen Zipperbeuteln hygienisch verstaut. Mein schweineteures Mystical-Moment-Glamour-Haaröl ist als Luxusgut auch immer mit dabei. Niemals könnte ich mich total gehen lassen, meine Zehennägel nicht schneiden oder ein verschwitztes Shirt auftragen. Pfui! Trotzdem: Von dem Moment an, in dem ich meinen Backpack umschnalle, verwandle ich mich. In mein gut gelauntes, super entspanntes, Sarong-Hosen tragendes Backpacker-Self. Auf ins Abenteuer – spontan und verwegen!

Tja. Und jetzt ist es für mich die größte Herausforderung, alleine in München eine Pizza essen zu gehen, ohne in selbstbemitleidende, depressive Heulanfälle auszubrechen.

So einsam wie gerade habe ich mich nicht mal gefühlt, als ich in Thailand mit Lebensmittelvergiftung alleine (nach einer vorhersehbaren, hochemotionalen Urlaubskrise hatte mein Ex für ein paar Tage eine andere Zwischenetappe angesteuert) und kotzend über dem Klo hing. Die Wohnung ist so verdammt leer und still.

Plötzlich merke ich, wie mein Herz schwer und meine Augen feucht werden. Frustriert trete ich gegen meine Kommode.

Singlesein ist nur aufregend und hip, wenn man eine Hauptfigur in *Sex and the City* oder *Bridget Jones* und umgeben von gleichgesinnten Singlefreunden ist, mit denen man tolle Singlesachen machen kann. Scheiße.

Wieder fällt mein Blick auf mein strahlendes Backpacker-Self: verschwitzt und entspannt nach einer fünfstündigen Sonnenaufgangswanderung auf einen indonesischen Vulkan.

Pfffff. Wenn ich auf Reisen so relaxed und zufrieden sein kann, wird das hier doch auch gehen. Ich werd mir einfach ein

Glas guten Rotwein einschenken und ein Bad nehmen – das habe ich schon ewig nicht mehr gemacht. Einfach mal drei Stunden nichts tun. Und das ohne krank. Das wird super!

Ich habe gerade zweckoptimistisch pfeifend ein Schaumbad eingelassen und spiele mit dem Gedanken, sogar ganz kitschig ein paar Kerzen aufzustellen (für die Romantik for one), als mein Handy klingelt.

Mit bewusster innerer Gelassenheit gehe ich ran. »Jahaaa?«

»I HATE this stupid long distance relationship! Er war gestern noch Party machen. Und jetzt ist er entweder immer noch nicht wach oder sonst wo. Und sein Handy ist auch aus!«

Ich atme erleichtert aus, als ich Sammys aufgebrachte Stimme vernehme. »Gott sei Dank! Lass uns ausgehen – SOFORT!«

Tag 87, dreißig Minuten später

Samstag, 16.05.

»Seriously, Fee, sei froh, dass du Single bist. It is not that easy! Mein Freund in den USA, ich hier. Dann lieber keinen Freund.«

Nach dieser durchaus logischen Feststellung kippt sich Sammy frustriert den Ouzo runter. Und weil ich überaus empathisch bin, mache ich natürlich mit. Wir stellen schwungvoll die Schnapsgläser ab. Dann beschließe ich, zu einer etwas sittsameren Art des Aufmunterns überzugehen: Argumenten.

»Samantha, hör mir zu: Du hast doch so viele Freunde hier! Und was du alles erlebt hast ... Außerdem ist die Trennung ja nicht für immer!«

»Ach!« Sammy stößt einen verächtlichen Laut aus, den sie normalerweise nur für engstirnige Billigfleischfresser übrighat. »Was habe ich denn hier? I mean: seriously! I'm a total loser. Bis auf ein paar Aufträge für Freunde bin ich arbeitslos. Karriere in Europa – yeah, right!« Sie dreht sich um. »Costa – noch zwei!«

Sammy winkt dem Kellner zu. Der zufälligerweise auch ihr Chef und Geldgeber ist. Was natürlich leider nicht gerade zum Frustrationsabbau beiträgt. Vor allem nicht, da Costa die nächsten zwei Ouzos mit den strahlenden Worten: »Für die beste Bedienung, die ich jemals hatte!«, vor uns abstellt.

Sammy blickt nur düster vor sich hin und schnappt sich den

Shot. Ich weiß gar nicht, was ich sagen soll. So niedergeschlagen habe ich meine quirlige Freundin noch nie erlebt. Sind wir etwa doch Schwestern im Geiste? Sofort muss ich wieder an die Backpacker-Glücksgefühle denken. Verdammt. Warum kann man Emotionen nicht in Flaschen abfüllen und so für den passenden Moment konservieren?!

Da kommt mir plötzlich eine total abstruse Idee.

Ich schnappe mir den Ouzo, trinke ihn und haue erst das Shotglas, dann meine flache Hand auf den Tisch.

»Sammy, lass uns einfach wegfahren! Irgendwohin, wo es warm ist. Backpacken, in Hostels schlafen, verrückte Trinkspiele mit Menschen aus aller Welt spielen – einfach mal leben!«

Ich bin aufgeregt und trotzig zugleich. Mein Herz schlägt auf einmal wie wild.

»What??? Fee, hast du noch Fieber? Mit welchem Geld? Und wann? Hast du Urlaub?« Sammy starrt mich nur an.

»Ja, nein, ach. Lass mich halt auch mal spontan und verrückt sein!« Brummelnd ziehe ich eine Schnute.

Sammy grinst: »Okay. Du hast recht. Let's go. Ich habe ja nichts zu tun, und du lässt dir einfach dein Attest verlängern. Morgen geht's los!«

»Ja ... äääääh. Moment Mal ... also ... puh ... morgen? Ich weiß nicht. Das muss man schon vernünftig planen. Ich weiß auch nicht, ob meine Auslandskrankenversicherung noch gültig ist, und außerdem ...«

Sammy unterbricht meinen Redeschwall lachend: »Don't worry. War nur Spaß! Ich kenne ja deine ›Spontanität‹.«

Ich atme erleichtert aus. Man muss es ja nicht gleich übertreiben. Zumindest ist Sammy jetzt etwas aufgeheitert.

Ich grinse sie zufrieden an und deute auf das Schnapsglas: »Noch einen?«

»Definitely, außerdem brauche ich ganz dringend … oh!« Sammy hält inne und starrt auf ihr Handy. »Pete hat versucht, mich zu erreichen! Er schreibt, dass es ihm sehr leidtut. He is missing me like crazy and he loves me …«

Plötzlich kann Sammy gar nicht mehr aufhören zu strahlen.

Ich lächle. »Na, fahr schon heim, und häng dich an deinen Laptop! Dein Lover wartet.«

»Okay. I'm so sorry, honey. Wir holen das nach!« Sie drückt mich kurz und ist Sekunden später schon strahlend zur Tür raus.

Seufz. Damit bin ich also wieder auf mich alleine gestellt.

Ich bezahle die Rechnung, trete aus dem Restaurant und gehe nachdenklich ein paar Schritte die Straße entlang. Mein Blick fällt durch die Fensterfront des Gebäudes ein paar Meter weiter. Ein Münchner Hostel. Ausgerechnet.

Dort sitzen ein paar junge Leute fröhlich lachend in der Lobby zusammen. Backpacker-Neid macht sich breit – denn während die fröhlichen Reisenden die nächsten Tage mit Abenteuern und neuen Bekanntschaften verbringen werden, sitze ich wieder in meinem grauen Büro. Grrrr.

Ich beschließe, mir zur Feier des Tages zumindest ganz dekadent ein Taxi nach Schwabing zu leisten. Wenn schon kein Backpacker, dann wenigstens richtig großkopfert.

Gerade, als ich nach einem Taxi Ausschau halten will, biegt eine Gruppe gut aussehender und gut gelaunter Männer in Shorts und Flipflops um die Ecke. Hoppla! Alle um die Ende zwanzig, Anfang dreißig, sehr sportlich aussehend und – sehr angetrunken.

Die Jungs sehen mich, wie ich da so einsam vor dem Hostel stehe, und kommen grinsend auf mich zu.

Einer von ihnen, ein ziemlich breitschultriger und vollbärtiger Typ mit Sonnenbrille, quatscht mich sofort locker und mit eindeutigem Akzent an.

»Heya! Do you wanna go out with us? Sweet as!«

Oh. Mein. Gott. Neuseeländer. Echte Kiwis! Sofort übernehmen meine Hormone das Kommando.

Der bärig-bärtige Neuseeländer schiebt seine Sonnenbrille hoch, grinst mich verschmitzt an und mustert mich. »Where are you visiting from? You look like you're from Spain or ... Italy?«

Plötzlich schaltet sich mein Gehirn aus, und mein inneres Backpacker-Self übernimmt das Kommando. *Genialste* aller Ideen!

Ich strecke dem Neuseeländer grinsend meine Hand entgegen. »Yes, I'm Italian. My name is Giulia. And I am soooo excited to visit Munich – and the famous Hofbräuhaus!«

Tag 87, eine weitere Stunde später

Samstag, 16.05.

»Noooooo waaaayyy!« Der bärig-bärtige Neuseeländer starrt mich mit offenem Mund an.

Die anderen am Tisch johlen und klatschen begeistert.

Ich würde gerne keck zurückgrinsen, kann ich aber nicht. Mein Gesicht steckt nämlich bis zum Nasenansatz in meinem drei Viertel vollen Bierkrug, den ich gerade freihändig in der Luft balanciere – gehalten allein durch den Unterdruck im Glas, den ich durch meinen Mund erzeuge. Eine physikalische Meisterleistung! Ich sauge mit Fischmund fleißig Luft ein. Der Anblick ist ohne Frage mehr als unsexy, und es ist eine Begabung, die ich mir nicht zwangsläufig in den Lebenslauf schreiben würde. Trotzdem überschlagen sich alle Männer am Tisch mit Begeisterung. Der Trick zieht immer.

Ich setze den Krug ab und grinse: »It's not that hard ...«

Und schon hängen fünf erwachsene Männer mit den Gesichtern in ihren Bierkrügen und saugen, was das Zeug hält. Challenge accepted!

Ich lehne mich zufrieden zurück. Um mich herum sind glückliche Touris, überall strahlende Gesichter, volle Maßkrüge, Blasmusik ...

Meine jetzige Stimmung ist eine 180-Grad-Wende zu heute Nachmittag. Ich würde sogar so weit gehen zu sagen: Mir geht es saugut! Ich genieße es, Englisch zu plaudern, zu feiern und mit völlig fremden Menschen abzuhängen. Es fühlt sich tatsächlich ein bisschen an wie die Urlaubs-Reise-Freiheit. Ich fühle mich toll. Giulia aus Rom ist verwegen. Begehrenswert. Sexy. Einfach aufregend! Ganz anders als die deprimierte Alltags-Feli.

Schon ziemlich angeschickert, nehme ich meine Maß in die Hand und leere sie mit einem Zug fast komplett. Das erntet erneut Begeisterungsstürme von der Backpacker-Fraktion.

Hicks. Das Leben ist sssssubba!

»Tell me about your home in Italy!« Der bärig-bärtige Neuseeländer, auch Gary genannt, legt mir schwankend den Arm um die Schulter.

»Well, it is bellissima!«

Ich wische mir den Schaum vom Mund und beginne lallend, die größte Münchhausen-Geschichte von meinem italienischen Leben in Rom und meiner Karriere als italienisches Unterwäschemodel zu erzählen. Ohne mit der Wimper zu zucken. Ich verrate mich nur einmal fast, als die Hofbräuhausband den Blasmusikklassiker *Vogelwiese* anstimmt und ich aus Reflex anfange, mitzusingen.

Zehn Minuten später kommen ein paar weitere Backpacker aus dem Hostel dazu. Ich bin alkoholisiert begeistert: So viele neue Bekanntschaften an einem Abend – das habe ich nicht mal auf meinen Reisen geschafft! Und außerdem, wer weiß, der eine Dunkelhaarige da schaut recht schnuckelig aus. Ich beginne sofort interessiert, die Heimat der Neuankömmlinge zu erfragen, die Antworten kommen prompt.

»California.«

»London.«

»Madrid.«

»Venezia.«

Scheißeeeeeeeeeeeeeeeeeeeeeeeeeeeee.

Der dunkelhaarige Kerl, der mir bis eben noch außerordentlich gut gefallen hat, rutscht flirtiv grinsend näher an mich heran.

»E tu, tu sei di Roma, no?« Er begrüßt mich – erfreut, eine Landsmännin gefunden zu haben – mit Küsschen links und Küsschen rechts.

»Äääääh ... si.« Ich gerate ins Schwitzen.

Natürlich kann ich ein paar Brocken Italienisch. Ich hatte schließlich eine italienische Nonna. Aber niemals, *niemals* reicht das aus, um als Römerin auf den nun folgenden, ausufernden Redeschwall von Enzo aus Venedig einzugehen.

Der palavert und gestikuliert, als gäbe es kein Morgen. Ich nicke nur dümmlich grinsend. Dann sagt er etwas, das sowohl eine Liebeserklärung als auch die Frage nach der nächsten Toilette sein könnte, und blickt mich auffordernd an.

Si? No?

Auch die anderen Backpacker-Jungs sind nun neugierig geworden, blicken interessiert in meine Richtung. Als wollten sie nun doch wissen, was die waschechte Italienerin auf sexy Italienisch so alles zu erzählen hat.

Ich überlege nur eine Sekunde – und verpasse Enzo dann eine original bayerische Watschen: »Stronzo! Arschloch!« Ich blicke ehrlich empört und kopfschüttelnd in Richtung der Neuseeländer, und bevor der arme Stronzo ... äh ... Enzo überhaupt begreifen kann, was hier gerade geschehen ist, schnappe ich mir die Hand meines bärig-bärtigen Begleiters: »I want to go. Now!«

Und damit räumen wir eilig das Feld. Die übrigen Kiwis folgen uns, sind ehrlich amüsiert über meine Schlagkraft gegenüber dem scheinbar lüsternen Italiener.

»And now?« Gary blickt mich ratlos an. »Back to the hostel?«

Ich halte mir angestrengt den Kopf. Die Frischluftwatschen, die mich nun erwischt, behindert meinen Denkprozess immens. Ich habe das dringende Bedürfnis, mich ins Bett zu legen. Oder mir gemütlich in einem dampfigen Raum noch ein paar mehr Biere zuzuführen, um den zwangsläufig folgenden Kater noch ein wenig aufzuschieben.

Da ich noch immer in meinem Backpacker-Modus bin, übernimmt die abenteuerlustige Giulia die Entscheidung.

Und als Giulia fuchtle ich italienisch-melodramatisch mit den Händen herum: »Nooooooo! Let's do something totally crazy! Let's go wild!«

Ich laufe strahlend los, renne dabei fast eine Ampel um.

Die Kiwis sind begeistert.

Ich weiß zwar nicht genau, wieso, aber eine Stunde später sitzen wir (nach einem kurzen Abstecher über die »Original Oktoberfest Location« und ein paar verwackelten Bavaria-Statuen-Selfies) in der Hotelbar des Sheraton und trinken Cocktails zu Preisen, die jeder Schwabinger In-Kneipe den Rang ablaufen könnten. Ich habe inzwischen ein neues Trinkspiel gelernt, mit drei der Kiwis auf ewige Freundschaft getrunken und ausgemacht, dass ich im (neuseeländischen) Sommer zu Gary auf die Farm komme und mit ihm einen bayerisch-italienisch-neuseeländischen Imbiss aufmache: Weißwurstpizza mit Kiwisenf. In diesem wodkageschwängerten Moment empfinde ich, beziehungsweise Giulia, das als absolut grandiose Idee.

Gary erwähnt gerade mit einem lang gezogenen Seufzer, wie awesome es wäre, direkt hier im noblen Sheraton ein Zimmer zu haben. Dann könnten wir nicht nur edel nächtigen, sondern jetzt auch noch eine Suite-Party veranstalten. Wie im *Hangover*-Film.

»Why not?« Ich klatsche selbstbewusst in die Hände.

Bei inzwischen mindestens 2,4 Promille überrascht mich auch das nicht mehr.

Fünf Minuten und eine kleine, total ernsthafte Diskussion mit der Rezeptionsdame später haben wir erstaunlicherweise ... KEIN Zimmer bekommen.

Gary ist grantig, er lehnt sich lallend an mich: »Fuck them!«

»Yeah!« Ich reiße entrüstet meine Arme nach oben. »Fuck the system!«

Wir setzen uns zum Brainstormen wieder an die Bar in der Lobby und unterstützen den Denkprozess mit einer Runde Shots.

Schon ist eine viel bessere Idee geboren: Wir überraschen einfach jemanden in einer der bereits belegten Suiten! Ich meine, wie aufregend ist das denn? Man glaubt, den Abend allein und einsam vor dem Flatscreen in einem Münchner Nobelhotel verbringen zu müssen, und dann kommen da spontan ein paar lustige Leute vorbei, bereit, ein bisschen Party zu machen. Wir würden quasi das Leben eines einsamen, möglicherweise suizidgefährdeten Businessmenschen extrem bereichern! Ich lege den anderen meinen Masterplan dar.

»Awesome!«, brüllt einer der Kiwis.

»Best idea ever!«, findet Gary, mit Tränen in den Augen.

»I luuuuv you!«, nuschelt ein anderer und versucht, mich zu küssen.

Wir sind alle mehr als angeheitert und total überzeugt von meiner Idee.

Und es ist in der Tat erschreckend einfach, an der Rezeption vorbeizuschleichen, ganz selbstverständlich in den Aufzug zu steigen und wie Hotelgäste nach oben zu fahren.

Mann, bin ich verwegen! Kichernd und ziemlich angeschwipst klopfe ich an eine der Türen.

Ein verschlafener Mann mittleren Alters sieht mich halb verwirrt, halb verärgert an, nachdem er mir die Tür geöffnet hat.

Gary stupst mich auffordernd an: »Go!«

»Hi, we want to … ääääääh …«

Plötzlich ist meine Backpacker-Courage verflogen. Was zur Hölle tue ich hier?! Von wegen verwegen. Seit wann bin ich verwegen?! Das ist schon fast kriminell, was wir hier tun!

»Äääääääh … sorry … wrong room.« Mit rotem Kopf eile ich davon, den Flur entlang, die grölend lachenden Jungs hinter mir her.

»Come on, quickly!« Gary wischt sich die Lachtränen aus den Augen, hält mir eine schwere Tür auf, und wir stehen plötzlich an der frischen Luft, gerade noch einmal der »brenzligen« Situation entkommen.

Die Jungs lachen sich kaputt, und ich atme erst mal tief durch. Was sich als nicht so grandiose Idee herausstellt, weil sich nun plötzlich alles dreht. Ich reiße mich zusammen und sondiere die Lage. Wir stehen auf dem Dach des Hotels.

Während einer der Neuseeländer wie selbstverständlich auf die Schwanthalerstraße runteruriniert, tritt Gary an mich heran.

Der Bärig-Bärtige legt angeschwipst seinen Arm um mich. »You are crazy!« Dann sieht er mir tief in die Augen. Schon fast schüchtern nuschelt er in seinen Bart: »And you are really pretty …« Mit diesen Worten beugt er sich vor – und küsst mich.

Ich schließe die Augen, lasse mich schwankend auf den Kuss ein, und – es ist schrecklich. Der betrunkene Gary küsst wie eine Kuh! Er schleckt mich überall ab. Seine Zunge ist mehr in meinem Gesicht als in meinem Mund. Das ist definitv kein Maori-Ritual oder sonst irgendwie auf kulturelle Umstände zurückzuführen. Es ist einfach nur pfui bäh!

Was ich dem Neuseeländer natürlich, umsichtig, wie ich bin, prompt mitteile.

Doch dem ist das in seinem Rausch relativ egal. »I like to taste you. You're delicious. Don't you like my tongue on your face?«

Ich starre ihn baff und betrunken an. Und dann muss ich einfach lachen. Und kann gar nicht mehr aufhören.

»Passt schon.« Ich tätschle Gary beschwipst kichernd die Wange.

Der blickt mich irritiert an.

Aber ich beachte ihn schon gar nicht mehr, sondern habe mich grinsend auf dem Boden niedergelassen, strecke alle viere von mir und bewundere zufrieden lächelnd den Sternenhimmel. Ich weiß nicht, warum, aber irgendwie ist das Leben hier auf dem Hoteldach, in dieser frühlingswarmen Nacht, ziiiiiiemlich angenehm.

Tag 88

Sonntag, 17.05.

Würg.

Nicht viele philosophische Gedanken gehen mir durch den Kopf, dafür aber mein spärliches Frühstück. Ich befinde mich in einer geradezu pilateswürdigen Position über der Kloschüssel und hänge mit dem Kopf in ebendieser.

Würg.

»Beschreiben Sie sich in drei Worten.« Eine Frage beim Bewerbungsgespräch in meiner jetzigen Firma – und beim Ausfüllen des Profils bei der Online-Partnersuche. »Strukturiert, ordnungsfanatisch und diszipliniert« – das war in beiden Fällen meine Antwort. Ich plane gerne, bereite mich ausreichend auf bevorstehende Aufgaben vor, und ich lasse mich so gut wie nie gehen.

Würg.

Eine erneute Welle Übelkeit erschüttert mich, und ich halte mir stöhnend den verkaterten Schädel.

Dummerweise ist, wie sich jetzt herausstellt, meine innere, tiefenpsychologisch verankerte Einstellung zum Leben anscheinend nicht kompatibel mit dem Leben selbst. Seitdem ich Single bin, habe ich das Gefühl, mich ständig als chaotische, feierwütige und hysterische Vollkatastrophe zu offenbaren. Und das taugt mir gar nicht!

Würg.

Was ist bloß los mit mir? Einige der Menschen, die ich in den letzten Wochen und Monaten kennengelernt habe, haben bestimmt nicht gerade das allerbeste Bild von mir. Ich würde sehr gerne klarstellen, dass ich eine fundierte und abgeschlossene Ausbildung habe, sehr wohl jeden Tag von neun bis mindestens achtzehn Uhr arbeite, ein geregeltes Einkommen habe, bereits zwei funktionierende Langzeitbeziehungen hatte und kein orientierungsloses, feierwütiges Single-Mäuschen bin. Das ist alles nur eine Phase! Hoffe ich.

Ich drücke seufzend die Klospülung.

Mein Kopf fühlt sich an, als wäre eine Marschkapelle darübergetrampelt – mit Pauken und Trompeten.

Aber … lustig war der Abend gestern trotzdem irgendwie. Ich grinse, als ich an die verrückten Neuseeländer und die spontane Hoteldach-Party denke.

Nein! Keine ekstatischen Partynächte mehr. Ab jetzt habe ich mich wieder besser im Griff. Ich habe schließlich eine Aufgabe: die ernsthafte, strukturierte Partnersuche! Alkohol, absurde Dates oder belanglose Flirts sind dabei nicht zielführend. Außerdem – so übel, wie mir gerade ist – trinke ich sowieso nieeeeee wieder etwas!

Schritt 6:

Aufsibraut!

Tag 94

Samstag, 23.05.

»Shot, shot, shot!!!«

Sechs Mädels, im Einheitslook mit schwarzen Shirts und roten Blumen in den Haaren, stehen grölend um mich herum und strecken mir die praktischen, zu kleinen Trinkpokalen umfunktionierten Edelstahl-Eierbecher entgegen. Und ich, der auserkorene Alkoholwart für den Tag, schenke grinsend und großzügig Schnaps nach.

»Weg damit!«

Alle tun brav, wie ihnen geheißen. Es ist morgens halb sieben und Schnapsrunde Nummer zwei für heute. Außerdem ist es der Junggesellinnenabschied von Gitta. Das sollte man vielleicht dazu erwähnen, um keinen falschen Eindruck zu erwecken.

Nachdem Gitta ohnehin schon lange ahnte, dass wir eine Busreise unternehmen würden und dies das besagte Wochenende sein würde, wollten wir sie zumindest mit der Uhrzeit überrumpeln. Daher standen wir pünktlich wie die Maurer um fünf Uhr früh vor ihrer Tür.

Die Braut bekam großzügigerweise ganze fünfundvierzig Minuten Zeit, um sich fertig zu machen. Viel zu viel, wie sich herausstellte, denn während wir alle übermüdet und mit wirrem Haar am Bus stehen, ist Gitta wie immer topgestylt – und kann es kaum erwarten.

»Wo geht's denn jetzt hin? Und wie lange bleiben wir? Ihr macht mich fertig! Lasst mich Skiklamotten, Bikini, Taucherflossen einpacken … So kann man das ja nicht erraten!« Gitta ist aufgeregt wie ein Schulmädchen und hält mir hibbelig ihren Trinkpokal hin.

Damit eröffnet sie automatisch Schnapsrunde Nummer drei.

Was Gitta noch nicht weiß: Wir fahren auf ein Mädelswochenende nach Prag. Ganz kultiviert, versteht sich! Schließlich haben Sammy, Susan und ich die ganze Chose geplant. Es kam *überhaupt* nicht infrage, dass wir mit einem albernen Bauchladen durch München ziehen und doofe Schleier oder Kostüme anziehen. Zwar war es immer wieder ein kleiner Kampf, Sammy den Stripper auszureden (»Schaut doch, es gibt sogar ein special Prag-Bachelorparty-Package mit Stripper UND Limousine!«), insgesamt bin ich aber mit der Planung des Events zufrieden: witzige, harmlose Spielchen über den Tag verteilt, ein gediegenes Abendessen in einem super Restaurant, ein bisschen feiern gehen und morgen früh um zehn eine geführte Sightseeingtour, damit auch der kulturelle Part auf dieser Reise nicht zu kurz kommt. Zur besseren Übersicht gab es für alle teilnehmenden Mädels ein Memo mit dem genauen Ablaufplan, einer Karte von Prag und – das war Sammys Idee – kleine, laminierte Kärtchen mit dem Namen und der Adresse des Hotels plus alle Handynummern, die sich jeder für den Fall der Fälle in den Geldbeutel stecken soll. Nie war ein Junggesellinnenabschied so perfekt organisiert. Es kann also gar nichts schiefgehen!

»Sorry, Leute, ich habe die S-Bahn verpasst!« Plötzlich kommt eine niedliche Rothaarige angerannt. Sie fällt Gitta strahlend um den Hals. »So ein Glück, dass ich dabei sein kann! Wir sind ja vorgestern erst angekommen.« Daraufhin drückt sie jede Einzelne von uns in eine ekelhaft herzliche Umarmung, und schließlich – auch mich.

Ich halte die Luft an.

»Schön, dich zu sehen, Feli! Wie geht's dir denn?! Habe gehört, du bist wieder single …« Mit diesen Worten sieht sie mich ehrlich mitleidig an.

Fabelhaft.

Sammy wirft mir einen Blick zu.

Die bezaubernde Rothaarige, Lena, ist seit inzwischen fast drei Jahren die Freundin eines guten Fußballkumpels von Gittas Verlobtem Bloki. Dieser Fußballkumpel ist lustigerweise nebenbei auch noch mein Ex-Ex, nicht die Herzrausreißnummer, Gott bewahre, aber immerhin eine langjährige Beziehung, die noch in Schulzeiten ihren Ursprung hatte. Mein erster richtiger Freund, der erste (und bis jetzt einzige) Mann, mit dem ich auch das Wagnis des Zusammenziehens eingegangen bin. Lena war nicht der Grund für unsere inzwischen fast Lichtjahre zurückliegende Trennung, glücklicherweise. Trotzdem versetzt mir ihr Anblick einen Stich: Sie und mein Ex sind ein absolutes Traumpaar. Wohnen wieder draußen auf dem Land, Richtung Starnberger See, in einer idyllischen Dreizimmerwohnung mit Hund. Waren gerade zusammen im Romantikurlaub. Sie ist Zahnarzthelferin, bodenständig – und so verdammt süß. Ekelhaft!

Ich reiße mich zusammen und setze mein coolstes Lächeln auf. »Ach, alles spitze! Ich genieße es gerade, mich ein wenig auszutoben und jedes Wochenende mit einem anderen Mann zu schlafen. Tatsächlich habe ich gerade vorhin meinen Lover von gestern rausgeschmissen. Der hat mich so richtig … hart rangenommen.«

Lena sieht mich irritiert an, und Sammy, die hinter ihr steht, muss sich umdrehen, um nicht laut loszuprusten.

Währenddessen wechselt Gitta lieber das Thema und legt

freundschaftlich ihren Arm um Lena. »Wie läuft das Projekt Hausbau? Hab gehört, es ist der reinste Behördenirrsinn?«

Lena winkt lächelnd ab. »Der Bebauungsplan? Hör mir auf. Aber es ist irgendwie total schön, so ein Projekt zu zweit zu haben, ehrlich! Außerdem ...«

»Okayyyyyy!« Sammy drängt sich (nach einem weiteren Blick in meine dumpfe Miene) nach vorne – und zückt grinsend die fein säuberlich beschrifteten Karteikarten: »Zeit für deine erste Aufgabe, Braut!«

»Oh Mann ...« Gitta wirft einen skeptischen Blick auf den recht beachtlichen Stapel.

Als Erstes darf die Braut im Bus alle Reisenden auf die Anschnallpflicht hinweisen. Eine wichtige Aufgabe! Nachdem wir alle in den Bus eingestiegen sind und uns in die Sitze gequetscht haben, geht's los.

»Äh ... 'tschuldigung. Ich möchte Ihnen nur sagen, dass Sie sich laut Gesetz anschnallen müssen.«

»Ha?« Der bayerische Opa starrt Gitta an wie eine Kuh, wenn's blitzt.

»Also, die Gurtpflicht ...«

»Schleich di!« Der Opa brummelt mürrisch.

Also geht Gitta eilig weiter, während wir wie die Teenager losprusten.

»Entschuldigung. Sie sollten sich anschnallen. Das ist sonst wirklich totaaaal gefährlich. Außerdem herrscht in Deutschland Gurtpflicht.«

Gitta legt sich wirklich ins Zeug.

Die tschechische Dame scheint verständnisvoll, zumindest lächelt sie Gitta freundlich an. Dann streckt sie ihr eine Tupperdose mit irgendwelchem klebrigen Gebäck hin und bedeutet ihr, sich zu bedienen.

Gitta kehrt lachend und mit Zuckergebäck zurück und wird von uns laut johlend empfangen.

Ganz ehrlich – ich möchte nicht mit uns im Bus sitzen.

»Ha! Die Männer sind noch nicht mal gestartet!« Lena hebt grinsend ihr Handy in die Höhe.

Und sofort scharen sich alle aufgeregt gackernd um sie. Natürlich bin ich auf diesem Junggesellinnenabschied die einzig wirkliche Junggesellin. Alle anderen Mädels sind in langjährigen Beziehungen, zwei Drittel davon mit Männern, die parallel zu uns auf dem Junggesellenabschied des Bräutigams sind.

Gerade geht ein heftiges Gesimse zwischen den beiden Feierparteien los. Es geht darum, ob die Frauen den Männern eine Aufgabe stellen sollten und umgekehrt. Gekicher.

Ich seufze und schnappe mir kurz entschlossen den Obstler aus einer unserer »Provianttüten«. »Schnapsrunde!«

Sofort sind alle dabei. »Auf die Braut!«

Das klappt ja recht gut. Ich mache es mir daher als Alkoholwart zur Aufgabe, jedes Mal eine Schnapsrunde anzuleiern, wenn eins der Mädels das eigentlich auferlegte Kontaktverbot mit den Jungs vergisst. Eine klassische Konditionierung nach Pawlow. Die Damen sind allerdings sehr lernfähig, und nach zwei Stunden gibt es daher auch aus anderen Gründen Schnapsrunden.

Wenn der Busfahrer eine Durchsage macht.

»Auf die Braut!«

Wenn jemand gerade eine sentimentale Ansprache über die Freundschaft zur Braut hält.

»Auf die Braut!«

Wenn gerade Klopause war und alle wieder Flüssigkeiten zu sich nehmen können.

»Auf die Braut!«

Wenn ein roter LKW vorbeifährt.

»Aufsibraut!«

Wenn ein LKW vorbeifährt.

»Auuuuffsibraudd!«

Wenn irgendwas vorbeifährt.

»Aaaauuubaaa – hicks!«

Als wir nach knapp vier Stunden Busfahrt und einer Stunde fröhlichen Herumirrens endlich in unseren Apartements ankommen, müssen wir uns erst mal von den anstrengenden Strapazen der Reise erholen.

»Ich nehm das mit dem pinken Bezug!« Susan schmeißt sich lachend auf ein Bett.

»Aber ich will mit der Braut in einem Zimmer schlafen!«

Ich grinse. Es ist wie im Schullandheim.

Zwei Stunden, ein Powernapping und eine spontane Runde »Wo steckt eigentlich die Braut?« später haben wir uns in dem bereits im Vorfeld reservierten Prager Kellerrestaurant eingefunden. Perfekte Organisation! Vor allem wenn man bedenkt, dass die Männer sich parallel dazu einfach im Biergarten getroffen haben – frei nach dem Motto: »Schau 'ma mal, was der Tag nach drei Maß so bringt.«

Da ich, wie bereits erwähnt, der einzige Single in der Runde bin (und somit auch die Einzige, die wirklich über die Stränge schlagen kann), haben es sich die Mädels zur Aufgabe gemacht, mich an diesem Wochenende an den Mann zu bringen.

Wir haben gerade jeder einen Krug gutes tschechisches Bier vor uns stehen, als Gitta eins ihrer Aufgabenkärtchen zieht: »Stelle dem Kellner jede aus der Gruppe mit einem besonderen Spitznamen vor.«

Gitta grinst und ist tatsächlich durchaus kreativ.

Unser Kellner weiß nicht so recht, wie ihm geschieht.

Vor allem, als Gitta bei mir angekommen ist: »Und das ist Feli aka Single-Lady aka Dieser-Kellner-ist-der-Mann-meiner-Träume!«

Zwinker, zwinker.

Allgemeines Gekicher am Tisch.

»Ach, wenn das so ist: Einen Walzer, schöne Dame?«, fragt der Kellner grinsend und in fast akzentfreiem Deutsch.

»Ähhhhh ...« Ich schwitze.

Eigentlich war der Plan, dass die Braut sich zum Affen macht. Aber was soll's.

Schon wirble ich mit Pavel, ab sofort mein persönlicher Kellner des Abends, zu einem schnellen Walzer durchs Lokal. Peinlich.

Die Mädels kriegen sich nicht mehr ein.

Als wir das Restaurant verlassen, habe ich nicht nur Pavels Telefonnummer, sondern, wie alle anderen auch, drei weitere Schnäpse intus.

Gitta, übermüdet und aufgedreht, ist langsam auf ihrem Schnaps-Peak angekommen. Sie zeigt gerade eine erstaunlich gute Imitation von mir und Pavel auf dem Parkett – und hat als Tanzpartner einen Laternenpfahl gewählt. »Huuuuuiiiiiiiiiii iii!«

Sammy klatscht begeistert Beifall. »Aufsibraut!!«

Alle zücken brav die Trinkpokale (die Dinger sind wirklich praktisch!), und es folgt Schnapsrunde Nummer ... ach, wer zählt schon mit.

Ich beobachte wehmütig die zwei hübschen Gittas und denke daran, dass das hier fast so ist wie bei unserem Uniabschuss ... äh ... Abschluss.

Auch bei Gitta folgt zwangsläufig, wie immer, auf den Schnaps-Peak ein kurzer melancholischer Einbruch.

Zum Glück bin ich für den moralischen Support da. Wir fallen ein wenig hinter die anderen zurück, die gerade begeistert das Prager »Sex Machine«-Museum entdeckt haben.

Gitta ist völlig aufgelöst: »Ich mach mir sooooo Sorgn!!«

Ich nicke verständnisvoll. Das ist mein Einsatz! Zeit für ein echtes Freundinnengespräch!

Ich wende mich ernst und (meines Erachtens) kaum lallend an Gitta: »Das wird bestimmt nich' so schlimm, verheiratet zu sein. Du musst nich' immer zu Hause auf der Couch sitz'n, und – hey! – wer sagt, dass ihr kein' Sex mehr ha'm müsst?!«

»Hä?« Gitta schielt auf meine Nase. »Neeee, ich mach mir voll die Sorgn um 'n Bloki. Der ... der is' bestimmt tot!!!« Gitta wischt sich den Rotz mit dem Ärmel weg. »Du weißt doch, wie Kerle drauf sin'! Das sin' solche Deppn! Bestimmt lieg'n die jetzt irgendwo besoffen und bewusstlos an 'ner Autobahnausfahrt ...«

Es hilft nicht wirklich viel, dass genau zu diesem Zeitpunkt einer der Männer das Kontaktverbot ignoriert und uns ein total verwackeltes Handybild schickt, mit dem Kommentar:

23. Mai 2015; 23:45 Uhr

Thomas: 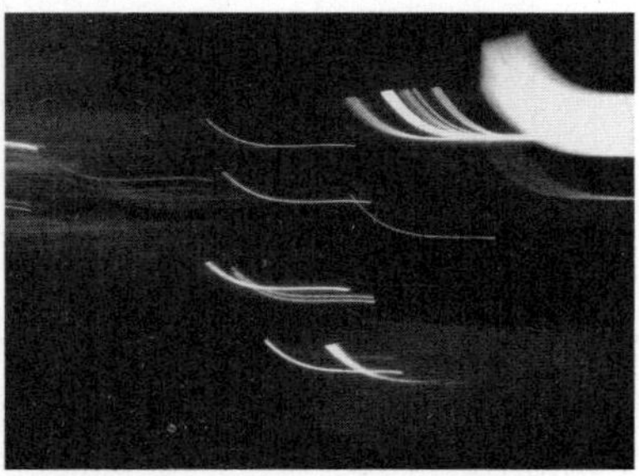

Thomas: Lol... unfassbar ... bei welchee Kranknkasse isn der Bloki? :-D

Bei Gitta setzt sofort hysterisches Schluchzen ein. »Ich schwöars dir, Feli, der Bloki is' tot und liegt irgendwo ... Ich spür das!« Zur Verdeutlichung hebt Gitta schwankend ihre Hand an ihren Busen.

»Ach Schmarrn!«, versuche ich zu trösten und tätschle ebenso ihre Brust. »Dem geht's gut. So was Schlimmes is' bestimmt nich' passiert!«

Gitta schnieft. »Vielleicht aba noch was Schlimmeres! Ich wette, der hat jetz 'n Tättu quer übers Gesicht ... wie dieser Boxer. Stell dir vor! Auf da Hochzeit ... Wie schaut 'n des aus, auf 'n Fotos! Buhuuuuu ... hicks!« Gittas Verzweiflung äußert sich nun in einem hektischen Schluckauf.

»What the ... Was ist das denn hier?« Wie aus dem Nichts kommt Sammy zu uns gewankt.

»Gitta geht's nich' so gut«, sage ich ernst.

Sammy scannt kurz die Lage, verabreicht Gitta dann pragmatisch einen weiteren Schnaps und einen dicken Schokoriegel, und – huuuuiiiiiii! – weiter geht's.

»Wir haben eine Bar gefunden – it's perfect!« Sammy zieht uns begeistert um die Ecke.

Ich staune erneut über Sammys Fähigkeiten.

»Hey, das kommt mir irg'n'wie bekannt vor.«

Susan, die mit Lena vor der Tür auf uns wartet, lacht los. »Hier sind unsre Apartments, ihr Schnapsnasen, das ist die Hotelbar!«

»Kraaaaasss!« Gitta ist baff.

»Und es ist 90er-Party!«

»Totaaaaaal krass!«

Gitta und ich starren uns an.

Es ist wie Magie! Eine Bar direkt im Haus. 90er-Party mit lauten Mitgrölliedern. Besser hätten wir das nicht planen können!

Wir sind keine zehn Minuten in der Location, haben gerade an der Bar mit irgendwelchen bunten Cocktails aufgetankt, als erneut etwas Magisches passiert. Etwas wahrlich Magisches!

Ich tanze mit Gitta zu *It's raining men* los, als Sammy baff auf mich zugerannt kommt.

»Oh my god! Siehst du das?«

Sie deutet aufgeregt Richtung Eingang – und ich traue meinen Augen kaum.

Aufsibraut!!!

Tag 94,
fünf Sekunden später

Samstag, 23. 5.

»Ohmygod!!!«

Eine große Gruppe unfassbar gut aussehender Männer in etwas lädierten OP-Kostümen zieht laut grölend an die Bar.

Sammy glotzt diese Prachtexemplare des männlichen Geschlechts immer noch mit offenem Mund an, ich nehme erst mal einen Schluck aus meinem Glas.

So viel Testosteron auf einem Haufen!

Ehrlich gesagt bin ich mir nicht sicher, ob wir in diesem Moment nicht einfach alle Opfer des sogenannten Schnaps-Proportional-Phänomens werden: Mit der steigenden Menge Schnaps im Körper steigt proportional nicht nur die Stimmung, sondern auch die Attraktivität der Mitmenschen.

»Holla!«, raunt mir Susan zu, als drei der stark angetrunkenen OP-Ärzte an uns vorbei zur Toilette wanken. »Wo kommen denn die Models auf einmal her?«

»Absolut keine Ahnung …« Ich grinse.

Und plötzlich scheinen alle Selbstkontrolle, aller weiblicher Stolz und vor allem alle guten Vorsätze von vor ein paar Tagen vergessen zu sein.

Hicks!

Ich trete auf die Gruppe zu. »Hey! Ihr seid ganz schön heiß – kommt ihr direkt aus dem OP-Saal oder aus der Hölle?«

Oh mein Gott. Was mach ich denn da? Peinlicher geht's ja wohl kaum!

Einer der Jungs im OP-Kostüm strahlt mich breit an. »Hey girls!«

Puh – er kann offensichtlich kein Deutsch. Noch mal Glück gehabt.

Es stellt sich raus: Die zwei Dutzend Männer sind ein Junggesellenabschied aus Irland – und der Bräutigam ist Chirurg (was die Kostümierung erklärt). Die finden es natürlich genauso toll wie wir, dass sie auf uns treffen.

Wir machen uns alle gerade feuchtfröhlich bekannt und haben eine Mordsgaudi, als Lena mit einem Schnapstablett ankommt. »Shots für alle!«

Sie zwinkert in meine Richtung, was mir den letzten Rest meiner höflichen Zurückhaltung nimmt. Sofort wanze ich mich flirtiv an den großen Typen mit den lustigen Augen ran, der mir eben geantwortet hat.

Ich will nämlich knutschen. Ganz dringend! Nach den Dating-Katastrophen der letzten Wochen sehne ich mich förmlich danach, endlich wieder einfach nur meine Lippen an die eines anderen zu pressen. Kein anstrengender Small Talk, bei dem ich zum achten Mal diesen Monat wiederhole, was ich so beruflich mache. Keine falschen Funken. Keine peinlichen Entgleisungen. Kein Informations-, nur ganz profaner Speichelaustausch. Und das im besten Fall ohne Kuh-Kuss. Als einziger Single bei einem Junggesellenabschied habe ich ja quasi auch eine moralische Verpflichtung, einen Kerl aufzureißen. Für die Gruppe! Aufsibraut!

Der groß gewachsene Ire steigt gerne auf meine Avancen ein. Er findet unsere Trinkpokale super und schenkt mir fleißig nach. Dabei erzählt er mir, dass sie alle den Bräutigam noch aus Schultagen kennen.

»Really? Wow.« Ich setze mein charmantestes Feli-Lächeln auf, zwirble eine braune Locke um meinen Finger.

Der Ire lächelt mich nett an.

Easy as that! Ich hab's halt drauf.

Ich bringe meine Begeisterung darüber zum Ausdruck, dass die Männer über all die Jahre befreundet blieben und jetzt alle gemeinsam auf eine Bachelor-Party nach Prag fahren.

»Ah, well, it is not really a bachelor party – as almost all of us are already married or engaged. George is kind of the last one to tie the knot.« Der Ire zwinkert mir nett zu.

Ich meißle mir ein Lächeln ins Gesicht, das inzwischen mehr einem dümmlichen Grinsen gleichkommt. »Ach … really?«

Sauber. Das ist ja mal wieder super gelaufen.

Ich lehne gerade brummlig an der Bar – zurück vom Flirty-flirty-Planeten und wieder in der grausamen Endzwanziger-Single-Realität, als mich jemand von hinten antippt.

»I'm not married or engaged.« Der Kleinste aus der Gruppe (was ihn immer noch einen halben Kopf größer als mich macht) grinst mich an. »Hi, I'm Harry.« Er streckt mir schon fast förmlich die Hand hin.

»Oh …« Ich starre ihn neugierig und schnapstrunken an. Dann rücke ich ein Stück näher und flüstere ihm verschwörerisch ins Ohr: »Potter?«

Harry ist kurz irritiert, lacht dann aber laut los. »Nice one! A drink?«

Ich brauche definitiv erst mal keinen Drink mehr und lasse mir von Harry eine Cola ausgeben.

Wir smalltalken gerade ein wenig darüber, wie perfekt Prag für einen Junggesellenabschied ist und was wir so mit unsrer

Zeit machen, wenn wir nicht gerade hier und betrunken sind (Harry ist Computerspiele-Entwickler – nicht unspannend!). Da sehe ich aus den Augenwinkeln Sammy schon aufgeregt und mit glänzenden Augen rüberstürmen.

Typisch! Wie die Gaffer bei einem Autounfall! Hurra – sie hat einen Mann an der Angel. Schnell mal nachsehen, wie der so ist …

»Heeeeyyyy …« Sammy grinst und blickt abwartend zwischen dem Iren und mir hin und her.

Ich seufze. »Sammy, that's Harry. Harry – Sammy.«

Sammy staunt. »Oh … the Prince?! Sweet!«

Im Gegensatz zum Harry-Potter-Kommentar scheint Harry DAS als eine Beleidigung zu empfinden. Wobei man zumindest, was das rotblonde Haupthaar betrifft, einen Vergleich ziehen könnte. Wenn jemand irisch aussieht, dann Harry, der Ire. Natürlich hat er rötliche Haare. Und leichte Segelohren. Er ist ein fleischgewordener Leprechaun – und irgendwie süß. Der Rotbart ist gepflegt (yeah!), und außerdem hat Harry ein sehr freundliches Lächeln.

Sammy steht immer noch einfach nur da und grinst uns grenzdebil an.

»Äh … Sammy?«

»Ja?«

Ich schenke ihr einen eindringlichen Blick, und endlich verzieht sie sich wieder zu den anderen, die gerade mit den irischen OP-Ärzten Macarena auf Dr. Alban tanzen. Und zur anscheinend sehr durstigen Gitta, die blind hinter sich auf den Tisch greift und schließlich aus einer Blumenvase trinkt.

Nach weiteren fünfzehn Minuten nett-flirtiven Ratschens werde ich etwas ungeduldig. Jetzt könnte er mich aber echt auch mal küssen!

Gitta findet das anscheinend auch. Sie taucht plötzlich wie

aus dem Nichts mit OP-Mützchen auf dem Kopf auf und plärrt: »Kiss her, kiss her, kiss her!«

Peinlich!

Doch Harry grinst nur, wirbelt mich in eine hollywoodreife Pose und küsst mich. Und das wirklich nicht schlecht! Es ist in der Tat die perfekte Mischung aus einem sanften Kennenlernen und dem Geschmack nach mehr.

Wir knutschen, knutschen und knutschen.

Hinter uns grölt irgendwer »Zoooombiieee, zooooombieee …« – und plötzlich, gefühlte fünf Minuten später, tippt mich jemand an.

»Äh … sorry to interrupt, aber wir gehen. Die Braut ist grad ein bisschen müde.« Sammy zuckt entschuldigend mit den Schultern.

Ich schaue mich um: Der Laden ist inzwischen leer. Auch die ganze OP-Arzt-Iren-Bande ist weg. Der DJ räumt schon zusammen – und das vorsichtig um Gitta herum. Die ist mit dem OP-Mützchen schief auf dem Kopf an das DJ-Pult gelehnt eingeschlafen. Unglaublich!

Wir holen also unsere Jacken, Harry hilft mir – ganz der Gentleman – in meine und lächelt mich zwinkernd an.

»It's too early to go to bed. What do you think: one more drink?«

Tag 94, sehr viel später

Samstag, 23. 05.

24. Mai 2015; 6:05 Uhr

Feli: Huiiiiiiiii du bisda wansin de irre isdawansin. Ala sinda wnsin

Feli: Ale Ha fußen hab van va aa kr krxlll

Olli: Klingonisch?

Olli: Viel Spaß morgen früh mit dem Kater und schöne Grüße an die Braut! :-D

Feli: hagedkl päpäpäppppppäääää

Tag 95

Sonntag, 24.05.

Dieses Geräusch. Dieses furchtbare, furchtbare Geräusch.

Rrrrrrrrrrrrrr.

Mit der unerträglichen Lautstärke eines hundert Debizel starken Schlagbohrers vibriert … nein … rattert mein Handy auf dem Nachttisch.

Woaaaaaah.

Langsam, ganz langsam öffne ich meine Augen zu kleinen Schlitzen. Scanne die Lage. Irgendwer hat sich über Nacht einen Spaß erlaubt und meinen Kopf auf das Kissen zementiert.

Rrrrrrrrr.

Dieser Lärm! Ich versuche, meinen Kopf irgendwie doch ein paar Zentimeter zu heben – und schlagartig haut mir irgendwer mit einem Baseballschläger gegen den Schädel. Auuuutsch!

Stöhnend und ganz langsam hangle ich mir das Telefon. »Khhhhrrroojaaaa?«

Wow. Ich höre mich an wie Chewbacca nach drei Schachteln Kippen. Was war nur los gestern?!

»Feli? Bist du's???« Am anderen Ende überschlägt sich die ähnlich angeschlagene Stimme von Gitta fast. »OH MEIN GOTT! Feliiiiiii! Endlich!«

Dieser Lärm. Warum ruft diese Wahnsinnige mich eigentlich an, obwohl sie doch einfach aus ihrem Schlafzimmer rüberkommen könnte?!

»Feli! WO BIST DU???«

Hä?

Ich blicke mich mit dröhnendem Schädel um. Ein relativ steriles Hotelzimmer. Hässliche Kunstdruck-Poster-Bilder an der Wand. Ein Stuhl mit Klamotten – eine Männerjeans, ein OP-Kittel …

OH – MEIN – GOTT!

»Feli?! Wir machen uns Sorgen!«

In diesem Moment tritt ein lächelnder, rothaariger Typ aus dem Bad, nur mit einem Handtuch bekleidet.

Oh Gott, oh Gott! Wie konnte ich mich nur so gehen lassen, dass ich nicht mal in mein eigenes Bett gefunden habe! Wie alt bin ich? Sechzehn?!

»Gitta, keine Sorge. Alles gut. Treffpunkt in zwanzig Minuten in den Apartments.« Hektisch lege ich auf.

Mein Schädel!

»If you are wondering«, meldet sich plötzlich eine sanfte Stimme, »we didn't go to bed together. I'm an Irish Gentleman – remember?«

Der Typ grinst mich frech an, und da fällt es mir wieder ein: Harry, der Ire. Die nächtliche Tour zu zweit durch Prags schlimmste Absteigen. Mindestens ein Absackerbier zu viel. Ich blicke an mir herunter. Gott sei Dank, vollständig bekleidet.

»Oh Mann …« Ich halte mir stöhnend den Kopf.

Die ganze Situation ist mir so scheißpeinlich, dafür gibt es gar keine Worte.

Doch Harry bleibt völlig cool. Er angelt grinsend einen Energydrink aus seiner Tasche.

»I don't have tea or coffee, unfortunately.«

Dankbar für *jegliche* Flüssigkeit, die ich aufnehmen kann, setze ich die Dose eilig an meine Lippen – und verziehe das Gesicht. Energydrinks erinnern mich einfach immer an meinen ersten Absturz mit fünfzehn auf zu viel »Flügerl«.

»Bääääh ... that tastes like ... Gummibärchensaft.«

Harry lacht laut los, und schließlich muss auch ich schmunzeln.

Der Ire betont noch einmal amüsiert, dass gestern wirklich nichts passiert sei. Ich sei trotz Volltrunkenheit überaus »charming« gewesen, aber einfach nicht mehr in der Lage, mich an die Adresse der Apartments zu erinnern.

Ich stöhne auf und krame in meiner Hosentasche nach dem laminierten Just-in-case-Adresszettel mit den Hoteldaten, meinem Namen und den Handynummern von allen Mädels. Daran konnte ich mich gestern anscheinend auch nicht mehr erinnern. Na super.

Da meldet sich mein Kopf erneut dröhnend.

»I really have to go now, sorry.«

Ich stehe mit wackligen Beinen auf, und bevor ich umfallen kann, zieht mich Harry netterweise rasch an sich. Ehe ich michs versehe, verabschiedet er sich mit einem langen Kuss.

»Well – I would really like to see you again, Bavarian girl.«

Er lächelt mich warm an und lässt mich erst gehen, nachdem ich ihm einen Zettel mit meiner Handynummer in die Hand gedrückt habe.

Ich lächle zurück.

Endlich habe ich mal einen *wirklich* netten Typen kennengelernt. Kann gut sein, dass ich mich noch mal bei ihm melde, wenn wir wieder zurück in Deutschland sind.

Tag 95, eine Stunde später

Sonntag, 24.05.

»Wow. Drei neue Nachrichten von Harry!« Ich blicke baff auf mein Handy.

Gitta, völlig zerknautscht und noch immer im Schlafanzug, beugt sich über mich. »Der will's aber wissen!« Sie lacht und bereut diese Beanspruchung ihrer Gesichtsmuskeln sofort. »Booooooaaaaaah! Ich brauche acht Aspirin aufgelöst in Espresso – und am besten intravenös!« Sie grinst. »Aber: geniaaaaler Abend!«

Ich schiebe ihr, ohne aufzublicken, eine Wasserflasche rüber.

Eigentlich war ich gerade dabei, den digitalen Walk of Shame zu gehen. Also meine Nachrichten und Whatsapp-Chats zu kontrollieren, um herauszufinden, wem ich gestern im Suff noch irgendwelche peinlichen Nachrichten geschickt habe.

Stattdessen blinkten mir aber gleich drei Nachrichten von dem Iren entgegen – von dem ich mich erst vor knapp einer Stunde verabschiedet hatte.

24. Mai 2015; 9:35 Uhr

Harry: Hey, it is Harry. I hope you did find your way back. How are you feeling? ;-)

Hmmmm … ganz süß. Ich lächle. Dann lese ich die zweite Nachricht – die er mir nur drei Minuten später geschickt hat:

> 24. Mai 2015; 9:38 Uhr
>
> Harry: We are going for some sightseeing now. Do you know a good place for breakfast? Will you have time to meet me later in the city?

Der scheint es ja wirklich ernst zu meinen mit dem Wiedersehen. Ich scrolle runter. Nächste Nachricht, diesmal zwanzig Minuten später:

> 24. Mai 2015; 9:58 Uhr
>
> Harry: Hope everything is fine with the bride. She seemed pretty drunk yesterday. When is your bus home today? Will you have time to see the city? The old bridge is quite cool, have you been there?

Äh … okay. Wow. Drei Fragen in einer Nachricht, das muss man auch erst mal schaffen.

Gitta grinst. »Creepy! Was hast du denn mit dem angestellt letzte Nacht?«

Ich bedanke mich für den Kommentar, indem ich wortlos Gittas Kaffee leere.

Ich bin gerade wirklich zu fertig, um mich ernsthaft mit diesem doch eher ausschweifenden Mitteilungsbedürfnis zu befassen – und antworte erst mal nett, aber knapp zurück.

Allerdings geht das den ganzen Tag über so weiter.

Als wir uns um zwölf zu einem Katerfrühstück aufraffen: »We are going to play paintball now! So much fun. Do you have any brothers or sisters? Where did you grow up?«

Als wir gerade mit dröhnenden Schädeln feststellen, dass es nicht die beste Idee war, für heute noch eine Stadtführung zu buchen: »Are you on your way to the bus already? Oh ... I never asked you: what's your favourite meal?«

Als wir auf den letzten Drücker in unseren Bus Richtung Heimat springen, jeder eine fette McDonalds-Tüte in der Hand (diesmal wird der Hass im Bus auf uns unendlich sein): »It is really nice, to have a weekend away! We just stopped for some beer in the old town of Prague, enjoying the sunshine :-). Do you work a lot? Do you get a lot of public holidays in Germany? Where do you like to go on your holidays?«

Aaaaaaaaaargh!

Natürlich schreibe ich immer mal wieder zurück, wir haben uns ja ganz gut unterhalten (insofern ich das jetzt in der Retrospektive noch richtig beurteilen kann). Aber auf jede Antwort kommt prompt innerhalb von Sekunden eine Gegenantwort – mit drei neuen Fragen. Es sind sicher an die fünfzehn Nachrichten, die mir Harry da heute schickt!

Die Mädels finden das zunächst süß.

»Hey, der will dich halt wirklich kennenlernen und den Kontakt halten – ist doch toll!«

Dann aber wird es auch ihnen etwas zu weird – und als Harry, der irre Ire, plötzlich schreibt:

24. Mai 2015; 14:35 Uhr

Harry: By the way, do you already have plans for the summer? I'm off work again in two weeks time. ;-)

… können sie sich vor Lachen nicht mehr halten.

»Feli, pass auf, der steht spätestens übermorgen mit einer Rose im Mund vor deiner Tür!«

»Ey, Feli, was, denkst du, mag Harry lieber? Schweinelende oder Lachs? Wegen der Menüfolge auf der Hochzeit, du weißt schon …«

»Maaaaaaann! Ich freu mich schon: In einem Jahr fahren wir alle wieder auf 'nen Junggesellinnenabschied nach Prag. Und auf der Hochzeit von dir und Harry halte ich dann die Rede und rekapituliere euer ›romantisches‹ Kennenlernen …«

»Bis auf die Geschichte mit der Blumenvase vielleicht …«

Alle grölen los.

Nur Gitta blickt irritiert von einer zu anderen: »Welche Geschichte mit der Blumenvase? Worum geht's? Welche Blumenvase?!«

Während sich die anderen noch lachend weigern, Gitta in alle Vorkommnisse der letzten Nacht einzuweihen, räuspert sich plötzlich Lena.

»Hmmm, Mädels. Jetzt, da wir eh gerade beim Thema sind. Ich wollte euch noch was sagen, bevor wir wieder zurück sind und uns wieder in alle Winde zerstreuen …« Sie blickt nervös in meine Richtung.

Auweia. Was kommt jetzt?

»Ich wollte Gitta nicht die Aufmerksamkeit klauen, aber

jetzt kann ich's ja sagen ... Also, ich bin auch verlobt! Wir werden nächstes Jahr heiraten!« Sie strahlt.

Sofort kreischen alle begeistert los. Umarmungen, Wows, Schluchzen, die übliche Nummer.

Nur ich bleibe stumm sitzen – und blicke nachdenklich aus dem Fenster.

Tag 99

Donnerstag, 28. 05.

28. Mai 2015; 17:44 Uhr

Harry: Hey you! How are you? How was the trip home? Did you have a nice time with the girls? I hope I don't annoy you. Am I annoying you? Will I see you again?

Tag 100

Freitag, 29.05.

Ich blicke abwechselnd zwischen meinem Handy und dem PC-Bildschirm hin und her. Und verspüre den starken Drang, mit meinem Kopf auf die Tastatur zu hämmern. Warum kommt immer alles zusammen? Why, oh, why?

Ich lese zum gefühlt hundertsten Mal die Mail durch, die definitiv nur aus Versehen statt in den »Gelöscht«- in den »Allgemeine Ablage«-Ordner des Firmen-Outlooks verschoben wurde:

Mein heißer Hase, ich will dich WAHNSINNIG gerne sehen! Und spüren! Ich weiß nur noch nicht, ob ich mit meiner Frau zu dieser blödsinnigen Familienfeier muss. Ich finde es raus und überleg mir was. Tausend heiße Küsse … ich denke schon den ganzen Tag an dich! ;-)

Obwohl ich weiß, dass ich mit jedem gelesenen Wort noch tiefer in den Schlamassel rutsche, scrollen meine Finger wie ferngesteuert nach unten, um den restlichen Mailverlauf zu lesen.

Ich erfahre, was der Hase außer »heißen Küssen« gerne mit ihrem sexy Pudel (Ernsthaft? Wenn schon Tiernamen, dann gibt es doch bestimmt was Besseres als Pudel?!) und einer

Flasche Schampus am nachtdunklen Weiher machen würde. Der sexy Pudel scheint dem nicht abgeneigt zu sein, zumindest drückt er immer wieder äußerst euphorisch seine Begeisterung für frühere Champagner-Weiher-Rendezvous aus. Der einzig problematische Knackpunkt für Hase und Pudel scheint die Ehefrau des Pudels zu sein – die sich definitiv nicht pudelwohl fühlen würde, hätte sie jetzt meinen Wissensstand.

So weit, so weird.

Dummerweise kenne ich den Absender der Mail. Und weiß jetzt: Unser Geschäftsführer (und damit mein Oberboss) betrügt seine Frau! Prost Mahlzeit.

Als wäre das nicht schon aufreibend genug, trudelt im selben Moment die neueste Nachricht von Harry, dem irren Iren, ein. Kein Wunder, er hat sich ja auch schon ganze *drei* Stunden nicht mehr gemeldet, nachdem ich ihm erklärt habe, dass ich wirklich ziiiieeeeemlich busy in der Arbeit bin.

Dafür folgt jetzt wieder ein Fragenbombardement: »Hope your busy day isn't too busy. Are you enjoying your work? How is the food there? Are you vegetarian? I really like meat.«

Maaaaaaaann.

Dabei war er in Prag ziemlich sympathisch. Zwischendurch schreibt er außerdem auch ganz witzige Sachen. Und in fünfzig Tagen ist Hochzeit. Und es ist ja auch ganz schön, wenn sich mal ein Mann interessiert. Und, und, und …

Vor zwei Monaten habe ich mich noch über Ghosting aufgeregt. Aber zu viel ist zu viel. Harry begrüßt mich morgens mit einer Nachricht. Und bis nachmittags um drei hat er mir zwei bis drei neue Nachrichten mit mindestens fünf neuen Fragen geschickt. Außerdem macht der Typ immer wieder Andeutungen, die mich langsam ernsthaft glauben lassen, dass er bald mit Ring und matrimonialen Absichten vor der Tür steht.

Erst will er wissen, wann ich Urlaub habe – und jetzt lernt er offensichtlich auch noch Deutsch! Das ist zumindest die creepy Schlussfolgerung, die ich ziehen musste, als mir der irische Irre gestern einen Screenshot von seiner Sprachlern-App geschickt hat. Mit dem deutschen Satz: »Der Junge trinkt Wasser.« (Ein völlig unsinniger Satz. »Der Junge trinkt Bier« wäre wenigstens brauchbares Vokabular.) Aaaaah!

Ich komme weder dazu, einen passablen Lösungsansatz für den Harry-Daily-News-Terror noch für die Der-Chef-geht-fremd-Erkenntnis zu finden, weil mein Handy klingelt.

Gitta.

»Gott sei Dank, du musst mir helfen, Gitta. Ich hab hier ein ziemliches Gschiss am Hals …«

»Aaaaaaaaaaaaah! Es ist soooooooo schrecklich!!!«

Gitta plärrt hysterisch ins Handy – das ich mir reflexartig zehn Zentimeter vom Ohr weghalten muss, um keinen dauerhaften Hörschaden davonzutragen.

»Was in aller Welt ist denn los?!« Ich bin sofort alarmiert.

Anscheinend ist meine beste Freundin mit viel schlimmeren Katastrophen gestraft. Vielleicht geht es um Krankheit oder Tod! Und ich jammere hier rum wegen ein paar belanglosen Problemchen. Wie egoistisch!

»Der Pfaaaaaarrer! Wir dürfen nicht *All You Need Is Love* in der Kirche spielen! Alles ist ruuuiniiierrrt!«

Aha.

»Alles wird gut! Jetzt atme erst mal durch!«

In dem Moment stürmt die Producerin rein. »Felizitas, bist du schon fertig mit den Listen für den Förderantrag? Es ist wirklich dringend!!!«

»Sorry, ich muss mal kurz raus – suuuuuper wichtiger Anruf!«

Ich forme mit den Lippen stumm den Namen eines sehr wichtigen Geldgebers, und sofort nickt meine Chefin ergeben und macht kehrt.

Ich will gerade das Telefonat mitsamt der Allyouneedislove-Krise in die etwas ungestörteren vier Wände des Damenklos verlegen, als ich fast mit unserem Oberboss zusammenstoße.

Der Pudel – ausgerechnet!

Der streicht sich hektisch seine Haartolle aus dem Gesicht, bevor er mich ernst mustert. »Ach, Felizitas! Kommst du bitte gleich in meinem Büro vorbei? So in zehn Minuten?«

Ich schlucke. »Okay.«

Sauber. So schnell ist meine Karriere bei Film und Fernsehen also schon wieder vorbei. Ich bin Mitwisser einer heiklen Affäre und muss nun schnell und ohne viel Aufhebens beseitigt werden.

Ich kauere mich auf den Toilettensitz und schildere Gitta die Situation, nachdem ich sie mit vier ruhigen Atemzügen und einem Plan B zum aktuellen Hochzeitsdesaster (»Spielen wir *All You Need Is Love* halt beim Auszug VOR der Kirche – das ist quasi eine gottesdienstliche Grauzone!«) beruhigt habe.

Gitta lauscht nun meinen Sorgen und ist einfach nur baff. »Wo ist denn da eigentlich das Problem?«

»Bitte?«

»Na ja, du siehst das schon wieder viel zu ernst. Es gibt eben unterschiedliche Arten von Beziehungen.«

»Was?!«

Ich erkenne meine beste Freundin langsam wirklich nicht wieder. Gut, sogar meine sexelnden Eltern haben inzwischen ihr ganz eigenes Beziehungsding am Start – aber ich sage ja nicht, dass ich das gut finde! Ich mache Gitta meinen Standpunkt über Ehe und Treue impulsiv klar.

»Hä? Ich spreche von deinem Handyflirt mit Harry! Da übertreibst du total. Aber was deinen Chef angeht – unmöglich!«

Gitta rät mir, in dem gleich anstehenden Gespräch mit dem

Ehebrecher erst mal ruhig zu bleiben. Vielleicht ist ihm ja noch gar nicht aufgefallen, dass seine Mail in einem öffentlichen Ordner gelandet und gelesen worden ist. Wenn doch: Wissen nutzen und pokern. Wenn nicht: Mail löschen und raushalten.

»Und dann entspann dich endlich mal, was den Iren angeht!«

»Ja, aber langsam frage ich mich, was das überhaupt bringen soll. Ich meine, wir haben *einmal* betrunken rumgeknutscht ...«

Gitta gibt sich pragmatisch. »Dann beende den Kontakt, wenn's dich nervt. Oder noch besser: Sag's ihm, und hör auf rumzujammern!«

Ich nicke – mehr zu mir selbst als zu Gitta.

Ein Blick auf die Uhr zeigt mir, dass die zehn Minuten seit drei Minuten rum sind und ich zum Gespräch mit dem Pudel ... äh ... meinem Chef muss. Auf ins Gefecht!

Ich verabschiede mich von Gitta, greife mit frischem Mut nach der Türklinke und will mit der anderen Hand das Schloss aufdrehen – doch nichts bewegt sich. Und mit nichts meine ich nicht, dass das Schloss hakt. Nein, es bewegt sich kein Stück! Ich rüttle und ruckle geschlagene fünf Minuten lang. Nur um festzustellen: Irgendwas hat sich unwiederbringlich verklemmt, das Ding ist hin – und ich bin im Damenklo eingesperrt.

Hoffnungslos lasse ich mich zurück auf den Klodeckel fallen und kann nicht umhin, erst mal laut loszulachen. Was für ein Tag! Was für eine Woche! Was für Monate! Völlig absurd-verrückte dreieinhalb Monate, die ich seit dem Start der 150 Tage hatte!

Nachdem sich meine hysterische Heiterkeit gelegt hat – und irgendwie bis jetzt niemand auf Toilette musste –, bleibt mir nichts anderes übrig, als verzagt um Hilfe zu rufen. Ich kann schließlich schlecht den Rest des Tages auf dem Klo hocken bleiben!

»Hallo? Hilfe? Ich stecke auf dem Klo fest!«

Mann, ist das peinlich.

»Hallo? Hallohooo?«

Megapeinlich!

Natürlich hört mich niemand, so leise, wie ich rufe.

Da fällt mein Blick auf das Handy in meiner Hand. Ich Hirsch!

Sofort versuche ich, Sandra, unsere Praktikantin, anzurufen, aber die macht anscheinend gerade Mittag. Ebenso meine Chefin. Und alle anderen Kollegen, deren Nummer ich gespeichert habe. Na super.

Doch dann: Mein Handy ploppt mit dem wunderschönen Klang eines Flaschenöffners. Rettung!

29. Mai 2015; 13:05 Uhr

Harry: I hope my comment about really liking meat didn't put you off. ;-)

Kreizbirnbaumundhollerstaun! Der Typ ist wirklich der Letzte, den ich jetzt gebrauchen kann!

Aber weil mir auch nichts Besseres einfällt, schildere ich eben Harry, dem über 1300 Kilometer entfernten Iren, meine Lage.

Nachdem der sich virtuell mit circa fünfzehn Tränenlach-Smileys totgelacht hat, fragt er, ob ich nicht einfach rüberklettern kann.

Kann ich natürlich nicht. Selbst wenn ich mit meinen 158

Zentimetern Zwergengröße hoch genug springen könnte, um den Türrahmen zu erreichen, hätte ich nicht genug Schmalz in den Armen, um mich rüberzuziehen. Ich verfluche, dass ich so viel Zeit mit Bauch-Beine-Po-Training statt mit Klimmzügen verbracht habe!

Doch Harry gibt mir via WhatsApp in bester *Sendung-mit-der-Maus*-Manier eine Schritt-für-Schritt Anleitung, wie ich auf die Toilettenschüssel und von da aus auf den Spülkasten steigen soll. Und von dort dann über die Trennwand – in die unverschlossene Toilettenkabine nebenan. Easy as that!

Vorsichtig kraxle ich also von der Kloschüssel auf den Spülkasten (der das zum Glück aushält) und schwinge mich über die Trennwand. Das heißt: Ich schwinge mich erst mal *auf* die Trennwand – nur, um dann festzustellen, dass es von da aus doch ganz schön tief runtergeht (für eine 158 Zentimeter kleine Person). Ich hänge also wie ein Sack Kartoffeln über dieser Toiletten-Kabinen-Trennwand, ein Bein links, ein Bein rechts, und verfluche Harry.

Natürlich ploppt mein Handy auch jetzt weiter. Ich unternehme einen Versuch, vorsichtig und unter komischen Verrenkungen mit einer Hand nach meinem Handy in der Potasche zu angeln …

»Scheiße, Felizitas! Was zur Hölle machst du da?!«

Waaaaah!

Fast purzle ich von der Trennwand, als meine Chefin mich, noch mit der Türklinke in der Hand, entgeistert anstarrt. Mein Handy fällt mit einem lauten »Platsch« in die Kloschüssel. Immerhin auf der unverschlossenen Seite.

Großartig. Einfach nur großartig.

Zum Glück ist unsere normalerweise ziemlich aufgedrehte Producerin in Krisensituationen immer lösungsorientiert.

»Okay. Wir schaffen das! Rutsch einfach langsam runter. Ich fang dich!«

Und so lasse ich mich vorsichtig zu Boden gleiten.

»Uffffffff... boah!«, macht meine Chefin, als ich wie ein nasser Sack auf sie plumpse.

GROSSARTIG!

Ich entschuldige mich hektisch für die peinliche Aktion, fische mein Handy aus dem Klo, um dann viel zu spät zu dem Termin mit dem Oberboss zu eilen.

Inzwischen ist mir eh alles wurscht.

»Ach Felizitas, gut, dass du da bist. Die Sache ist etwas prekär...«

Dann schmeißt er mich halt raus, bevor ich tratschen kann. Auch egal. Ich werd hier eh nicht genug wertgeschätzt.

»Es ist spontan ein Platz bei der Fortbildung in London frei geworden, dem Drehbuchseminar. Thommy und unsere Dramaturgin Annika sollten hin, aber irgendwie gab es da einen ... Vorfall zwischen den beiden, und jetzt weigert sich Annika. Ich weiß, das ist nicht unbedingt dein Wunschbereich, aber alles ist schon bezahlt, und du leistest gute Arbeit. Hättest du spontan Lust, in der letzten Juniwoche nach London zu fahren?«

»Jaaaaa!!!«

Ha! Ich bin eben doch superwichtig in der Firma!

Zurück im Büro lösche ich natürlich sofort diskret und loyal die verhängnisvolle Hase-Pudel-Mail, bevor sie jemand anders entdeckt. Ich mache mir aber vorsichtshalber eine Kopie für meine eigene Ablage. Man weiß ja nie.

Tag 102

Sonntag, 31.05.

31. Mai 2015; 17:08 Uhr

Feli: Hey! I need to tell you that this is all too much. I mean: too many messages!

Harry: I am really, really sorry! I just wanted to get to know you better – you're a really interesting person!

Feli: Oh ... ok. Thanks!

Harry: And now what? ;-)

Feli: Hmmm ... I don't know. I mean, what's the point in all this?

Harry: Well ... maybe it is time to just risk something?

Schritt 7:

Sprung ins kalte Fettnäpfchenwasser

Tag 107

Freitag, 05. 06.

»Feli, hör sofort auf rumzujammern! Du gehst zu diesem Event und jetzt basta! Wenn ich single wäre, würde ich da *sofort* mitmachen. Das klingt wirklich sehr lustig!«

Warum sind in letzter Zeit eigentlich alle immer der Meinung, ich würde rumjammern? Und warum wollen mich alle ständig zu irgendwelchen völlig irrationalen Dingen zwingen?!

»Darf ich dich daran erinnern, was das letzte Mal dabei rauskam, als du mir ein Date vermittelt hast?«

Olli stellt schuldbewusst seinen Kaffee ab. »Ich habe dir schon tausendmal gesagt, dass mir das leidtut. Ich wusste ja nicht, dass der Typ ein exhibitionistisch veranlagter Volldepp ist!«

Er blickt so süß zerknirscht drein, dass ich schmunzeln muss.

»Passt schon. Ich bin ja damals ohne Trauma davongekommen. Und habe mal wieder ein … Gemächt gesehen.«

Olli lacht nun auch. »Na ja. So weit soll es ja bei diesem Dating-Event gar nicht gehen. Keiner zieht blank. Im Gegenteil. Mike hat mir das genau erklärt. Wenn du zum Beispiel die ›Blind Date‹-Aufgabe bekommst, kriegst du eine Augenbinde, um dich von deinem Partner führen zu lassen! Spannend, oder?«

Aha.

Olli kennt ein paar Theaterleute an der Uni, die gerade ein performativ-gesellschaftliches Event vorbereiten, angelehnt an das Projekt einer verrückten Matchmaking-Agentur aus Finnland. Und dafür suchen sie noch händeringend Teilnehmer. Man muss irgendeinen diffusen Fragebogen ausfüllen, dann wird man mit verschiedenen Menschen zusammengebracht und muss mit seinem jeweiligen Partner innerhalb einer Stunde eine Aufgabe lösen. Am Ende sollen sich durch das heitere Zusammenspiel neue Freunde und im besten Fall sogar potenzielle Paare gefunden haben. So etwas *kann* auch nur Theaterleuten einfallen! Oder eben Wikingern!

Olli sieht mich grinsend an. »Die Hochzeit ist in weniger als fünfzig Tagen. Wie viele Dates hattest du noch mal seit der Geschichte mit dem naked man?«

Ich werfe einen traurigen Blick auf mein die letzten Tage recht stummes Handy und grüble.

»Feli?«

Energisch reiße ich mich aus meinen trüben Gedanken und ziehe eine Schnute. »Ich habe gerade einfach keine Lust! Vor allem nicht auf so einen performativen Theaterquatsch, bei dem ich die Augen verbunden bekomme oder mich auf irgendeine andere Art und Weise zum Deppen mache. Außerdem läuft es grade wirklich hervorragend mit Harry!«

»Dem Iren vom Junggesellinnenabschied?«

»Ja! Da sind ein paar äußerst vielversprechende Vibes im Spiel. Er sagt, ich bin eine sehr interessante Person!« Ich lächle betont selbstbewusst.

Doch Olli bleibt davon unbeeindruckt. »Erzähl mir doch nichts. Ich weiß von Gitta, dass du einen kurzfristigen Nachrichtenstopp verhängt hast, weil dich der Typ mega genervt hat. Auch eine Art, mit der Situation umzugehen übrigens.«

Ich lasse ächzend meinen Kopf auf die Tischkante fallen. »Ich weiß doch auch nicht! Digital nervt er schon, analog war der Abend in Prag aber irgendwie toll und aufregend. Ich kenn' ihn doch kaum! Er wohnt in Irland, ich hier – so kann man doch nicht daten und sich kennenlernen. Warum muss immer alles so kompliziert sein?!«

Frustriert und kraftlos hebe ich meinen Kopf wieder in Richtung Olli, in der Hoffnung ein wenig Input für mein Selbstmitleidsszenario oder zumindest ein paar warme Worte zu bekommen.

Doch Olli zieht nur pragmatisch sein Handy aus der Tasche. »Mir geht's hier nur um dich, meine Liebe. Wenn du mir spontan und ohne zu zwinkern versichern kannst, dass du mit der aktuellen Situation zufrieden bist, lass ich dich in Ruhe. Wenn nicht, melde ich dich zu dem Event an. Was hast du zu verlieren?«

Ich lasse einen genervten Seufzer los. Meine Freunde können manchmal wirklich lästig sein!

Tag 108

Samstag, 06.06.

Ich warte mucksmäuschenstill hinter einem Regal mit Konservendosen und starre den groß gewachsenen Typen in Hipster-Klamotten an. Der lässt gerade unauffällig eine Packung Gummibärchen in seine Jacke verschwinden und gibt mir dann thumbs up, während ich mit der Kamera draufhalte.

Unglaublich. Ich hatte ja mit einigem gerechnet. Aber jetzt macht mich die Partnersuche auch noch zum Kleinganoven!

Es ist der Tag des Dating-Events. Oder auch der Tag des Wir-bringen-unbescholtene-Singles-dazu-unter-dem-Deckmantel-der-Performativität-zu-Verbrechern-zu-werden-Events.

Mein erster Date-Partner für den Abend und ich haben bei diesem analogen Liebesspiel ausgerechnet die Aufgabe »Bonnie and Clyde« bekommen und müssen nun innerhalb einer Stunde auf irgendeine Art und Weise gemeinsam das Gesetz brechen. Und das Ganze natürlich für den Instagram-Feed der Veranstalter dokumentieren.

Ich schätze, die Verantwortlichen hatten sich unter der Aufgabe etwas Witziges und Harmloses, wie bei Rot über die Ampel zu laufen, vorgestellt.

Mein jugendlicher Date-Partner ist aber anscheinend ein verkappter Möchtegern-Gangster und findet es richtig »geil«, einen ernsthaft kriminellen Akt zu vollziehen. Voller Begeisterung hat er daher einen klitzekleinen Ladendiebstahl vorgeschlagen.

»Ich snatche irgendeine Süßigkeit, und du stehst Schmiere und machst Pics! Geil! Damit gewinnen wir!«

»Äh, ich denke nicht, dass es ums Gewinnen geht. Wir sollen durch die gemeinsame Aktion wohl so was wie ein Wir-Gefühl aufbauen und uns besser kennenlernen …« Ich starre ihn äußerst skeptisch an.

»Bullshit. Komm! Du stellst dich da hinters Regal, und ich leg los. Du warnst mich, wenn jemand kommt. Yolo!«

Ich hätte mich ohnehin geweigert, diesen kriminellen Akt selbst zu begehen. Noch nie habe ich auch nur einen Kaugummi geklaut. Also halte ich angestrengt meine Kamera auf »Clyde« und frage mich, was ich hier tue. Ernsthaft. Das gilt in den 2010ern also als Date?

Gerade als ich meinen Diskurs über die Verschiebung der Guide-Lines für ein gutes Date mental weiterspinnen will, dreht sich Yolo-Clyde schnell um – und stopft drei weitere Packungen Süßgkeiten in seine Tasche.

»Hey!«, zische ich leise rüber. »Was machst du denn da?! Wir haben gesagt, *eine* Packung Gummibärchen. Für den symbolischen Klau!«

»Aber ich finde diese Lakritze-Dinger so geil! Außerdem fühlt sich das gerade ziemlich swag an. Ich geb dir gleich mein Handy, dann kannst du auch ein paar Snaps für meine heutige Story machen.«

Schon ist er weitergezogen, um mit leuchtenden Augen am nächsten Regal einen nicht gerade billigen Rasierer zu »snatchen«. Ich kann es kaum glauben.

»Okay. Ich geh dann mal!« Fassungslos kopfschüttelnd drehe ich mich um und mache mich auf, Richtung Ausgang.

Mein kleptomanischer Date-Partner hat es in seinem kriminellen Klaurausch wahrscheinlich nicht mal mitbekommen.

Zurück im »Hauptquartier« des Dating-Spiels liefere ich die Beweisfotos sowie meinen herzförmigen Teilnehmerbutton ab.

»Sorry, Leute, aber ich bin raus.«

Mike, der Kumpel von Olli, sieht mich verblüfft an. »Aber du hast doch erst eine Aufgabe gemacht? Wir haben die nächsten Dates schon zugeteilt. Wenn du jetzt gehst, stimmt in der Abfolge hinten und vorne nichts mehr!« Er sieht mich flehentlich an.

Mir doch wurscht! Ich mache mich doch nicht zum Affen.

»Bitte, bitte, bitte! Das ist unsere Abschlussarbeit! Und der nächste Teilnehmer, den wir dir zugeteilt haben, ist echt nett. Den kennst du noch nicht, weil er bei der Kennenlernrunde nicht dabei war. Aber ich kann dir versprechen: Er ist sehr sympathisch und passt perfekt zu dir!« Mike zwinkert mir auffordernd zu.

Na guuuuut. Für die Kunst.

»Perfekt! Hier ist deine Augenbinde! Ihr macht das ›Blind Date‹ zusammen.«

Grrrrrr. Das hat man also von seiner Gutmütigkeit.

Bevor ich es mir anders überlegen kann, hat mir Mike schon die Augen verbunden. Perfekt. Ich sehe nichts mehr und bin jetzt einem Date zum ersten Mal *völlig* ausgeliefert.

»Aaaah, da ist er ja schon.« Mikes Stimme klingt enthusiastisch. »Immer dran denken: Dadurch, dass du ihn nicht siehst und vorher auch nicht gesehen hast, kannst du dich jetzt völlig auf die Vibrations einlassen. Das ist perfekt! Und ganz wichtig: Du musst ihm einfach vertrauen!«

»Äh …« Mein anscheinend eben eingetroffener Date-Partner meldet sich irritiert zu Wort.

Das ihm Mike jedoch sofort abschneidet. »Psssst! Ihr sollt euch auf das Spiel einlassen. Nicht erst langen Small Talk führen, sondern gleich den Körperkontakt aufnehmen. Du musst das Vertrauen deiner Partnerin gewinnen und mit ihr bis nach oben auf den Olympiaturm kommen – und natürlich auch wieder zurück. Ihr habt eine Stunde Zeit. Macht Fotos! Und viel Spaß!«

Mit diesen Worten schiebt mich Mike enthusiastisch ein paar Meter nach vorne.

»Hmmm. Okay. Na dann …«

Irgendwie kommt mir diese Stimme bekannt vor. Doch bevor ich lange darüber nachdenken kann, umfasst schon eine angenehm warme Hand ganz vorsichtig meine.

»Geht das so? Oder soll ich mich einhaken? Dann kann ich Sie vielleicht besser führen?«

Bitte? Der geht aber ran. Und gleichzeitig siezt er mich … pfff. Freak.

»Nein, danke, Händchenhalten ist schon mehr als intim genug für mich!«

Mein Gegenüber räuspert sich.

Ich seufze. »Also los, lassen Sie uns diesen Schmarrn hinter uns bringen.«

Mein Partner sagt nun nichts mehr, führt mich nur vorsichtig aus dem Hinterhof und den Gehweg entlang. Zumindest hoffe ich, dass es der Gehweg ist. Oh Mann! Ich sehe echt überhaupt nichts! Und das ist ein denkbar unschönes Gefühl – Blind Date indeed. Ich stolpere zaghaft vorwärts und fuchtle wie eine Verrückte mit meiner freien Hand vor meinem Gesicht herum. In der Hoffnung, fliegende Laternenpfähle oder näher kommende Fassaden dadurch irgendwie abwehren zu können.

Meinen Blindenhelfer scheint das zu amüsieren. »Keine Angst. Ich lasse Sie nirgendwo gegenlaufen. Sie können mir vertrauen.« Sanft drückt er meine Hand.

Was auf eine Person mit Nähe-Problemen wie mich nicht unbedingt einen positiven Effekt hat.

Vertrauen! Pah! Der spinnt doch. Ich habe durchaus schon einmal jemandem blind vertraut – und mich damit ziemlich in die Bredouille gebracht. Mit mir selbst als weisem Ratgeber fahre ich da immer noch am besten!

Daher entziehe ich diesem Kerl energisch meine Hand. »Danke! Aber ich kann das auch sehr gut alleine!«

Sprach ich und stolzierte mit blindem, aber erhobenem Haupt davon ...

»Nein, warten Sie!«

... und mit großem Schritt über die Bordsteinkante.

Durch die plötzliche Unebenheit im Boden taumle ich nach vorne und krache mit Schwung auf den harten Asphalt. Das heißt: fast. Weil mich im letzten Moment zwei Arme mit einem beherzten Griff um meinen Oberkörper (beziehungsweise meine Brust) vom Sturz abhalten.

»Oh ... das ... tut mir leid. Entschuldigung.« Mein Dating-Partner scheint verlegen. »Geht es?«

»Ja, passt schon.« Ich richte mich mit wackligen Beinen wieder gerade auf und will endlich die dumme Augenbinde abnehmen, als mich eine Hand davon abhält.

»Warten Sie! Geben wir dem Projekt noch eine Chance. Ich verspreche auch hoch und heilig, dass ich Sie nicht mehr aus den Augen lasse. Weil ... äh ... ich fände es ganz spannend, Sie näher kennenzulernen.«

Hmmmm. Süß.

Ich gebe seufzend nach. »Na gut.«

Der Mann umfasst vorsichtig meine Armbeuge. »Darf ich?«

Ich nicke, und schon hakt er sich sanft bei mir ein.

»So geht das ohnehin viel besser.«

Wirklich, ich kenne diesen Kerl von irgendwoher! Scheinbar hat mein Hirn unter dem ständigen Alkoholeinfluss der letzten Wochen gelitten, sonst würde mir langsam mal einfallen, warum mir diese Stimme so bekannt vorkommt.

Mein Date-Partner führt mich vorsichtig, aber sicher weiter die Straße entlang. Dann runter zur U-Bahn (»Stufe, Stufe, noch eine ...«) und schließlich am Olympiapark wieder aus dem Zug. Während der etwa fünfzehnminütigen Fahrt habe ich langsam auch aufgehört, mir dämlich vorzukommen.

Stattdessen habe ich festgestellt, dass es durchaus witzig ist, vorbeigehenden Passanten irgendwelche abstrusen Erklärungen zu meiner Situation zuzuwerfen: »Das ist der neue Trend aus Paris! Schicke Augenbinden – ich bin Model und soll die neueste Kollektion hier vorführen!« oder »Mein Mann und ich probieren eine neue SM-Praktik aus.«

Mein Dating-Partner scheint amüsiert. Überhaupt ist auch er daran »schuld«, dass ich mich langsam etwas entspanne. Er hat die Situation wirklich gut im Griff. Zeit, ein bisschen mehr über ihn zu erfahren – Spielregeln hin oder her!

»Was machen Sie denn eigentlich beruflich?«, frage ich nett, als wir gerade routiniert und im Gleichschritt die nächsten Treppenstufen hochgehen.

»Also, ich glaube, wir sollen uns nicht so viel voneinander erzählen. Sondern nur blind vertrauen.«

»Ach papperlapapp ... Sie nehmen das aber sehr genau! Dann fange ich halt an. Also, ich arbeite in der Medienbranche, in einer kleinen Produktionsfirma hier in München ...«

Und schon plappere und plappere ich. Der Verlust meines Sehsinns scheint die anderen geschärft zu haben, vor allem mein Sprechvermögen.

»Es macht total Spaß, all die spannenden, kreativen Köpfe aus der Filmbranche zu treffen. Außerdem bin ich auch dabei, mich hochzuarbeiten. Ich bin ehrgeizig, wissen Sie. Aber gut, ich habe ja nicht umsonst das Studium in viereinhalb statt fünf Jahren durchgezogen. Nicht, um jetzt irgendwo total fad in 'nem schnöden Großraumbüro oder hinter einem Bankschalter zu stehen und auf der Stelle zu treten. Ich meine, kennen Sie diese alleinstehenden Anzugfuzzis, die jeden Tag nine to five im Büro stehen, jeden Abend dieselbe Serie ansehen und als Highlight einmal alle sieben Tage einen Spieleabend veranstalten?« Ich lache. »Da würde ich mir, glaube ich, echt die Kugel geben!«

»Hmmm …« Mein Partner schweigt.

Er ist wohl auch einer von der Sorte, denen man alles aus der Nase ziehen muss.

»Jetzt erzählen Sie doch mal. Was machen *Sie* denn so?«

Er wirkt gequält: »Na ja … ich … also bei mir ist das nicht so spannend wie bei Ihnen. Ich habe direkt nach der Schule eine Ausbildung gemacht und arbeite seitdem im Finanzwesen. Und das jetzt seit bald zwei Jahrzehnten.«

Oh Mann. Fettnäpfchen. Aber zumindest weiß ich jetzt, dass ich tatsächlich einen schnöden Bank-Anzug-Fuzzi neben mir habe. Ich seufze innerlich. Wieder nix.

Obwohl … Ich habe schon ziemlich radikale Prinzipien. Vielleicht zu radikal, wenn man sich die letzten dreieinhalb Monate so vor Augen führt. Hmmm. Vielleicht sollte ich diesmal nicht gleich die Flinte ins Korn schmeißen. Schließlich hat mich mein Date-Partner ja sehr ordentlich durch die Stadt geführt …

»Arbeit ist ja nicht alles.« Ich winke betont gleichgültig ab. »Ich reise zum Beispiel sehr gerne. Vor ein paar Jahren war ich in Neuseeland, das war toll. Und ich mache gerne Sport, das ist total wichtig, finde ich. Am liebsten Yogalates und Laufen. Aber ich habe auch schon andere, verrückte Sachen ausprobiert. Einmal habe ich bei einem Kabuki-Tanzkurs mitgemacht. Ach, und früher habe ich in einem Orchester gespielt.«

Ich merke, dass ich schon wieder ohne Punkt und Komma über mich rede.

Neben mir herrscht unwohles Schweigen.

»Und Sie?«, unterbreche ich meinen Redeschwall.

»Bitte?«

»Was machen Sie denn so, neben Ihrer Arbeit? Sie werden doch irgendwelche Hobbys haben?« Ich bemühe mich um ein motivierendes Lächeln, was mit der doofen Augenmaske aber genauso gut psychopathisch rüberkommen könnte.

Der Typ scheint sich inzwischen immer unwohler zu fühlen. Ich spüre seine nervöse Transpiration förmlich.

»Ich weiß nicht, also ich ... ich finde natürlich auch, dass Sport wichtig ist. Aber ich mache jetzt nichts regelmäßig oder irgendetwas Besonderes wie Sie.«

»Okay. Wie verbringen Sie dann Ihre Abende?«

»Also ... äh ... ich genieße eigentlich gerne einen ruhigen Abend alleine vor dem Fernseher. Und ... ich lese auch sehr gerne.«

»Das ist ja auch ... spannend. Aber geht Ihnen nicht etwas ab? Also, sind Sie wirklich zufrieden damit?« Ich kann mir einen *leicht* kritischen Unterton dummerweise nicht verkneifen.

Mein Gegenüber kommt nun ganz eindeutig ins Schwitzen, und ich merke, dass ich langsam wie eine arrogante Super-Zicke rüberkommen muss. Was mich natürlich ärgert, ohne dass ich es wirklich ändern kann. Toll! Überhaupt reicht es jetzt mit dem Schmarrn. Die Augenbinde schnürt mir langsam, aber sicher das Hirn ab. Genervt ziehe ich sie mir vom Kopf ...

... und blicke meinem Nachbarn ins Gesicht.

»SIE!!!????« Ich bin völlig überfahren.

Der Lackschuhträger fasst sich verlegen an den Kopf: »Ich durfte ja nichts sagen. Aber – tja – irgendwie ist es auch komisch, oder nicht?«

Doch ich kann vor lauter Überraschung und Schock rein gar nichts komisch finden. Das *kann* doch kein Zufall mehr sein! Immer taucht dieser Typ auf, wenn ich gerade in einer eher »verletzlichen« Situation stecke.

»Sagen Sie mal – stalken Sie mich?! Sie sind doch total irre!« Ich gehe den Lackschuhträger empört an.

Der rückt nur nervös seine Brille zurecht. »Also ...«

Doch ich bin irrational in Rage. »Dieses ›Blind Date‹ war doch eingefädelt! Was wollen Sie denn wirklich von mir?!«

»Nein, hören Sie mir zu ...«

Auf der Straße sind bereits einige auf den kleinen, von mir produzierten Tumult aufmerksam geworden und starren alarmiert zu uns rüber. Ein gut gebauter Typ kommt grimmig auf uns zu.

Ich habe nun ein schlechtes Gewissen wegen des öffentlichen Ausbruchs. Vor allem, da mein Nachbar ehrlich zerknirscht und überfahren wirkt. Anscheinend handelt es sich hier tatsächlich nur um einen dieser völlig absurden Zufälle. Ich will einen ruhigeren Ton anschlagen. Doch der Lackschuhträger blickt nur auf den wütend näher kommenden Passanten. Das scheint ihm den Rest zu geben.

»Ich ... Entschuldigen Sie mich.« Und schon hat er sich umgedreht und eilt davon.

Der gut gebaute Herr kommt inzwischen grimmig bei mir an. Er hat eine Menge beängstigende Tattoos auf den Oberarmen, wie ich nun feststelle.

»Alles okay bei dir, Mäuschen? Hat dich der Vogel da belästigt?«

»Nein, nein. Alles in Ordnung.«

Ich beschwichtige, immer noch etwas durcheinander, dass es sich wohl um ein klassisches Missverständnis handelt.

Aber der Schrank von einem Mann brüllt dem Lackschuhträger trotzdem hinterher: »Ja, lauf nur davon, du Würstchen! Und such dir nächstes Mal 'ne Frau in deiner Kategorie!«

Er lacht dröhnend, und ich habe den Eindruck, der fahrig Richtung U-Bahn eilende Lackschuhträger zieht seinen Kopf noch ein Stück weiter ein.

Oh Mann.

Tag 110

Montag, 08.06.

»Ich schwöre es dir! Eine dermaßene Peinlichkeit habe ich mir selten erlaubt. Jemanden erst so zu brüskieren und dann auch noch auf offener Straße zusammenzuschreien ...« Ich schüttle über mich selbst bestürzt den Kopf.

Gitta grinst, während sie kleine weiße Perlen auffädelt. »Also, ich finde es super, wie du zurzeit aus dir rauskommst. Richtig wild!«

»Richtig daneben trifft's eher!« Ich seufze und klebe pinke und grüne Schleifchen sowie die fertigen Perlenkettchen auf kleine Blumenvasen.

Gitta hat zum Appell gerufen, und ich war mehr als happy. Endlich wieder ein Freundinnen-Abend bei einem guten Glas Wein, bei dem es nicht nur um die Hochzeit geht!

Es stellte sich heraus: Gitta braucht Hilfe bei der Tischdeko, weil sich Bloki als Mann mit zwei linken Händen herausgestellt hat – Überraschung!

»In jedem Fall habe ich jetzt eine fast schon irrationale Angst davor, meinen Nachbarn nach diesem Debakel wiederzusehen!«

Gitta grinst. »Blöd, dass ihr im selben Haus wohnt!«

Ich nicke und versuche fluchend, einen Batzen Superkleber von meinen Fingerkuppen zu bekommen. »Gestern musste ich mich durch einen beherzten Sprung hinter die Mülltonnen retten!«

»Classy.« Gitta lacht.

Doch mir ist nicht wirklich zum Lachen zumute.

»Wie kann das sein, dass bei mir jedes Date in einer Katastrophe endet?! Kein Mensch kann so viele schreckliche Dates auf einmal haben! Das ist doch rein mathematisch gar nicht möglich.« Ich pule frustriert an einem der hübschen Schleifchen herum, das langsam ausfranst.

Gitta entreißt mir sanft, aber bestimmt ihre heilige Tischdeko. »Ich glaube, du irrst dich. Und zwar gewaltig. Und ich weiß auch, was dich jetzt aufmuntert! Hast du schon mal vom Hashtag ›Worst Date‹ gehört?«

»Hä?«

»Mann, bist du jetzt auf Twitter oder nicht? Der Hashtag wurde von einem amerikanischen Late-Night-Moderator kreiert, und seitdem twittern User auf der ganzen Welt ihre schlimmsten First-Date-Erfahrungen. Es ist saukomisch!«

Schlimmste Dates über Twitter? Ich bin sofort angefixt und hole mein Handy raus. #WorstDate eingegeben, und da sind sie schon, die Date-Desaster auf 140 Zeichen – fein säuberlich aufgereiht. Dagegen sind meine Erlebnisse ja fast noch harmlos!

Ein User schreibt zum Beispiel, dass sein Date eine Plastiktüte dabeihatte, weil sie bei First Dates immer so nervös sei, dass ihr richtig übel wird. Und – sie musste die Tüte benutzen.

Pfui!

Ich lache mich schlapp und würde am liebsten das Fenster aufreißen und enthusiastisch in die Welt schreien: »Jaaa! Ich bin nicht allein!«

Stattdessen scrolle ich mit Gitta fröhlich weiter. Wir kichern und gackern, sodass zwischendurch sogar Bloki verwirrt seinen Kopf ins Wohnzimmer steckt. Aus Angst, zum

Schleifchenbinden verdonnert zu werden, verzieht er sich aber schnell wieder.

Ich folge ihm in die Küche, um eine neue Flasche Wein zu köpfen, als Gitta laut losbrüllt.

»Feli! Das musst du lesen! Das ist ja krass!«

Ich komme vorfreudig zurück, als sie vorliest: »Hab für sie gekocht. Linsen waren wohl nicht ihr Ding – sie verwandelte meine Wohnung in eine Giftgaskammer. #WorstDate«

Mir fällt beinahe die Flasche Wein aus der Hand. »Wie heißt der User?«

»Moment … @veggietom.« Sie wischt sich die Lachtränen aus den Augen. »Mann, geht es eigentlich noch peinlicher?« Dann blickt sie in meine dumpfe Miene. »Äh … irgendwie hattest du auch mal mehr Humor …«

»Das war ich.«

»Hä?«

»Die pupsende Frau. Das war ich. Boah! Dieser Depp twittert ein Date mit mir tatsächlich unter #WorstDate! Ich fasse es nicht!«

Und damit ist meine Laune für diesen Abend endgültig im A … äh … im Eimer.

Tag 115

Samstag, 13.06.

Ein Highlight in dieser Woche, quasi Balsam für die geschundene Single-Seele, ist für mich der entspannte Samstagnachmittag mit meinem Papili. Und das – oh Wunder! – in der Münchner Innenstadt. Wenn auch unter Protest.

Nachdem inzwischen zwei der vier Deckenleuchten in meiner Wohnung den Geist aufgegeben haben, mein Herd spinnt und noch drei andere etwas kompliziertere Haushaltsdefekte vorliegen (und natürlich: mangels eines handwerklich begabten Boyfriends), hat sich mein Vater bereit erklärt, am Wochenende rauszufahren und alles zu richten.

Ich wiederum freue mich tierisch darüber, ihn nach getaner Arbeit zu einem Mittagessen in meine Lieblingspizzeria hier im Viertel einzuladen.

»Schöne Grüße von der Oma soll i dir ausrichtn. Sie fragt, ob du grad an Freund hast.« Mein Vater grinst mich an, während wir Seite an Seite durchs frühlingshafte München spazieren.

»Soso.« Ich muss bei dem Gedanken an meine Omi lächeln.

An uns fährt laut hupend ein dicker BMW vorbei. Ein anderer Fahrer, der gerade bei laufendem Motor etwas ein- und auslädt, zeigt ihm schimpfend den Mittelfinger.

Mein Vater atmet tief ein. »Aaaah. Die guade Stadtluft.«

Ich gebe mich gespielt empört.

Doch mein Vater grinst nur. »War doch nur Spaß. I weiß ja, dass du's hier gut hast. Und an das gute Essen könnt i mich g'wöhnen.« Er blinzelt gegen die Sonne und zieht zufrieden seine Pfeife aus der Jackentasche.

Ich sehe mir meinen Papili genau an. Gut schaut er aus. Wie immer. Die grauen Strähnen, der Schnurrbart, die breiten Schultern – ein Mann, der zupacken kann.

»Is was?«

»Naa, naa.« Ich zucke mit den Schultern. »I frag mich nur manchmal, ob's dir gut geht, so allein aufm Hof. Aber so, wie du ausschaust, schätz' ich: ja.«

Mein Vater lächelt. »Freilich geht's mir gut. Und i bin ja ned allein. Vor allem im Moment ned.«

Hmmm. Also scheint die Sache zwischen meinen Eltern wirklich beiden gutzutun – und etwas Ernsteres zu sein. Und das ist es, was im Endeffekt zählt. Ich lächle zufrieden.

Mein Vater schmunzelt auch und stupst mich lieb an. »Aber wie geht's denn dir?«

»Ach, eigentlich ganz gut. Von den Männerg'schichten hast ja scho gehört von der Mamma ...«

»Ja. Aber du musst mit mir ned drüber redn. Wirklich ned.« Er zieht an seiner Pfeife. »Vui spannender fänd i, wie du den neuen Schweden-Krimi findest? Der jetzt grad auf Platz zwei von der *Spiegel*-Listn is'?«

Sofort bin ich in meinem Element. »Furchtbar! Der hat totale Längen!«

»Find i aa. Der Autor lässt stark nach. Grad in der ersten Hälfte schlafn einem die Fiaß ein. Da san die Gespräche mit deina Oma ergiebiger!«

Wir müssen beide laut lachen, als mein ploppendes Handy unsere Konversation unterbricht. Ich starre baff auf die Nachricht.

»Komisch. Die Mamma will, dass i sie glei bei 'nem Tattoostudio treffe. Sie wird doch ned …« Ich verziehe das Gesicht.

Also jetzt geht la Mamma mit ihrer jugendlichen Hippieart wirklich zu weit!

Ich blicke meinen Papili bittend an. »Das is' gleich hier um die Ecke – komm doch mit. Vielleicht kannst du ihr den Schmarrn ausreden!«

Doch mein Vater ist unbegeistert. »I woaß ned. I wollt eigentlich heim. Und i will ihr da ned dreinreden. Lass sie halt, is doch ihr Körper.«

Ich bringe mein Entsetzen zum Ausdruck. »Bist du deppert? Die is' imstande und lässt sich John Lennon inklusive Peacezeichen und Yoko Ono quer übers Kreuz tätowieren! Wie schaut'n des aus, in ihrem Alter?!«

Schließlich lässt sich mein Vater breitschlagen, zumindest als stummer moralischer Support mit zu dem Tattoostudio zu kommen.

Kaum sind wir um die Ecke gebogen, sehen wir auch schon meine aufgedrehte Mutter begeistert gackernd Motive im Schaufenster bewundern. An ihrer Seite steht ein tätowierter Altrocker mit Vollbart und Piraten-Kopftuch. Vielleicht der Tätowierer? Wobei … warum küsst sie ihn dann???

Ich wende meinen entsetzten Blick von meiner knutschenden Mutter ab und starre zu meinem Vater. Auch dem ist die Kinnlade runtergefallen.

La Mamma hat uns inzwischen entdeckt. »Ach, Spatzi … und Georg.« Für eine Sekunde scheint sie aus dem Konzept gebracht, dann aber stürmt sie aufgedreht auf uns zu. »Seit wann kriegt man dich denn in die Stadt?« Sie grinst meinen Vater frech an und drückt ihm ein Bussi auf die Wange.

Papili sagt kein Wort.

»Spatzi, das ist übrigens der Herbert. Wir haben uns vor ein paar Wochen bei einem ›Tu es für dich‹-Seminar kennengelernt. Und der Herbert hat mich davon überzeugt, dass es endlich Zeit für ein bisschen permamenten Körperschmuck ist!« La Mamma strahlt.

Rocker-Herbert grinst im Hintergrund dümmlich. »Ne scharfe Mutter haste da, alter Falter!«

Ich bin absolut sprachlos und vor allem: unglaublich wütend. Ich habe das Gefühl, gleich zu platzen!

»Mamma ... was soll das ... was ist mit ...«, presse ich mühsam beherrscht zwischen meinen Zähnen hervor.

Ich will nicht das zweite Mal innerhalb einer Woche eine Szene auf offener Straße anzetteln. Vorsichtig blicke ich zu meinem Vater, der immer noch alles stoisch hinzunehmen scheint.

»Ach ... Spatzi.« Meine Mutter wirkt etwas unruhig. »Wir sind erwachsene Menschen, und es war ja schließlich ausgemacht, dass das zwischen uns nichts Festes ist. Ich meine, der Herbert sieht das auch locker. Und das hat ja nichts mit uns zu tun – stimmt's, Georg?«

Aber mein Vater schweigt weiter.

La Mamma lächelt betont selbstbewusst. »Wie auch immer, ich lasse mich jetzt tätowieren. Wer will mitkommen?«

»MAMMA!!! Geht's eigentlich noch?!« Die Worte sprudeln nun doch unaufhaltsam aus mir raus.

Doch bevor ich eine gesalzene Schimpftirade loslassen kann, spüre ich plötzlich eine beruhigende Hand auf meiner Schulter und verstumme.

Hinter mir steht mein Papili mit einem ernsthaft grimmigen Gesichtsausdruck, der mir völlig fremd ist. Nicht einmal zu Zeiten meiner schlimmsten pubertären Phasen habe ich einen derartigen Blick zu sehen bekommen. Doch der gilt auch nicht mir.

Mein Vater sieht meiner Mutter direkt in die Augen und spricht sie bemüht beherrscht an. »Claudia, mir glangt's mit dem Schmarrn! Ehrlich. I hab genug. Endgültig!« Mit diesen Worten dreht er sich einfach nur um und geht. Ohne sich noch einmal umzusehen.

»Georg! Jetzt wart halt mal!« Meine Mutter ist nun doch etwas schuldbewusst. »Georg!«

»Yo, dit is 'ne Äktschn, wa?« Herbert grinst bescheuert in meine Richtung. »Hast du eigentlich 'n Tättu?«

La Mamma fasst sich stöhnend an den Kopf und dreht sich um, doch auch von mir kann sie nicht mehr als ein Kopfschütteln erwarten.

»Ehrlich, Mamma, dein Verhalten ist manchmal völlig unreif und unmöglich. Aber heute hast du dich wirklich selbst übertroffen!«

La Mamma schluckt und sieht mich bittend an. »Ach Spatzi, jetzt fang du nicht auch noch Streit an, per favore …«

Aber ich bin zum ersten Mal wirklich tief enttäuscht von meiner eigenen Mutter.

Tag 121

Freitag, 19. 06.

In den nächsten Tagen bombardiert mich la Mamma mit Entschuldigungsnachrichten und Anrufen. Spatzi hier, scusa da. Ich bin so unglaublich wütend auf meine Mutter – es gibt keine Worte dafür. Kein Scherz!

Natürlich hat sie es schon immer etwas »lockerer« mit ihren Beziehungen gesehen. Statt langfristigen, erwachsenen Bindungen hatte sie immer wieder mal wechselnde Lebensabschnittspartner, diverse Dates und hippiemäßig unverbindliche »Freundschaften« – wie sie es nennt.

Aber diesmal bandelte sie mit meinem Vater an. Und das ernsthaft! Wir haben uns sogar alle zu einem Pseudo -Familiennachmittag zusammengesetzt! Da kann sie doch nicht nebenbei mit Altrocker-Herbert ins Bett hüpfen. Als wäre sie vierundzwanzig und nicht vierundfünfzig! Einfach nur über die Maßen peinlich.

Ich rühre aufgebracht und überflüssigerweise in dem Topf, in dem ich gerade Popcorn für einen gemütlichen DVD-Abend mit mir selbst angesetzt habe.

War ich vielleicht einfach zu naiv? Was hab ich denn gedacht, was passiert?

Meinen Vater scheint die Sache in jedem Fall schwer getroffen zu haben. Er spricht zwar nicht darüber, aber er schottet sich ziemlich ab. Was einen nicht wundert. Schließlich hat er mit dieser Liaison ziemlich viel aufs Spiel gesetzt. Sein Herz zum Beispiel, um es ganz kitschig zu formulieren. Was vielleicht ein Fehler war …

Ich blicke nachdenklich vor mich hin.

»Autsch! Kruzifix …«

Ein Tropfen heißes Fett ist nach oben gespritzt.

Ich halte schnell meine Hand unter den Wasserhahn und fluche drauflos: über die kleinen und großen Unwägbarkeiten im Leben.

Eigentlich habe ich gerade überhaupt keine Zeit, so viele Gedanken und Energie in mein Liebesleben und das meiner Eltern zu stecken. Nach wie vor bin ich auch ernsthafte Karrierefrau – und in zehn Tagen geht's schon nach London zur Fortbildung!

Ich blicke auf den recht beachtlichen Stapel DVDs auf meinem Tisch. Ich möchte wirklich gut vorbereitet sein. Schließlich hat man nicht so oft die Chance, renommierte britische Drehbuchautoren live über deren Arbeit sprechen zu hören. Ich freue mich tatsächlich sehr darauf!

Und wenn ich zurückkomme, geht vielleicht auch hier im Büro endlich etwas voran für mich. Man muss optimistisch bleiben, in kleinen Schritten denken. Keine Listen mehr, das wäre zum Beispiel grandios. Dass ausgerechnet Autoren-Thommy mit in London dabei ist, nehme ich daher als notwendiges Übel gerne in Kauf.

Rrrrring.

»Darling, wollte nur hören, ob du heute nicht wieder depressive Anfälle bekommst und dir 'nen Strick drehst oder so … wegen Wochenende, Pärchenzeit, deinen crazy Eltern … you know …«

Wirklich. Man muss meine Freunde lieben.

»Sehr reizend. Danke. Aber mir geht es gut.« Ich reiße mich

am Riemen, verdränge die nun wieder aufkeimenden Gedanken an meine Eltern und setze meine professionellste Stimme auf. »Ich plane gerade meine berufsverändernde Reise!«

Sammy hackt am anderen Ende anscheinend auf ihrer Tastatur, hört kaum zu.

»All right. Sehr schön. Ich muss heute noch dieses Projekt für einen Kumpel fertig machen, aber danach – a drink or two?«

»Hmmm, ich weiß nicht. Wollte eigentlich ein bisschen britische Filme schauen, in Vorbereitung auf den Kurs.«

»Pffff!« Sammy lässt einen verächtlichen Laut los. »Ich wollte dir ein paar London-Tipps geben! Außerdem kriegen wir dich ja vielleicht wieder so lustig betrunken! Du hattest schon lange keinen Absturz mehr.«

Ich stöhne genervt auf. Bis ich einen komischen Geruch wahrnehme. Ich strecke schnüffelnd meine Nase in die Luft und bemerke nun auch den apokalyptisch dichten Qualm, der aus meinem winzigen Küchenkämmerchen dringt.

»Scheeeeeeiße!!! Das Popcorn brennt an!«

Sofort schmeiße ich mein Handy in die Ecke und sprinte zu dem Topf, den ich von der Herdplatte reiße und in einem rekordverdächtig schnellen Hindernislauf bis zum Balkon transportiere. Dort stelle ich das stark qualmende Übel fix auf meinem Balkontisch ab. Und unverzüglich brennt sich mit einem melodischen »Zschsssssssst« ein schwarzer Brandfleck in mein hübsches Vintage-Holztischchen. Na toll!

Ich nehme fluchend mein Handy wieder auf, durch das mir eine lachende Sammy entgegenschallt.

»Was kann man denn bei Popcorn falsch machen? Seriously?! Das ist doch gar nicht möglich!«

Ehrlich gesagt wundert mich in meinem Leben gar nichts mehr. Immerhin sind in den letzten sechs Monaten so einige Dinge passiert, die ich nie für möglich gehalten hätte.

Tag 123

Sonntag, 21. 06.

21. Juni 2015; 17:16 Uhr

Harry: Hi there. I think that was a long enough conversation-pause. I miss your »voice«.

Feli: :-)

Harry: And ... I think I have earned a date! ;-)

Feli: Haha ... easy as that.

Harry: Seriously: Why don't we skype-date? Like a real date with fancy clothes, wine, candlelight, a good conversation – isn't that crazy romantic? ;-)

Tag 126

Mittwoch, 24.06.

So ein Schmarrn!

Ich sitze frisch geschminkt (inklusive verruchtem Femme-Fatale-Lippenstift) in meinem kleinen Schwarzen und mit einem Glas Wein vor meinem Laptop im Kerzenschimmer – und komme mir dabei reichlich deppert vor.

Und das ganze Theater nur wegen der Liste.

Ich starre auf das inzwischen recht zerknitterte Stück Papier in meinen Händen:

- nicht zu groß (maximal 1,75 Meter Körpergröße)
- über dreißig
- mit beiden Beinen im Leben
- lustig und spontan
- sollte mich in großem Stil erobern
- spannender und kreativer Job
- Job mit Zukunft
- Vollbart
- Abenteurer mit Wunsch, sich niederzulassen
- Katzenmensch
- sehr schlau
- bevorzugt überpünktlich
- mag bayerisches Bier

So gesehen erfüllt der zweiunddreißigjährige, eher klein gewachsene, rotblond-bärtige, lustige Computerspiele-Entwickler Harry die Liste perfekt. Die Hartnäckigkeit, mit der er die letzten Wochen (trotz unsinnig großer Distanz zwischen unseren Wohnorten) an mir drangeblieben ist, entspricht Punkt fünf mehr als genug. Er liebt laut eigener Aussage bayerisches Bier, vor allem das auf dem Oktoberfest (okay, welcher Tourist tut das nicht?), und Katzen mag er lieber als Hunde. Computerspiele zu entwickeln hat wiederum nicht nur genug Nerdfaktor, um mich zu faszinieren, sondern ist hinsichtlich des aktuellen digitalen Wahnsinns definitiv auch ein Beruf mit Zukunft.

Die Mädels sind in jedem Fall davon überzeugt, dass ich für Harry, den irren, aber charmanten und lustigen Iren auch kurz mal meine London-Vorbereitungen vernachlässigen kann, um mich dafür auf diese Idee des virtuellen Skype-Dates einzulassen.

Vor allem Gitta war überdurchschnittlich begeistert: »Feli! Der Mann lernt doch sogar Deutsch für dich! Ein echtes Sprachentalent. Das ist ein Zeichen!«

Susan fand die Idee sowieso »suuuupersüß« und meinte, ich könnte ruhig mal ein bisschen Romantik zulassen, wenn auch nur virtuell.

Auch die niedliche Lena gab in unserem Junggesellinnenabschieds-Gruppenchat natürlich ihren Senf dazu – erstaunlicherweise fand *sie*, ich solle mich von den Mädels nicht stressen lassen. Interessant.

Und das, obwohl sogar meine liebste Pragmatiker-Freundin Sammy der Meinung war, dass Harry DER Mann sein könnte: »Ich meine … die Liste! Denk an die Liste! He is just perfect!«

Sie haben recht.

Abgesehen von dem minimal suboptimalen Faktor der 1300 Kilometern Distanz zwischen München und Dublin.

Trotzdem haben die charmant-witzigen (wenn auch zeitweilig etwas aufdringlichen) Avancen des Iren offensichtlich gefruchtet – sonst würde ich jetzt nicht so untypisch agieren. Romantisch statt rational. In Erwartung eines virtuellen First Dates mit einem Mann, den ich genau *einmal* gesehen habe – und dabei war ich nicht mal nüchtern.

So ein Schmarrn!

Ich zupfe nachdenklich an meinem Pony. Vielleicht fehlt mir auch einfach das Gen für Romantik. Ich meine, das letzte Mal, als ich an etwas wie einen Funken glauben wollte, erntete ich die Schmach meines Lebens: Durchfall als Fallbeispiel – quod erat demonstrandum! #WorstDate.

Ich nehme gerade einen Schluck Wein und erwäge, den ganzen Quatsch abzublasen, als plötzlich die typische Piepsmelodie ertönt und das Skype-Symbol aufblinkt. Vor lauter Schreck erleide ich einen heftigen Hustenanfall, der immer noch anhält, als sich das Videofenster öffnet und mich ein fröhlicher Ire anstrahlt.

»Hey!«

»H-h-h-h-eyyy!« Ich röchle.

»Oh boy! Are you okay?« Harry, der sich tatsächlich in Anzug und Fliege (!!!) geworfen hat, beugt sich besorgt Richtung Laptop.

Ich winke hustend ab und versuche, den Wein aufzuhalten, der mir gerade zur Nase wieder rausläuft.

Großartig.

Harry grinst. »Just to be clear: If you die now, this is not my fault!«

Ich muss lachen – und siehe da, das Hustenproblem löst sich von selbst.

Harry stellt grinsend fest, dass er bei dieser virtuellen Version des First Dates ganz schön billig wegkommt (muss mich ja nicht einladen), und ich stelle fest, dass, so absurd auch alles ist, ihm der Anzug nicht schlecht steht. Really!

Nachdem ich endlich etwas relaxter bin, entspinnt sich ein sehr lustiges und interessantes Gespräch. In der nächsten Stunde erfahre ich, an welchem Projekt Harry gerade arbeitet, was für verrückte Hobbys er schon ausprobiert hat und dass er plant, im Spätsommer quer durch Osteuropa zu trampen. In jedem Fall ist der irre Ire nicht langweilig! Und eigentlich ist er bei genauerer Betrachtung auch gar nicht so irre. Ich ertappe mich dabei, wie ich eine Haarsträhne zwirble, während ich gefesselt Harrys Erzählung vom weiteren Verlauf des Prag-Aufenthalts mit seinen Jungs lausche.

»You look really beautiful tonight.« Harry lächelt mich zwinkernd an, und ich winke grinsend ab.

»Schmarrn! I mean: Bullshit.«

Tatsächlich finde ich Harry mit jedem Wort faszinierender. Ich hänge förmlich an seinen Lippen!

Trotzdem komme ich immer noch nicht damit klar, dass wir trotz 1300 Kilometern und aufgrund einer besoffenen Knutscherei immer noch so engen Kontakt haben – den vor allem er initiiert hat. Wieso?

Harry sieht mir nun wieder direkt in die Augen. Er sieht mich so durchdringend lächelnd an, dass ich gar nicht weiß, wohin *ich* schauen soll.

»Well, there is just something very special about you. I *had* to be annoying. I couldn't let you go! Can't explain it, but it feels like magic.«

Hmmmmmm …

Ich grinse grenzdebil.

Der Typ ist schon recht süß, vielleicht etwas drüber. Aber süß. Sehr süß. Und spannend!

Ich fühle mich plötzlich ziemlich wohl. Auf einmal finde ich den Kerzenschein ganz schön, den Wein superlecker und das Aufstylen gar nicht mehr so bescheuert. Im Gegenteil, ich merke, wie ich mich sehr zu dem lächelnden, rothaarigen Typen im feschen Anzug hingezogen fühle. Ich traue es mich kaum auszusprechen, aber ... funkt es da etwa?! Über einen Bildschirm??

Ich lächle erneut, Harry tut das Gleiche. Keiner sagt was. Normalerweise wäre das der Moment, in dem ich mich für einen ersten Kuss nach vorne beugen würde. Auch Harry kommt langsam näher. Und da mein Gehirn scheinbar komplett ausgeschaltet ist, beuge ich mich tatsächlich mit klopfendem Herzen und geschlossenen Augen Richtung Laptop ...

BÄM!

Plötzlich knallt eine Tür. Und auf Harrys Seite des Bildschirms huscht eine hübsche, langbeinige Blondine durchs Bild. Tropfend und nackt. Splitterfasernackt.

»Oh, hey honey! Didn't hear you coming home ...« Die nackte Blonde geht lässig weiter ins nächste Zimmer, wirft aber noch einen abschätzigen Blick auf Harrys Bildschirm: »Who's that bitch?«

Harry erstarrt.

Ich erstarre.

Und dann klappe ich geschockt den Laptop zu.

Tag 126, dreißig Minuten später

Mittwoch, 24.06.

So ein Hundskrippl! Stenz, elendiglicher! Sauhund!!!

Ich tigere immer noch grantig und mit der Weinflasche in der Hand in meinem Wohnzimmer auf und ab – und stoße alle mir bekannten bayerischen Flüche aus. Der Wein tut gut! Das Glas habe ich mir aufgrund der Aufregung gespart.

Wieder ploppt mein Handy. Harry bombardiert mich mit fadenscheinigen Erklärungen und Ausflüchten. Irgendwas mit seiner blöden Schwester und unglücklichen Missverständnissen.

Ja genau – Schwester! In jeder zweiten Liebeskomödie kommen die betrügerischen Kerle mit so einem Quatsch an.

Scheißblöde Liste! Scheiß Kerle! Das kommt davon, wenn man sich auf den Romantikschmarrn einlässt.

Frustriert puste ich die Kerzen aus und schäle mich aus meinem kleinen Schwarzen. Ich komme mir über die Maßen bescheuert und naiv vor. Wie ein dreizehnjähriges Schulmädchen, das jeden Tag Liebesschwüre in ihr Tagebuch schreibt.

»It's magic.« Habe ich denn die letzten Monate so gar nichts gelernt …?

Ich lasse mich in mein Bett fallen, ziehe die Decke weit über meinen Kopf und beschließe, den peinlichen Vorfall einfach direkt zu vergessen.

Sofort!

Tag 127

Donnerstag, 25. 06.

Dumm nur, wenn die Freundinnen im Vorfeld groß eingeweiht wurden.

»Und? Wie war's, das große, aufregende, romantische Skype-Date?« Gitta strahlt mich erwartungsfroh an, als wir uns am nächsten Tag zum After-Work-Waxing treffen.

»Ich will nicht drüber sprechen.« Ich brummle Richtung Boden, während wir auf den Beauty-Salon zugehen.

»Aha. Also war es kein nettes Gespräch?«

»Doch.«

Gitta ist verwirrt. »Aber? Er passte doch so gut zur Liste!«

Grrrrr. Diese Liste!!!

»Ich will *nicht* drüber sprechen!« Themawechsel. Schnell! »Also. Ich warne dich. Das hier ist nichts für Zartbesaitete!« Ich nicke Richtung Beauty-Salon und sehe Gitta für die finale Lagebesprechung ernst an. »Knallhart, an der Grenze des Ertragbaren, dafür günstig und ruckzuck. Ich bin das ja schon gewohnt, aber ich hoffe, du bist nicht zu empfindlich!«

»Aha.« Gitta blickt mich zweifelnd an. »Na gut, ich probier das mal. Und wenn die das gut macht, komm ich in drei Wochen kurz vor der Hochzeit noch mal.«

»Gute Einstellung!«

Ich sehe Gitta ermutigend an und führe sie in die Schlacht – das heißt in meinen Geheimtipp-Waxing-Salon, den eine kleine, aber robuste brasilianische Lady in der äußeren Maxvorstadt betreibt.

Noch schmerzhafter als ein schlechtes Date ist wahrscheinlich nur Brazilian Waxing. Zumindest, wenn man das (sträflicherweise und aufgrund fehlender intimer Begegnungen mit dem anderen Geschlecht) ein paar Monate lang schleifen lässt. Als Karrierefrau (und nun auch Dating-Marathonistin) habe ich eben zurzeit einen vollen Terminkalender! Weil wir aber am Wochenende für den Start der Badesaison an den Starnberger See fahren wollen, gibt es keine Ausreden mehr.

Das sieht auch Amanda, eine fünfzigjährige, etwas rundliche Brasilianerin so. »Ooooooh Gott. Also nein! Wirklich!« Sie schüttelt dramatisch den Kopf, als sie das Haardesaster sieht.

Ich versuche eine klägliche Rechtfertigung. »Ja ... äh. Ich bin zurzeit Single und so ...«

Aber Amanda kennt kein Pardon. »Oh, das wird wehtun!« Sie zieht ihre Handschuhe über und grinst mich diabolisch an.

Amanda war in ihrem früheren Leben höchstwahrscheinlich Metzgerin. Oder Bondage-SM-Domina. In jedem Fall kennt sie keine Gnade. Bei meinem ersten Besuch habe ich tatsächlich geweint – und bin nicht stolz darauf. Eine unbezahlbare Eigenschaft hat Sado-Maso-Amanda allerdings: Sie ist ehrlich und schnell. Sie behauptet nicht, das alles würde nur »kurz ziepen«. Und wenn sie sagt: »Zwölf Minuten«, dauert es tatsächlich auch nur zwölf Minuten. Man kann quasi zwischen zwei U-Bahnen schnell ein Waxing einschieben.

Gitta liegt währenddessen nebenan bei Amandas mindestens ebenso gründlicher Kollegin auf der Liege. Sie versucht, sich die Zeit angenehmer zu gestalten, indem sie mich durch den Trennervorhang weiter über das Skype-Date-Desaster ausquetscht.

»Hat er dich virtuell versetzt, oder was war los? [RATSCH] Autsch. Jetzt sag schon!«

Ich seufze. Sie gibt ja sonst eh keine Ruhe.

»Na ja ... er hat ... [RATSCH] ... aaaauuuuuuuuuu aaaaaa ...«

Amanda spachtelt gelassen den nächsten Schwung Wachs auf meine empfindlichsten Körperregionen auf.

»Ah. Mann. Okay. Also, es war irgendwie doch ziemlich schön. Und dann kam da diese ... [RATSCH] ... waaaaaaaaaaah ... Kruzifix!!!«

Nebenan fällt Gitta vor Lachen über meine Schmerzempfindlichkeit fast von der Liege.

Wie kann es sein, dass sie so cool bleibt? Diese Höllenqualen!

Doch dann »ratscht« es auch bei ihr erneut, und Gitta fiept kurz und schrill auf. Darüber muss nun wiederum ich schmunzeln, und so geht das fröhlich weiter.

Nach der zwölfminütigen Tortur (Amanda hält einfach, was sie verspricht) muss ich die Schmerzen erst einmal betäuben.

Gitta humpelt neben mir aus dem Studio und sieht das ähnlich.

Zum Glück sind wir mit Sammy und Olli in der Bar nebenan verabredet.

Dort wird mein Skype-nackte-Blondine-Erlebnis noch mal bis ins Detail analysiert.

»Vielleicht war das ja nur ... eine Mitarbeiterin?«, mutmaßt Sammy.

»Hä? Und was macht er dann beruflich? Zuhälter?« Ich schüttle genervt den Kopf.

»Quatsch. Ich glaube, Sammy hat recht. Vielleicht betreibt er einfach nur eine total seriöse Freikörper-Modelagentur mit besonderen Extras ...« Olli blickt mich ernst an.

Sammy prustet los.

Grrrrr.

Ich bestelle erst einmal noch einen very dry Martini (mit Olive!). Und dann, weil eine Olive allein nicht satt macht, einen weiteren.

»Ganz ehrlich, ihr seid überhaupt erst schuld – mit eurer blöd'n Liste!!!« Ich haue energisch auf den Tisch, um meinen Worten Nachdruck zu verleihen. »Die Liste hat mich totaaaaaaal geblendet!«

»Wir wollen nur dein Bestes, honey. Herr Ober! Noch eine Runde!« Sammy winkt den Kellner lallend zu unsrem Tisch.

Drei Runden später torkle ich heim. Dieses wöchentliche After-Work wird mich irgendwann noch den Job kosten. Dann ist es wirklich after work.

Zumindest fühle ich mich nun wieder total gut und selbstbewusst. Nicht mehr wie ein naiver Teenager. Ich bin eine gestandene Endzwanziger-Karrierefrau und muss mich bestimmt nicht so saublöd verarschen lassen von irgendwelchen dahergelaufenen irren Iren!

Als ich daheim einen martiniseligen Blick auf meinen Laptop werfe, sehe ich: Harry ist noch online!

Ich grinse und strecke entschlossen und in angriffslustiger Stimmung meine Faust in die Luft: Jetzt geig' ich dem mal die Meinung! Diesmal lasse ich mich nicht für blöd verkaufen. Diesmal nicht! Dieses Mal wehre ich mich – stellvertretend für die ganzen Unverschämtheiten, die ich die letzten Monate ertragen musste!

»Hey you!«

Harry ist etwas irritiert aufgrund der späten Uhrzeit, hauptsächlich aber froh, von mir zu hören.

Bevor er aber etwas sagen kann, lege ich mein wütendstes Funkeln in meine grünen Katzenaugen und beuge mich bedrohlich über den Bildschirm – wobei ich allerdings fast nach vorne überkippe.

»Ichwolldirnursagen: Scheiß auf die scheiß Liste!!! Von weg'n erobern! Und ein Bart is sowieso auch ned so voll, wie er sein sollte!!!«

»I am sorry? Please ... talk English to me!«

Harry scheint ernsthaft verwirrt.

Ach ja, richtig. Er spricht ja kein Deutsch. Von wegen Sprachentalent!

Ich setze an, auf Englisch weiterzuschimpfen. »You arrrrre so ... stupid! I'm too goodforyou ... toooooooo good!«

Ich geige Harry noch mindestens zehn Minuten weiter die Meinung, allerdings scheinen Zeit und Raum irgendwie zu verschwimmen. Bis sich beides komisch um mich dreht. Ich beschließe, diesen physikalischen Kräften entgegenzuwirken, indem ich mich auf mein Bett fallen lasse und ein Bein rausstelle, um das Karussell anzuhalten.

Schnaaaarch.

Tag 128

Freitag, 26. 06.

Pünktlich um sieben Uhr morgens klingelt mich mein Wecker laut dröhnend aus dem Schlaf. Maaaaaaaaaaann. Schon wieder!

Ich reibe mir den Schädel und blicke stöhnend an mir herunter: Ich liege komplett angezogen in meinem Bett. Meine Wimperntusche klebt auf meinen Wangen, mein Lidschatten auf meinem Unterarm und mein Lippenstift (und das soll mir mal einer erklären) auf meiner linken Brust.

Aber was mich am meisten beunruhigt ist mein Laptop, der immer noch aufgeklappt neben mir liegt. Mehr als mulmig starre ich auf das offene Skype-Fenster. Ein einstündiges Telefonat mit Harry letzte Nacht???!!! Was haben wir denn da noch so lang besprochen? Und vor allem: Was habe *ich* noch alles gesprochen?!

»Well, after yelling at me for about twenty minutes you seemed to have forgiven me. You told me about the way you lost a lot of hair that day...«, klärt mich Harry grinsend auf, als ich ihn nach einem quälend langen Arbeitstag und noch viel quälenderen Versuchen, mich an die Peinlichkeiten der letzten Nacht zu erinnern, notgedrungen noch einmal anskype.

Oh. Mein. Gott.

»The way you lost a lot of hair on some very, *very* sensitive spots …« Harry grinst noch breiter.

OH. MEIN. GOTT.

Harry winkt lachend ab. »It was quite amusing. And by the way: That woman the other day really was my stupid sister who is visiting this week. You met her again last night. Can you remember?«

Da erinnere ich mich tatsächlich dunkel: Die hübsche Blondine, die vorgestern nackt durch Harrys Wohnung gehuscht ist, kam gestern Nacht auch noch vor den Bildschirm, um sich brummig zu entschuldigen. Ich glaube sogar, sie hat mir zum Beweis ihren Ausweis in die Kamera gehalten, als ich ihr, sternhagelvoll, wie ich war, nicht glauben wollte. Ups.

»No, you really were charming! You even tried to undress in front of the screen, but no worries. I ended the Skype-Call at that point.« Harry schmunzelt und blickt mir wieder direkt und lange in die Augen.

Ich lächle. Hmmmmmm.

»I've been thinking …« Harry erinnert mich daran, dass ich ihm von meiner Fortbildung in London nächste Woche erzählt habe. »I really think we should meet – to avoid further missunderstandings! I need to go to London for work anyway, I can do that next week. I have an apartment there, where I sleep during work-visits. You can come and stay with me for the weekend, after you finished your workshop!«

»Well … uff … I don't know.« Bei mir bricht spontaner Angstschweiß aus.

Bei einem Kerl, den ich kaum kenne, in einer Stadt, die ich noch weniger kenne, einfach so übernachten? Ich?!

»Come on, we can explore the city. Get to know each other. And we won't sleep in the same bed, you get your own room.«

»Äh … aaaaah …« Ich nestle nervös an meiner Halskette.

Einerseits will ich ihn wirklich näher kennenlernen, vor allem, nachdem er *immer* noch an mir dranbleibt. Nach den ganzen peinlichen und bitchigen Aktionen. Aber in London, das absolutes Neuland für mich ist? Da sind schon andere Dates katastrophal ausgegangen, bei denen ich bei Weitem nicht so viel riskiert habe. Ich erinnere mich erneut mit Grauen an das Essen bei Tom-Magic-Eyes und das blinde Blind Date mit meinem Nachbarn. Und den nackten Hintern von Mr. Frankenbart in meinem Bett und …

»Felicity!« Harry lächelt mich erneut mit seinem typischen süßen Harry-Lächeln an. »What do you think might happen? It is an adventure!«

Abenteuer.

»Ein Abenteurer, mit dem Wunsch, sich niederzulassen.«

Hmmmm.

Harry sieht mich abwartend an.

Ich denke an Punkt sieben meines 150-Tage-Schlachtplans und den Vorsatz, auch mal etwas zu riskieren. An die Hochzeit in drei Wochen. Und an die Küsse mit Harry, dem wundervoll charmanten Iren, in Prag.

»Yes, let's do that!« Ich lächle zurück.

No risk, no fun.

Tag 135

Freitag, 03.07.

»London calling to the faraway towns ...«

Ich stehe vor der Tower Bridge, wurschtle nervös an einer Ecke meines mintgrünen Parkas und summe den Klassiker von The Clash, in der Hoffnung, mich und meinen Herzschlag irgendwie zu beruhigen.

Seit fünf Tagen bin ich in dieser tollen Stadt. Inzwischen habe ich ein sehr spannendes Seminar besucht, schon so einige Touri-Highlights gesehen, viele tolle Pubs getestet und mir angewöhnt, mich flink und immer linksseitig in den Gängen der Tube-Stationen zu bewegen.

Und trotzdem fühle ich mich jetzt, in diesem Moment, völlig deplaziert, hilflos und fremd. Denn das alles war schließlich B.H. – Before Harry!

Sosehr mich die blöden Sprüche von Autoren-Thommy die letzten Tage genervt haben – jetzt würde ich tatsächlich lieber wieder mit ihm und den Seminarkollegen ein Feierabend-Ale trinken, als hier gleich auf mein »Date« zu treffen, mit dem ich die nächsten drei Tage und Nächte (!) verbringen werde. Hilfe!

Wie aufs Stichwort ploppt mein Handy.

03. Juli 2015; 17:32 Uhr

Thommy: Viel Spaß beim Sexurlaub!! ;-) ;-) :-p

Pfff. Das habe ich nun davon, dass ich ihm gestern nach dem dritten Ale und dem Besiegeln unserer rein kollegialen Verbundenheit von der ganzen Harry-Geschichte erzählt habe.

Irgendwie findet jeder außer mir dieses Abenteuer-Date in London total romantisch, abgefahren und filmreif. Ich aber habe gerade das Gefühl, neben mir zu stehen. Und mein wahres Ich betrachtet mich kopfschüttelnd von der Seite aus. Denn, wenn man es genau nimmt …

»Hey you!«

Ich zucke zusammen und drehe mich mit Herzklopfen um. Da steht er auch schon vor mir, der irre Ire! Breit grinsend, wie immer, und mit einem Sixpack Bier in der Hand.

»I wanted to bring you flowers … but then I didn't know what you like. And beer seemed to be more convenient as you are Bavarian.« Harry strahlt mich an. Und schließt mich schließlich in eine herzliche Umarmung ein.

»Äh … okay. Cool.« Ich lächle unentspannt.

Und jetzt?

»Let's do something crazy! I mean – this is a crazy first date, right?«

Er hakt sich spontan bei mir unter und zieht mich mit, Richtung Tower of London. Dabei erzählt er mir fröhlich und laut lachend von dem neuesten Desaster in seinem Büro.

Grinsend hänge ich an Harrys Lippen. Mal wieder. Erzählen kann er wirklich, das muss man ihm lassen.

Plötzlich hält Harry abrupt inne und blickt mich lächelnd an. »You have a beautiful smile, you know that?«

Mit diesen Worten beugt er sich vor und küsst mich, mitten in London, mitten auf dem mit Touristen überfüllten Platz vor dem Tower! Erst sanft, dann etwas inniger. Und inniger. Diese Lippen! Ich schaffe es, mich für den Moment fallen zu lassen und mich ganz auf diesen Mann und diesen sanften Kuss einzulassen. Mein Bauch kribbelt, ich habe das Gefühl, ewig so dastehen zu können. Und das, obwohl ich diese Pärchen, die mitten in der Öffentlichkeit knutschen, total nervig finde! Eigentlich.

»Okay … thanks …« Ich grinse dümmlich und fühle mich, als hätte mich ein LKW überrollt.

Harry zieht mich zwinkernd weiter, wir gehen um den Tower rum.

»The Tower is closed for today, but I know where we can sneak in.«

Was???

»Äh … really? Isn't that totally forbidden and illegal?«

Harry flüstert mir schelmisch zu: »That's an adventure, remember? No risk, no fun!«

Super. Ohne es zu wissen, ködert mich der irre Ire mit meinem eigenen Leitspruch für diesen Monat. Aber das Letzte, was ich tun würde, ist irgendetwas ernsthaft Verbotenes! Vor allem nach dem Erlebnis auf diesem doofen Dating-Event letzten Monat. In den Tower of London einsteigen? Ich klettere ja nicht mal über lose Absperrbänder, um einen Weg abzukürzen!

Ich bleibe hadernd stehen, als mir Harry grinsend eine etwas versteckte, ältere Holztür zeigt, die er mit ein paar Handgriffen öffnet.

»Äh …«

»Relax. I've done this before!«

Er erklärt mir, dass es im riesigen Areal des Towers eine versteckte Ecke gibt, an der die Security äußerst selten vorbeikommt. Und wenn doch, wären wir durch die »Geheimtüre« ja in einer Minute wieder draußen.

Pah! Wenn sie uns erwischen, können wir auch gleich dableiben und uns einkasteln lassen – das hier ist schließlich der Tower von London, kruzifix!

Da drückt mir Harry erneut einen Kuss auf die Lippen.

Ach, was soll's, es ist schließlich ein Abenteuer!

Zehn Minuten später sitzen wir versteckt in einem Winkel hinter einem der Türmchen auf dem Rasen, trinken unser Bier und beobachten, wie die Sonne langsam hinter den massiven Mauern verschwindet. Ich sitze im Gras, bin einfach nur tiefenentspannt, zufrieden und irgendwie auch euphorisiert. Das lustige Gespräch mit Harry tut sein Übriges.

Der hat nämlich einen sehr feinen englischen (Verzeihung – irischen) Humor – und weiß, was er will. Aber das ist mir schon seit der sehr hartnäckigen Nachrichtenflut bewusst. Tatsächlich empfinde ich diesen Teil an Harry als sehr angenehm und umkompliziert. Kein Drumherumgerede, aber auch keine übertriebene Arroganz. Ein schöner Gegensatz zu dem unverbindlichen und unklaren Wischiwaschi meiner letzten Dates.

Ich fange an, es tatsächlich zu genießen, dass ich mal nicht alle Fäden in der Hand habe. Vielleicht gewöhne ich mich ja auch noch an das Abenteurerleben. Wer weiß, vielleicht kürze ich beim nächsten Firmenlauf ja sogar ein paar Meter über die Absperrbänder hinweg ab.

Doch als plötzlich Schritte und Stimmen (eindeutig von

Wachleuten!) näher kommen, ist es mit meiner neuen Gelassenheit schlagartig vorbei.

»Harry! Someone is coming!«

Harry bleibt ganz entspannt und will mich küssen. »Relax.« Aber als er merkt, dass ich alles andere als relaxe, steht er auf und reicht mir amüsiert die Hand. »Okay. Let's get out.«

Wir schleichen ebenso unbemerkt raus, wie wir reingekommen sind, und fahren angeregt ratschend in Richtung Harrys Apartement.

Nachdem meine Fortbildung offiziell vorbei ist, habe ich auch kein Hotelzimmer mehr. Trotz horrender Preise hätte ich mir natürlich weiterhin eins geleistet. Doch Harry bestand ja von Anfang an darauf, dass ich sein Gast sein soll. Ganz wohl ist mir dabei nach wie vor nicht, aber da der Gamer durch seine Arbeit anscheinend ohnehin eine großzügige Londoner Wohnung hat (»You'll have a bed and a room for yourself – don't worry!«), habe ich mich schließlich breitschlagen lassen. Alles Teil des Abenteuers!

Harry sperrt lächelnd die Türe auf und lässt mich galant vor ihm eintreten. Ich staune. Selbst wenn Harry als Computerspiele-Entwickler bestimmt nicht am Hungertuch nagt – die Wohnung ist doch recht groß für nur eine Person und Londoner Verhältnisse.

»Make yourself comfortable. I'll cook some food. I'm a great cook, you'll see!« Harry lächelt mich an, und ich strahle zurück.

Kochen kann er also auch, nicht schlecht!

Ich frage nach dem Bad und ziehe mich kurz – immer noch sehr positiv überrumpelt – zurück. Während ich auf dem Klo sitze, überlege ich mir, ob es wohl angebracht wäre, nach dem Essen ein ganz klein wenig rumzumachen.

Und dann fallen mir die vielen verschiedenen Shampoos

und Lotionen in der Dusche auf. Ich blicke zum Waschbecken – und auch dort stehen mindestens vier Zahnbürsten in Bechern.

In der Sekunde reißt auch schon jemand die Tür auf.

»Uuuuups. Sorry! Didn't know someone was in there.«

Der langhaarige Typ zuckt kurz entschuldigend mit den Schultern, sucht in aller Seelenruhe einen Rasierer aus seinem Kosmetikbeutel heraus und geht wieder.

Ich sitze immer noch mit offenem Mund auf der Schüssel und presse die Beine zusammen. »Äh . . .?«

Harrys Londoner Arbeitsapartement ist in Wahrheit eine Berufstätigen-WG, bestehend aus Harry und vier weiteren Arbeitskollegen. Harry selbst hat nur ein winziges und ziemlich unaufgeräumtes Zimmer, das er sich zudem noch mit einer zweiten Person teilt.

»Don't worry. He is not here at the moment. You can sleep in the bed, I take the couch in the living room. Relax«, erklärt mir Harry völlig gelassen, während er in der ziemlich chaotischen Küche ein kleines Menü zaubert.

Relax. Don't worry. Irgendwie komme ich mir langsam vor wie in einem Selbsthilfe-Seminar.

Währenddessen rasiert sich Mitbewohner eins gerade über dem Spülbecken, Mitbewohner zwei macht hinter uns den Fernseher an, und Mitbewohner drei marschiert nackt aus dem Bad.

Es ist ziemlich ruhig grade, meint Harry, weil nicht alle da seien. Aha.

Ich setze mich mit Galgenhumor an den Küchentisch und versuche mal wieder zu »relaxen«. Ist ja nicht so, als hätte ich in den letzten Monaten nicht gelernt, mich in ungewohnten

Situationen zurechtzufinden. Möglichkeiten dazu gab es schließlich genug.

Harry trägt das Essen auf: ganz traditionell richtig fettige Fish and chips. Es ist superlecker! Vor allem aber völlig frei von Linsen.

Und als hätten sie geahnt, dass sie stören, verkrümeln sich Harrys Mitbewohner langsam einer nach dem anderen aus dem Haus. Vielleicht liegt es aber auch an den Kerzen, die Harry aufgestellt hat und die ein klares Signal geben: Romantic Dinner for two!

Ich lächle Harry an. »What an exciting day!«

Der nickt, spießt grinsend etwas Essen auf seine Gabel und hält sie mir hin.

»There is nothing more intimate and sensitive than sharing food – don't you think?«

Er blickt mich intensiv an.

»Äh … hmmm … okay.«

Ich stehe ja nun wirklich nicht darauf, gefüttert zu werden. Aber als Harry die Gabel zu meinem Mund führt, mache ich halt mit. Es ist ja nicht so, als würde er mich mit altem Stinkekäse füttern.

»Hmmm … yes. It's tasty.«

Ich reiße mich zusammen und lehne mich ein wenig zurück.

»This is such a nice evening, a good end to an adventurous day!«

Er steht auf und startet eine Playlist auf seinem Laptop. Sofort schallt der gute alte Franky swingend aus den Boxen.

Der Mann weiß halt, worauf Frauen stehen. Gutes Essen und Frank Sinatra. Ich lausche entspannt der Musik. Für die Mühe, die er sich gibt, muss man Harry einfach bewundern.

Ich lächle ihn schmunzelnd an.

Harry kommt tänzelnd zurück an den Tisch und drückt mir im Vorbeigehen spontan einen weiteren, intensiven Kuss auf den Mund.

Hmmm.

Dann schiebt er seinen Stuhl ganz nah an mich ran. Faktisch, so hab ich zumindest das Gefühl, sitzt er schon auf meinem Schoß.

»Try this! With this sauce the fish tastes amazing!«

Und schwupp, habe ich schon die nächste Gabel im Mund. Ich huste erst etwas überrascht, kaue dann aber brav.

Harry beobachtet mich fasziniert.

Und dann …

»You know, I guess, I am in love with you.«

OH!!! MEIN!!! GOTT!!!

Schritt 8:

Oh boy! Mei, Bua!

Tag 135, zwanzig Minuten später

Freitag, 03.07.

Es ist trotz Laternen stockdunkel auf Londons Straßen. Zumindest kommt mir das so vor, als ich verwirrt und verloren nachts von Harrys Wohnung zurück Richtung Innenstadt laufe.

Wie kann er nur? WIE kann er nur etwas so Bedeutendes beim ersten Date sagen?!

Obwohl es Hochsommer ist, fröstelt es mich plötzlich, und ich ziehe meinen geliebten Vintage-Parker enger um mich. Ich habe immer noch leichte Schnappatmung, bin völlig überrollt von ... allem! Das Kerzenlicht, der Wein, Frank Sinatra – und dann *das!* Es war einfach alles zu viel. Ich bin schließlich nach wie vor Pragmatikerin. Und Romantikvegetarierin!

Diese schwerwiegende Problematik habe ich natürlich auch Harry feinfühlig und detailliert dargelegt: »Sorry! I can't. It's too much!«, und, schwupps!, bin ich aus dem Apartment gestürmt.

Ein Regentropfen landet unsanft auf meiner Nasenspitze. Großartig! Ich blicke nach oben, wo sich gerade ein typischer Londoner Regenschauer zusammenbraut.

Und jetzt?

Ich ziehe mir traurig meine Mütze über. Dass das London-Abenteuer so endet – das habe ich nicht gewollt.

Weil ich nicht wirklich weiß, wohin, google ich nach dem

nächstbesten Hostel. Zumindest habe ich dahingehend doch noch ein bisschen Glück diese Nacht, denn in einem Hostel zwei U-Bahn-Stationen weiter ist sogar ein Einzelzimmer frei – halleluja!

Völlig geschafft schleppe ich mich in das Zimmer, lasse mich auf das sterile Bett fallen und merke, wie all die verwirrenden Gedanken und Emotionen über mich hereinbrechen.

Ich will mich gerade ganz dem Gefühlschaos hingeben, als mein Handy klingelt.

Mein Herz knotet sich zusammen. Natürlich – Harry gibt nicht so einfach auf. Der lässt sich nicht mir nichts, dir nichts von einer hysterischen Bayerin abservieren. Nicht Harry, der hartnäckige Ire! Ich fühle ein ungewohntes Flattern im Bauch. Vielleicht lässt sich doch noch alles klären? Vielleicht hat er ja »I am in love *with this food*« gesagt, und ich habe mich nur verhört?

Ich mache mich emotional bereit, Harry zumindest per Telefon noch mal gegenüberzutreten, als ich sehe, dass es mal wieder meine Mutter ist. Die hat mir gerade noch gefehlt! Stöhnend lege ich das Handy weg und beschließe, erst einmal eine heiße Dusche zu nehmen, bevor ich mir – regennass, wie ich bin – vielleicht noch mal Streptokokken einfange.

Ich bin kaum zurück von den nur marginal hygienischen Gemeinschaftsduschen (auch schon egal heute), als mein Handy erneut vibriert. Ich nehme es hoch und sehe: fünf verpasste Anrufe von la Mamma!

Genervt hebe ich ab. »Mamma, ich bin immer noch sauer auf dich. Außerdem hab ich grade gar keine Zeit …«

»Spatzi, bitte hör mir zu!« Die Stimme meiner Mutter klingt ungewohnt sanft. »Deine Oma ist im Krankenhaus. Sie ist heut' früh schwer gestürzt, hat mehrere Brüche und eine

Kopfverletzung. Es … schaut nicht gut aus. Kannst du früher heimkommen?«

Ich starre entsetzt vor mich hin. Auf einmal sind sowohl Harry als auch London vollkommen unwichtig.

»Spatzi? Felizitas?«

Ich reiße mich aus meiner Trance. »Ich fahre gleich morgen früh nach Heathrow und versuche, einen Flug zu bekommen!«

»Sehr gut. Mach dir nicht zu viele Sorgen, wir haben so weit alles im Griff.«

Ich nicke stumm und mit Kloß im Hals, bis mir aufgeht, dass meine Mutter das ja nicht sehen kann.

»Danke fürs Bescheidsagen, Mamma. Bis hoffentlich morgen!«

Wie hypnotisiert stehe ich noch fünf Minuten so da, kann nicht fassen, welche Wendungen das Leben von einem Moment auf den anderen nehmen kann! Dann beginne ich, die wenigen Sachen, die ich ausgepackt hatte, wieder in den Koffer zu räumen. Mich hält hier sowieso nichts mehr.

Tag 136

Samstag, 04.07.

»Checking out, please.«

Nach einer unruhigen Nacht stehe ich früh am nächsten Morgen gerädert an der Rezeption.

»Are you all right?« Der Typ hinter der Theke besieht mich mit einem aufmunternden Blick, als ich grübelnd vor mich hin starre.

»Hmmm?« Ich blicke ihn an und bemerke, dass er mir mein Pfand für die Zimmerkarte entgegenhält. Ich reiße mich zusammen und nehme seufzend das Geld an. »Yes. Thanks.«

Ein weiteres Telefonat mit meiner Mutter heute Morgen hat mich zumindest etwas beruhigt. Meine Oma ist zum Glück inzwischen stabil und wach. Die Ärzte haben die Brüche operiert, die Kopfverletzung ist doch nicht so schwer wie gedacht. Aber sie ist wohl verwirrter denn je, liegt apathisch im Bett und murmelt zusammenhangsloses Zeug.

Anscheinend hatte sie versucht, auf das Dach des Fahrradschuppens zu steigen, weil sie schon so lange nicht mehr in den Bergen und das Wetter perfekt für eine kleine Tour auf den »Gipfel« war. Herrje. Wenn es nicht so tragisch wäre, wäre es eigentlich komisch. Die Frage ist nur: Wo führt das noch hin?

Ich schlucke schwer und raffe meine Sachen zusammen.

»Do you know how I get to the airport from here?«

Der Typ an der Rezeption kramt gerade einen U-Bahn-Plan hervor, als ich eine bekannte Stimme hinter mir höre.

»Felicity?«

Ich wirble herum und staune nicht schlecht, als plötzlich Harry in der Tür steht. Mir wird plötzlich mulmig. Doch Harry sieht mich verzagt an – und scheint mehr als erleichtert.

Wir setzen uns kurz in eine Sitzecke in der Lobby.

»I am so sorry! I was really worried. You were running around in London at night – all alone!«, erklärt er mir ehrlich zerknirscht.

Ich bin zugegebenermaßen berührt, aber immer noch irritiert. Ich habe Harry zwar gestern noch kurz Bescheid gegeben, dass ich einen anderen Schlafplatz habe, aber woher wusste er, dass ich *hier* bin?

»Well, I know you are a practical thinking person«, Harry lächelt mich an, »and this is the nearest and best rated hostel in the neighbourhood.«

Ich muss unwillkürlich grinsen.

Harry stupst mich sanft an.

Ich stupse zurück und erkläre, dass mir mein spontaner »Abgang« gestern Abend total leidtut.

»But, you know – this was all just way too much!«

Harry nickt verständnisvoll. Er gibt zu, sich gerne mal vom Moment einfangen zu lassen und dann zu schnell übers Ziel hinauszuschießen.

Gewaltig zu schnell, wenn man mich fragt.

»Let's forget about last night. But . . . we can still go on dates, can't we? I can try to slow down. I just want you to have a good time!«

Ich seufze. Das ist eben Harry, der hartnäckige Ire. Der mich gerade so erwartungsvoll anstrahlt, dass mir das Herz doch ein wenig hüpft.

Ich erkläre ihm, dass ich quasi schon wieder auf dem Weg zum Flughafen bin. »My grandma is not well …«

Harry ist ehrlich betroffen und fragt, ob er mir irgendwie helfen kann. Er könnte auch jemanden organisieren, der mich zum Flughafen bringt.

Ich bin total gerührt. Trotzdem bin ich immer noch völlig überrollt von den Vorkommnissen der letzten Nacht und will erst mal nur alleine sein – und heim!

Harry nickt enttäuscht, und auch ich bin nun ein wenig traurig: Sogar ein grober Klotz wie ich hat manchmal eine gewisse romantische Hoffnung.

Harry seufzt und fasst sich schließlich gespielt dramatisch ans Herz. »You can't leave me without promising that I get a second chance. Will we see each other again?«

Er grinst mich zwar an, aber in seinen Augen kann ich ein nervöses Blitzen sehen.

Ich lächle, schiebe alle dunklen Gedanken für einen Moment weg und beuge mich vor, um Harry einen langen Kuss zu geben.

»Definitely!«

Tag 136, sieben Stunden später

Samstag, 04.07.

»Hallo! Ich bin da!«

Eine gefühlt endlose Odyssee später betrete ich mein Elternhaus. Die Tür ist nicht abgeschlossen, aber es scheint niemand da zu sein.

»Hallo?!«

Beunruhigt lasse ich meinen Koffer stehen und eile ins Haus.

»Halloooooooo?«

»Ja, genau, Elisabeth Mayerl, vierundachtzig Jahre alt ...« Meine Mutter hängt im Wohnzimmer geschäftig am Telefon und macht sich Notizen. Sie winkt mir kurz zu und telefoniert dann weiter. »Ja ... ich warte ...«

Ich bin überrascht. Dass la Mamma informiert wurde, ist angesichts ihrer Anrufe offensichtlich. Mir war allerdings nicht klar, dass sie immer noch vor Ort ist – und anscheinend den Laden schmeißt! Und das nach allem, was in den letzten Wochen vorgefallen ist ...

Ich ziehe irritiert die Jacke aus, als auch mein Vater um die Ecke biegt.

Er sieht aus, als wäre er in den letzten Tagen um fünf Jahre gealtert. In den Händen trägt er einen Stapel mit verschiedenen Nachthemden meiner Oma, scheint etwas überfordert. Als er mich bemerkt, müht er sich ein Lächeln ab und hält mir die Nachthemden hin. Er wirkt trotz seiner kräftigen Statur in diesem Moment so hilflos, dass es mir fast das Herz zerreißt.

»I woaß ned ... was denkst du ... was davon mag deine Oma im Krankenhaus ham?«

»Ach Papili.« Sofort schließe ich ihn in eine herzliche Umarmung ein.

Mein Vater drückt mich bewegt und tätschelt mir dann etwas unbeholfen auf den Rücken. »Bassd scho.«

Inzwischen hat auch la Mamma das Telefonat beendet. »Spatzi! Schön, dass du da bist.« Sie lächelt mich lieb an. »Wir fahren gleich noch mal ins Krankenhaus, müssen nur noch auf eine Dame vom Pflegedienst warten. Die kommt vorbei, um uns zu beraten.«

Im Hintergrund macht mein Vater einen komischen Laut. »I hab dir scho gesagt, sie kommt ned ins Heim! Nur über meine Leiche!«

Ich schlucke. »Heim? Ihr wollt die Oma in ein Altenheim stecken?!«

Mein Vater senkt den Kopf und brummelt nur etwas vor sich hin.

Meine Mutter seufzt. »Georg, deine Mutter ist von der Leiter gestürzt. Wir können froh sein, dass ihr bei der Aktion nicht mehr passiert ist! Du weißt doch selbst, dass es nicht mehr so weitergehen kann!«

Ich starre meine Mutter an. »Kann mir bitte mal wer erklären, was hier genau los is'?«

La Mamma atmet tief ein und klärt mich ruhig auf: »Deine Oma ist total verwirrt, und das liegt wohl nicht nur an der Narkose. Die Demenz wird halt immer schlimmer. Vorhin wollte sie die ganze Zeit heim zu ihren Eltern. Sie hat nicht mal deinen Vater erkannt!«

Ich werfe geschockt einen Blick zu meinem Papili, der nur

zu Boden starrt und seine Schultern noch ein Stück tiefer hängen lässt.

»Ja, aber …«, ich schlucke, »sonst bassd doch alles?«

»Na ja, der Oberschenkelbruch ist ziemlich kompliziert, und die Schulter ist auch angeknackst. Sie wird definitiv einen Rollstuhl brauchen. Und eine Rundumbetreuung und Pflege.«

Meine Mutter blickt sanft in Richtung meines Vaters. »Sie ist über achtzig, mit so etwas haben wir doch gerechnet …«

Ich nicke langsam.

Es ist ziemlich eindeutig, dass sich meine Omi in dem verwinkelten Bauernhaus mit den vielen Treppenabsätzen und Stufen kaum im Rollstuhl fortbewegen kann. Und dass man sie keine Sekunde aus den Augen lassen darf, hat spätestens dieses Erlebnis eindrucksvoll gezeigt. Sie ist nicht mehr sie selbst, das müssen wir akzeptieren, so schwer es fällt.

Doch mein Vater, der quasi sein ganzes Leben mit seiner Mutter unter einem Dach gelebt hat, *kann* das nicht akzeptieren.

»Hör mir jetzt auf mit dem Schmarrn! In einem Heim gehn die alten Leut' doch ein! Und i will auch ned, dass jemand Fremdes kommt und sie pflegt. Des kommt nicht infrage. Basta!«

Mit diesen Worten setzt er sich energisch und beginnt, einzelne Nachthemden in eine Tasche zu packen.

Ich will etwas sagen, aber la Mamma wirft mir einen Blick zu.

Ich verstehe sofort. »Will wer Kaffee?«

La Mamma nickt mir nur zu, und ich mache mich mit einem flauen Gefühl im Magen Richtung Küche auf, während sie sich zu meinem Vater setzt.

Irgendetwas ist anders als vorher. Und so kann ich nicht umhin, im Flur stehen zu bleiben, um unbemerkt zu lauschen. La Mamma spricht ruhig auf meinen Vater ein.

»Georg, du weißt doch selbst, dass dir das alles über den Kopf wächst. Du bist hier allein, du musst dich um den Hof und die Viecher kümmern. Und wenn du mal für Besorgungen aus dem Haus musst, was machst' denn dann? Du kannst sie ja schlecht daheim anketten.«

Mein Vater schweigt. Faltet fahrig ein Nachthemd zusammen. Und dann wieder auf. Und dann wieder zusammen.

Schließlich blickt er meine Mutter ernst und betroffen an. »Aber i kann sie ned im Stich lass'n, Claudia. Des weißt du doch.«

La Mamma erwidert den Blick lange, nickt schließlich. »Und wenn ich hierbleib? Und wir versuchen es erst mal gemeinsam? Was hältst du davon?« Sie lächelt meinen Vater ermutigend an. »Wenn wir in ein paar Wochen merken, dass es nicht geht, können wir immer noch über Heime und Pflegepersonal nachdenken.«

Mir fällt die Kinnlade runter.

Ebenso meinem Vater. Aber nur für eine Nanosekunde. Dann schließt er meine Mutter einfach nur dankbar in seine Arme.

Ich bin völlig baff. So etwas Unglaubliches habe ich seit unserem WM-Sieg 2014 und Sammys darauffolgendem stolzen Schwenken der deutschen Flagge nicht mehr erlebt!

Meine Mutter löst sich strahlend aus der Umarmung, auch mein Vater lächelt nun zum ersten Mal, seitdem ich hier bin. Er drückt la Mamma einen liebevollen Kuss auf die Lippen. Einen Kuss, den ich so bei den beiden noch nie gesehen habe. Diese Innigkeit, diese Einigkeit – als wären sie wirklich ein seit Jahrzehnten verheiratetes Ehepaar.

So einfach geht das.

Und plötzlich verspüre ich einen Stich. Einen heftigen Stich.

Ich schlucke, räuspere mich und rufe dann in den Raum:

»I geh' mal kurz an die frische Luft, bin in spätestens dreißig Minuten wieder da.«

Der Kaffee kann warten.

Meine strahlenden Eltern bemerken mich kaum.

Tag 136, weitere zehn Minuten später

Samstag, 04. 07.

Ich gehe langsam die Dorfstraße entlang, während in meinem Kopf sämtliche Gedanken fröhlich eine laute Party feiern. Liebe, Kindheit, Dates, Trennung, Hochzeiten, Alleinsein, Oma, Eltern ... Alles schießt kreuz und quer. Ich würde am liebsten eine Luke aufmachen und alles aus meinem Schädel rausschütteln, damit ich endlich wieder ein bisschen Ruhe bekomme.

Doch statt Ruhe bekomme ich – Blasmusik!

Stimmt, diese Woche ist Volksfest auf dem Dorfplatz. Ich stöhne auf. Das Letzte, auf das ich gerade Lust habe, ist Small Talk à la »Wie geht's deinem Freund?«, »Heiratest du auch bald mal?« und »Wir bauen jetzt übrigens gerade unser Haus!«.

Deswegen stoppe ich auf halber Strecke und lasse mich auf eine Bank am Wegrand nieder.

Ich kann trotzdem nicht umhin, die mir bekannten Melodien mitzusummen: »Tatatada ... tatatada ... Tadaaaaa«.

Irgendwie holt mich ja doch immer wieder alles ein. Und nicht nur mich.

Ich muss an meine Mutter denken, die mit ihren Mitte fünfzig doch noch ihren (Liebes-)Frieden gefunden hat – mit einem Mann, den sie seit achtundzwanzig Jahren vor ihrer Nase hat. An dem Ort, an dem sie schon vor achtundzwanzig Jahren, jung und wild im Jeans-Mini, nach Liebe und Abenteuer gesucht hat. Das hätte sie – und damit auch alle Beteiligten, inklusive mir – einfacher haben können.

Vielleicht stelle ich mich ja auch nur an? Vielleicht suche ich zu intensiv und an den falschen Orten?! Internet-Partnerbörsen, Dating-Apps, Single-Events – dieser pseudo-fortschrittliche Wahnsinn! Das gab es früher schließlich auch nicht.

Ich ziehe nachdenklich eine Furche in den Kies. Denn in diesem Moment kommt mir ein ganz anderer Gedanke: Habe ich vielleicht denselben Fehler wie la Mamma gemacht? Die Flucht aus dem warmen Nest, weil es einfach nicht mehr genug zu sein scheint? Der Wunsch nach mehr, nach Abenteuer, nach Selbstverwirklichung …

Vielleicht sollte ich einfach mal in meinem ursprünglichen Umfeld suchen. Vielleicht gibt es ja auch für mich seit Jahren schon einen Mann direkt vor meiner Nase. Einen Mann aus dem Dorf, mit dem ich mich hier niederlassen, ein Haus bauen und Babys kriegen kann. Wie bei la Mamma!

Dieser trotzige Gedanke drängt sich prompt in die Gedanken-Party und schiebt alle anderen rationalen Fragen und Emotionen rabiat beiseite. In der Ferne habe ich mein Glück letzte Woche schließlich auch nicht gefunden!

Ich haue mit der Faust entschlossen auf die Holzbank und beschließe, gleich, nachdem ich meine Oma besucht habe, rüber zum Dorffest zu gehen und da nach heiratswilligen Burschen zu suchen. Bester Plan ever!

Kaum ist der Gedanke zu Ende gedacht, kommt mir ein lederhosiger Typ entgegengewankt. Er hat ziemliche Koordinationsprobleme und versucht das mit beherztem Festhalten an einem leeren Bierkrug auszugleichen.

Wir sind auf dem Dorf: Natürlich kenne ich ihn. Sogar ziemlich gut. Wie war das noch mal? Die besten Beziehungen entstehen aus einer langjährigen Freundschaft?

Ich grinse – perfekt! – und beschließe, das Anbandeln direkt in Angriff zu nehmen.

»Servus, Quirin!«

»Ja seeeervus! Mei, des Gscheidhaferl, der Wahnsinn!«

Hmmpfff. Keine Ahnung, warum sich dieser Spitzname all die Jahre gehalten hat.

Quirin ist ziemlich heiter und vor allem: angeheitert.

»Kommst du zum Musi spuin? Wo is des Horn?«

»Dahoam. Heut ned.«

Quirin nickt mit Schluckauf. »Hab des mit deiner Oma g'hört … Wie geht's ihr?«

Typisch Dorf. Jeder weiß gleich Bescheid.

»Na ja.« Ich seufze schwer. »Is halt scho ned einfach für uns alle. Aber zum Glück is' sie ja recht zäh.«

Quirin, auch Quirli genannt, nickt verständnisvoll und stupst mich nett an.

Davon aufgebaut straffe ich mich, versuche, Quirins Alkoholfahne zu ignorieren und lächle ihn an. »Und du? Bist scho fertig mit Musi spielen oder was?«

Quirin hickst, zuckt mit den Schultern und zeigt auf den leeren Bierkrug, als sei das Erklärung genug. Er lässt sich neben mich auf die Bank plumpsen und starrt mich bierselig an.

»Wie geht's dei'm Freund? Heiratet's bald?«

Grrrrrrr.

Ich gebe mich bemüht nonchalant. »Bassd. Und den Freund gibt's nimmer.«

»Aaaah … Schad.«

Quirin rückt sofort ein Stück näher und fixiert mich mit seinen braunen Augen. Zumindest versucht er das. Aber der Schluckauf und das unkontrollierte Wanken erschweren sein Vorhaben.

Was wiederum *mein* Vorhaben ebenso ins Wanken bringt.

Quirin, den ich schon seit der Grundschule kenne und mit dem ich jahrelang in der Blaskapelle gespielt habe, spitzt mit geschlossenen Augen die Lippen und kommt näher. Ich zögere eine Sekunde, bis der Trotz wieder das Ruder übernimmt. Ich beuge mich langsam vor – als mir der goldene Ring an Quirins linker Hand auffällt.

Ich weiche sofort zurück. »Äh … Quirli! Willst du mir nix sagen? Zum Thema Ehe und so?«

»Ah so … ja … mei …« Quirin öffnet langsam die Augen. »Hab g'heiratet letzten Herbst. Die Anna.«

»Ihr seid's immer noch zam???«

Ich bin baff. Mit der Anna ist der Quirin schon zu Schulzeiten gegangen, wie ich mit meinem Ex-Ex. Und schon zu Schulzeiten war die Romantik raus und täglicher Zoff drin. Mein letzter Stand war die fünfte und endgültig-endgültige Trennung vor zwei Jahren.

Quirin winkt ab und versucht, noch einen Schluck aus seinem leeren Krug zu nehmen. »Ja. Mei. Mir ham beim Haus ihrer Eltern angebaut.«

Ich mustere ihn leicht anklagend und rücke lieber noch ein Stück weiter weg – Ehebrecher-Schutz-Abstand quasi. »Und des bassd so alles für dich? Du bist glücklich und so?«

Quirin nickt nur pragmatisch. »Läuft. Schwanger is.«

Er kann nicht umhin, dass kurz seine Brust stolz anschwellt (Yeah, ich bin ein Mann, ich habe ein Kind gezeugt!). Er zeigt mir ein Ultraschallbild auf seinem Handy. Doch dann schweift sein Blick wieder hicksend in die Ferne (ob aus Melancholie oder Suff, wer weiß das schon).

»Mei, weißt noch, damals, die Fahrt nach Verona …«, erinnert er sich.

»Ja logisch! Wie der Hansi mit seiner Trompete bei dem Brunnen da …«

»Hahahahaha! Genau! Und dann d'Irmi und da Seppi. In der Pizzeria ...«

»Ja, genau!« Ich lache.

Plötzlich spüre ich erneut einen Stich. Quirin und ich waren schließlich mal ziemlich dicke. Und auch wenn aus der Freundschaft-zu-Liebe-Theorie aus mannigfaltigen Gründen definitiv nichts wird – es ist sehr schade, dass wir seit meiner Landflucht vor acht Jahren so gar keinen Kontakt mehr haben.

Ich stupse ihn lieb an. »Warum kommst mich nicht mal besuchen? Dann geh' ma was essen und dann noch irgendwo furt!«

Quirin hickst und zuckt mit den Schultern. »Woaß ned. Muss i mal die Anna fragen. Wir waren aber auch erst in da Stadt aus.«

Ich horche interessiert auf: »Ach ja? Wo denn?«

»Kunstpark Ost. Da war ma vorletzten Monat erst.«

Aus interessiert wird desillusioniert.

»Aha.« Ich blicke Quirli direkt an. »Hast du eigentlich nie drüber nachgedacht, hier mal wegzuziehen? Nach Minga rein, zum Beispiel?«

Quirin ist entgeistert. »In'd Stadt? Naa, was will ich denn da? Nur teuer, man kennt niemanden. Warum?«

»Na ja ...«, ich schlucke, »hast du nie infrage gestellt, wie dein Leben so verlaufen ist? Ich mein, was wäre wenn du ned mit der Anna zamgeblieben wärst, zum Beispiel? Sind alle Entscheidungen, die du getroffen hast, die richtigen gewesen?« Ich blicke in die Ferne. »Weil ... irgendwann siehst du dann, dass sich alle um dich rum irgendwie weiterentwickeln, und du hockst da allein auf 'ner Parkbank ...«

»Hä?« Quirin starrt mich entgeistert an. »Wer sitzt jetzt wo?«

Quirin hat nicht nur den Faden verloren, auch den Kampf

gegen die Schwerkraft gibt er in diesem Moment auf. Er kippt zur Seite und fällt mit seinem Kopf auf meinen Schoß. »Ruh' mi nur kurz aus, dann fahr i di ins Krankenhaus zu deiner Oma«, murmelt er noch hilfsbereit.

Sekunden später ist Quirin tiefenentspannt und friedlich schnarchend eingeschlafen.

Recht hat er.

Tag 140

Mittwoch, 08.07.

08. Juli 2015; 19:57 Uhr

Gitta: Hey du ... wie geht's deiner Oma???

Feli: Bis auf den Oberschenkel wieder relativ ok – zum Glück! Sie beschwert sich schon wieder übers Krankenhausessen. :-D

Gitta: Da bin ich froh. Dann steht dem großen Event in zehn Tagen also nichts im Weg! ;-)

Feli: Ja. Fast nix. Bis auf diese eine klitzekleine Sache ...

Tag 143

Samstag, 11.07., noch eine Woche bis zur Hochzeit

Es schießt aus mir raus wie bei den Niagarafällen. Ach, was sage ich! Die Niagarafälle sind ein kleines Bächlein im Vergleich zu der Tränenflüssigkeit, die gerade aus meinen Drüsen tritt. Und ich weine eigentlich nie.

Gerade schaue ich *Message in a bottle* – und heule Rotz und Wasser. Warum stirbt er denn am Schluss? Es war doch gerade endlich alles gut, und Kevin Costner und Robin Wright waren glücklich! Muss das sein?!

Ich schnäuze mich geräuschvoll und schließe auf meinem Laptop erst das Netflix-Fenster, dann das Facebook-Profil, das das Selbstmitleidsbad inklusive Liebesschnulze erst ausgelöst hat.

Wenn ich's mir schon gebe, dann wenigstens richtig!

Tarantino starrt mich an. Könnte er seinen Katzenkopf schütteln, würde er es wahrscheinlich tun.

Natürlich hätte ich auch einfach einen Film wählen können, der gut ausgeht. Allerdings bin ich gerade trotz (oder gerade wegen) des Liebescomebacks meiner Eltern in einer zu pessimistischen Stimmung, um mir einen Liebesfilm mit Happy End anzuschauen. Einen Film, der einem ein total überzogenes Bild einer perfekten romantischen Beziehung vorgaukelt.

Pah! Humbug! Glatte Vortäuschung von falschen Tatsachen! Ich schwenke energisch die Weinflasche.

Wenn man zu viele Romantic Comedys konsumiert – sei es im Fernsehen, auf der Kinoleinwand oder zwischen Buchdeckeln – kann man sich selbst nach einer Weile glaubhaft einreden, dass Partnersuche auch im richtigen Leben nach der typischen Boy-meets-Girl-Dramaturgie abläuft: Eine Frau trifft einen Mann, es stehen ihnen aber Hindernisse im Weg, die überwunden werden müssen (dunkle Geheimnisse, intrigante Gegenspieler etc.). Nach einem letzten harten Kampf um die Liebe kommen die beiden auf spektakulärst-romantische Art und Weise zusammen. Gestehen sich ihre tief empfundene Liebe. Ihre Seelenverwandtschaft. Regenschauer oder Sonnenuntergang. Happy End mit Pauken und Trompeten. Schmacht.

Pffffffff.

Mein Blick fällt auf die Hochzeitseinladungskarte an meiner Pinnwand. Daneben hängt die zerknitterte Traummann-Kriterienliste. Seit Neuestem hängt da auch ein kleines weißes Blanko-Platzkärtchen. Das hat mir Gitta gestern symbolisch für mein Plus-Eins mitgegeben. Nicht nur aus romantischen Gründen. Auch, weil sie die übrigen Platzkärtchen inzwischen fein säuberlich beschriftet hat und im Hochzeitsstress nicht mehr länger auf meine Ansage warten kann (»Weißt du eigentlich, was für ein ALBTRAUM die Tischordnung ist???«). Ich soll den jeweiligen Namen dann einfach selbst eintragen. Die anderen fanden das spannend.

Ich stehe auf, nehme das Kärtchen seufzend in die Hand und male hinten ein Strichmännchen darauf. Ich überlege kurz und füge dann noch ein großes Fragezeichen statt des Gesichts hinzu.

Wie wird er wohl sein, mein zukünftiger Traumprinz? Mein Mr. Right mit Pauken-und-Trompeten-Happy-End? Einmal war ich mir in der Hinsicht schon ziemlich sicher – und lag total falsch.

Wenn ich an einem Punkt in meinem Leben im Nebel feststeckte, habe ich in der Vergangenheit oft einfach mein zukünftiges Ich interviewt: »Ist es schlau, für dieses unbezahlte Praktikum das Studium zu unterbrechen?«, oder: »Werde ich auf diesem Weg in drei Jahren einen Job haben, der mich voll und ganz zufriedenstellt?« Meistens beruhigte mich meine durchaus optimistisch erdachte Antwort dann. Nur diesmal sehe ich weiterhin nur Nebel.

Ich pinne, erneut seufzend, das Fragezeichenkärtchen zurück neben die Einladungskarte.

Eine Woche noch.

Schritt 9:

Prämatrimoniale Panikbräute

Tag 145

Montag, 13. 07., noch fünf Tage bis zur Hochzeit

»FELI!«

Gittas Stimme klingt schrill in meinem Ohr.

»FELIIIIII! Du musst kommen! Sofort! Katastrophenalarm!«

Ich atme durch und blicke verschlafen in Richtung Fenster, die Sonne geht gerade auf. Der kleine Wecker auf meinem Nachttisch bestätigt es: Es ist halb sechs!

»FELIIIIIII! Sammy ist schon am Flughafen und holt Pete ab, Olli erreiche ich nicht. Ich – bin – hier – ganz – ALLEIN!«

Ich ächze. Das ist bestimmt der zwölfte Katastrophenalarm in diesem Monat. Erst die Probleme mit dem Kleid, dann der sturköpfige Pfarrer …

»Gitta, wir haben gesagt, es gibt nur noch Katastrophenalarm, wenn Alarmstufe Rot ist. Du machst dich noch völlig verrückt!« Ich reibe mir gähnend die Augen.

Gittas Stimme überschlägt sich fast: »Es ist Rot! Der Bräutigam ist weg!«

Zwanzig Minuten später (zum Glück wohnt Gitta nur eine Straße entfernt) stehe ich mit dampfendem Kaffeebecher und nun doch ziemlich beunruhigt in der Wohnung der Braut. Diese wiederum hockt verheult und mit ungewaschenen

Haaren in einem fluffigen Berg aus Tüll und Spitze auf dem Boden.

Alarmstufe Feuerrot!

Ich setze mich zu Gitta auf den Boden, nehme ihre Hand und versuche irgendwie, innere Ruhe auf sie zu übertragen.

»Gitti, jetzt atmen wir erst mal durch ...«

»Es ist so ein schönes Kleid. Sooooo schön! Und ich werde es niiieee außerhalb dieser vier Wände tragen! NIIIEEE!«

Gitta rafft das Brautkleid fester um sich und heult schluchzend weiter.

In wenigen Tagen ist die Hochzeit, die Nerven liegen blank. Und ausnahmsweise nicht ganz zu Unrecht.

Ich schüttle verwirrt den Kopf.

»Das kann doch gar nicht sein, dass dein Typ einfach so abhaut. Nur wegen eines blöden Streits?«

Doch Gitta ist nicht zu beruhigen.

»Da ging es ums Prinzip! Bloki muss immer aus allem eine Grundsatzdiskussion machen. Wenn das jetzt schon so losgeht ...«

Sie reibt sich schniefend den Rotz von der Nase.

Ich krame schnell ein Taschentuch aus meiner Handtasche und kann sie gerade noch davon abhalten, die Hand an dem 1200 Euro teuren Kleid abzuwischen.

Dabei sehe ich lächelnd, dass mir Harry heute zum ersten Mal seit dem London-Debakel wieder eine lustige »Guten Morgen«-Nachricht geschickt hat. Hmmm. Egal. Die Braut ist jetzt wichtiger!

Es stellt sich raus, dass sich Bloki, seines Zeichens Bräutigam und somit Person mit Anwesenheitspflicht beim Event am kommenden Samstag, etwas unsensibel bei einer von Gittas Panikattacken bezüglich eines Hochzeitsplanungsdetails gezeigt hat. Das wiederum hat einen handfesten Streit und eine, wie Gitta es nennt, »Grundsatzdiskussion über die Ehe und das Zusammenleben an sich« ausgelöst. (Man muss erwähnen, dass sowohl Gitta als auch Bloki zwei hochemotionale Menschen sind. Nicht gerade hilfreich in derartigen Brisanz-Situationen.) Bloki stürmte irgendwann also aus der gemeinsamen Wohnung und ist bis jetzt, zwölf Stunden später, noch nicht wiederaufgetaucht. Außerdem geht er auch nicht an sein Handy.

Ich reibe mir müde die Schläfen und suche nach einer Strategie, diese explosive Situation behutsam zu entschärfen.

Währenddessen erwacht Gitta plötzlich aus ihrer Tränenlethargie und schwenkt auf einen übersprungsartigen Aktionismus um.

»Ich muss beim Wirt anrufen und die Hochzeitsfeier absagen! Ich muss mich darum kümmern, dass auch die Gäste Bescheid bekommen! Ich muss das Catering abbestellen!« Ihre Stimme überschlägt sich.

Ich atme tief ein und stehe auf. Jetzt ist es so weit. Es gibt nur noch eine Möglichkeit, Gitta auszubremsen, bevor sie in ihrer prämatrimonialen Panik irgendetwas Dummes tut.

Ich fasse meine beste Freundin fest an den Schultern. »Gitta, Code Kurt!«

»Code Kurt« wurde zwischen mir und Gitta vor Jahren eingeführt. Damals war meine beste Freundin bis über beide Ohren und ohne Sinn und Verstand in einen absolut unmöglichen Mann verliebt – mit (wer hätte es geahnt?) dem Namen Kurt.

Ich war damals happy Beziehungsmensch und Gitta frustrierter Dauer-Single. Negativismus und meckernde Einmischung meinerseits waren daher nicht wirklich angebracht. Ich habe dennoch immer wieder versucht, behutsam und verklausuliert nachzuhaken, um herauszufinden, ob sich Gitta nicht wenigstens *annähernd* bewusst war, wie katastrophal dieser

Katastrophenmensch mit Namen Kurt war. Nicht sonderlich erfolgreich. Aus Höflichkeit und um es meiner besten Freundin nicht zu versauen, habe ich irgendwann dann doch einfach meine Klappe gehalten. Mit dem Fazit, dass die kurze, katastrophale Beziehung vorhersehbarerweise in einem phänomenalen Drama endete. Und Gitta mehrere Wochen am Boden zerstört war.

Damals hat sie mir sanft, aber mit Nachdruck klargemacht, dass ich mich in den wirklich wichtigen Fällen sehr wohl einmischen darf. Wenn es nämlich für jeden rational denkenden Menschen offensichtlich ist, dass sie schnurstracks in ihr Unglück marschiert.

In diesen ganz besonderen Ausnahmefällen sollte ich dann mit dem »Code Kurt« die Freundinnen-Reißleine ziehen. Ein Code, der nur in den extremsten Fällen angewendet werden durfte, wenn alles gute und höfliche Zureden nicht mehr half und die Katastrophe nahe schien. Ich fand das eine durchaus smarte Idee, könnte »Code Kurt« doch auch mich in Zukunft von dem ein oder anderen Drama bewahren.

Tatsächlich wurde »Code Kurt« nach der Sache mit Kurt nur drei Mal in unserer langjährigen Freundschaft angewendet. Das letzte Mal Ende des vergangenen Jahres, als ich gerade in Trennungsphase 2 (= »Bittere Erkenntnis: Es ist tatsächlich aus!«; kommt nach Phase 1: »Schock und Verdrängung« und vor Phase 3: »Die Ablenkungs-Partyphase«) hineinschlitterte und in Kombination mit Arbeitsstress zwei Wochen lang so am Rad drehte, dass kein Trösten und gutes Zureden mehr half.

Als mich Gitta eines Abends hysterisch in meiner Wohnung vorfand, wie ich gerade angetrunken meinen Koffer packte, um *ihm* hinterherzureisen und auf Knien anzuflehen, mich zurückzunehmen (allein der Gedanke daran ...) – da wusste sie, es gab keine andere Möglichkeit mehr.

Sie schaltete den Fernseher aus, auf dem gerade Bridget

Jones in der x-ten Wiederholung um ihre Beziehung mit Hugh Grant trauerte, sah mich an und sagte ernst: »Code Kurt, Feli.«

Das wirkte damals ebenso gut wie heute.

Gitta verstummt sofort.

Ich versuche, sie so weit runterzufahren, dass sie den hektischen Tränenschluckauf überwindet, indem ich sie einfach nur sanft, aber bestimmt in den Arm nehme. Nach einer Weile atmet Gitta schon viel ruhiger.

Quod erat demonstrandum: »Code Kurt« kann Leben retten!

In diesem Moment klingelt es Sturm. Ich öffne die Tür und lasse Sammy herein.

»Okay. Don't panic. Ganz ruhig! Ich bin ja da.« Unsere Freundin grinst und wedelt mit ihrem Handy. »Ich habe auch Olli erreicht – finally! Anscheinend ist er schon die ganze Zeit mit dem Bräutigam unterwegs! Die Jungs sind schon auf dem Weg hierher.«

Gitta kann es kaum glauben, sie erstarrt für ein paar Sekunden zu einer Säule, dann sinkt sie zu Boden, beginnt vor Erleichterung und Hysterie gleichzeitig zu lachen und zu weinen.

Ich lasse mich erleichtert auf die Couch fallen und massiere mir erneut meine dröhnenden Schläfen.

Sammy schenkt Gitta einen kritischen Blick. »Honey, du ziehst besser dieses Kleid aus. 1200 Euro, und du sitzt auf dem dreckigen Wohnzimmerboden!«

Gitta nickt artig, wischt sich die Tränen aus den Augenwinkeln. »Ich geh mich umziehen. Bloki darf das Kleid auf gar keinen Fall vor der Hochzeit sehen! Und dann mache ich euch Frühstück. Mann, bin ich froh, dass alles gut ist!« Sie strahlt und rennt Richtung Schlafzimmer.

Kaum ist sie außer Sicht- und Hörweite, lässt sich auch

Sammy auf die Couch fallen und wirft stöhnend den Kopf nach hinten. »Fuuuuuck!«

Ich blicke sie irritiert an. »Äh, es ist doch alles okay, oder? Olli ist mit Bloki unterwegs ...«

Sammy rollt mit den Augen. »Natürlich, Olli entführt den Bräutigam und sagt Gitta nicht Bescheid – are you crazy? Ich habe keine Ahnung, wo dieser Trottel steckt!«

»WAS?!« Ich starre meine Freundin an. »Aber du hast doch gerade gesagt ...«

Sammy blickt unruhig Richtung Schlafzimmertür und schneidet mir dann energisch das Wort ab: »Seriously – hast du dir die Frau mal angesehen? Sie steht kurz vor dem Kollaps! Jetzt ist sie erst mal für eine Stunde oder so ruhiggestellt. Ich bleibe hier, sehe zu, dass sie etwas isst und abgelenkt ist. Und du findest den Bräutigam, damn it!«

Ich kann es kaum glauben.

»Ja, aber ... Wo soll ich denn suchen?! In dieser Stadt wohnen eins Komma fünf Millionen Menschen!«

»I don't know. Beauftrage einen Detektiv, schick einen Suchtrupp. Aber lass dir was einfallen, bevor Brautzilla eine Dummheit macht!«

Na klasse!

Tag 145, zehn Minuten später

Montag, 13.07., immer noch fünf Tage bis zur Hochzeit (hoffentlich!)

Große Klasse!

Nachdenklich gehe ich die noch relativ leere Straße lang, ohne recht zu wissen, wo ich mit meiner Suche anfangen soll.

Bloki könnte überall sein: in irgendeiner üblen Absteige beim Frühshoppen, joggen an der Isar, im Zug nach Hause zu seiner Familie. Diesen letzten Gedanken verdränge ich schnell wieder. In dem Fall hätte ich natürlich überhaupt keine Chance!

Ich beschließe ganz taktisch, mir erst mal einen Coffee to go zu holen. Vor lauter Müdigkeit kann ich gar nicht klar denken. Die letzten Tage zerren an meiner körperlichen und geistigen Verfassung.

Also schlurfe ich in meine Stammbäckerei – und erblicke ein Paar mir sehr bekannter Lackschuhe. Na toll. Aber klar: Zu dieser unmenschlichen Uhrzeit bin ich ihm schließlich schon öfters begegnet.

Und da ich zu müde für irgendwelche peinlichen Dramen oder Ausweichmanöver bin, sage ich einfach nur: »Hi.«

Der Lackschuhträger dreht sich um. Eine Sekunde lang scheint er nicht zu wissen, ob er lachen, weinen oder mich beschimpfen soll. Er entscheidet sich dafür, mir einfach nur zuzunicken, und dreht sich wortlos wieder Richtung Verkaufstheke.

Ich spüre ein dumpfes Gefühl in der Magengegend. Nichts ist schlimmer als unausgesprochene, vor sich hin köchelnde Konflikte mit Menschen aus seinem näheren Umfeld! Ich habe keine Lust, mich jedes Mal, wenn ich meinem Nachbarn im Flur begegne, unwohl wegzudrehen und dann für die nächsten zehn Minuten in Schuldgefühlen zu baden. Es ist wirklich eine Entschuldigung angebracht. Meinerseits!

Ich hole Luft. »Hören Sie, es tut mir leid, dass ich mich neulich so danebenbenommen habe. Ich bin eine komplizierte Person, ich habe anscheinend ernsthafte Arroganzprobleme, und außerdem tut sich andauernd irgendein neues Drama in meinem Leben auf. Wenn Sie mir mein Benehmen verzeihen, könnte ich zumindest einen Punkt auf meiner täglichen Katastrophenbewältigungs-Liste abhaken.«

»Okay.« Mein Nachbar sieht mich erstaunt an.

»Gut.« Erleichtert wende ich mich der Verkäuferin zu, die mich anstarrt, als wäre ich völlig plemplem.

»Was ist denn passiert? Vielleicht kann ich Ihnen helfen?«

Hä?

Ich drehe mich irritiert zu ihm hin.

Mein Nachbar lächelt mich freundlich an. »Zufälligerweise bin ich gar nicht so schlecht im Finden von Lösungswegen. Ich war ganz gut in Mathe.«

»Äh ... also ... ich muss den Bräutigam meiner besten Freundin finden ... schnellstmöglich.«

Ich bin so verdattert über die ungebrochene Freundlichkeit des Lackschuhträgers, dass ich ihm brav alle nötigen Auskünfte erteile.

»Hmmm ...« Mein Nachbar rückt nachdenklich seine randlose Brille zurecht. »Lassen Sie uns das Ganze taktisch angehen. Wohin denken Sie, würde dieser Mann gehen, wenn er alleine sein möchte? Ein bisschen den Kopf freibekommen?«

»Keine Ahnung.« Ich zucke überfordert mit den Schultern, »In eine Bar? In einen Stripclub? So gut kenne ich ihn auch wieder nicht.«

Der Lackschuhträger besieht mich mit einem stirnrunzelnden Blick.

Na gut, ich sollte mich wirklich ein bisschen mehr anstrengen. Alles für die Braut! Das hatte ich mir ja auch vorgenommen. Ich grüble kurz, als mir eine Idee kommt. Eine vage Hoffnung, aber immerhin ...

»Also, er spielt viel Fußball, ist so gut wie jedes Wochenende auf irgendeinem Tunier.«

»Na also! Da haben wir doch wenigstens einen Anhaltspunkt!« Der Lackschuhträger schlägt sich enthusiastisch mit der Faust in die flache Hand.

Ich bin nicht ganz so optimistisch. »Gitta – also die Braut – hat schon sämtliche Fußballkumpels durchtelefoniert. Er ist bei keinem. Und sein Sportheim hat auch noch geschlossen.«

Doch mein Nachbar lässt sich davon nicht irritieren. »Ich bitte Sie! Es gibt doch mehr als einen Ort in München, an dem man Fußballspielen kann!«

Damit legt er einen Zehn-Euro-Schein auf die Theke, schnappt sich seinen und meinen Kaffee und eilt zur Tür.

Ich blicke ihn nur baff an.

Der Lackschuhträger nickt mir energisch zu. »Worauf warten Sie? Wir müssen eine Hochzeit retten!«

Ich habe keine Zeit zu staunen, auch wenn mich der plötzliche Wandel vom spießigen Lackschuhträger hin zum hilfsbereiten Superman wirklich überrascht. Wobei – Clark Kent ist tagsüber ja auch Anzugträger. Egal. Hier geht es um Leben und Tod beziehungsweise Hochzeit oder Nicht-Hochzeit!

Mein Nachbar und ich klappern also sämtliche Bolzplätze Münchens ab. Wir fahren sogar ins Olympiazentrum, um in der Indoor-Fußball-Arena (die natürlich noch geschlossen hat) nach Bloki zu suchen.

Als ich schon das Gefühl habe, nie wieder das Wort »Fußball« auch nur in den Mund nehmen zu wollen, landen wir einen Volltreffer.

Auf einer Rasenfläche im Englischen Garten kickt ein mir wohlbekannter junger Mann mit wirrem Wuschelhaar und Dreitagebart frustriert und unkoordiniert einen Ball gegen eine Parkbank. Er taumelt, nimmt einen Schluck aus seiner Wodkaflasche, und weiter geht's. So was! Ich kann es kaum glauben.

»BLOKI! Spinnst du eigentlich?!« Fassungslos stürme ich auf den Ehemann in spe zu. »Gitta ist völlig fertig, sie sucht dich überall!«

Bloki dreht sich um, sieht mich schielend an – und fällt schließlich taumelnd zu Boden.

»Scheiße!« Ich stürme zu dem Häufchen Elend, meinen nicht minder besorgten Nachbarn im Schlepptau.

Bloki macht keine Anstalten aufzustehen. Er nimmt nur den letzten Schluck aus seiner Flasche und starrt melancholisch vor sich hin. »Ich hab's versaut. Es ist aus. Ich hab's total versaut.«

Er vergräbt dramatisch schluchzend den Kopf in seine Hände und gibt damit ein ähnliches Bild ab wie Gitta noch vor einer Stunde. Sauber. Das scheint doch ernster zu sein als gedacht! Ich suche fieberhaft nach den richtigen Worten, aber irgendwie will mir nichts Kluges einfallen.

»Ich kann mir nicht vorstellen, dass einfach alles ›aus‹ ist. Was ist denn passiert?« Neben mir ertönt plötzlich die ruhige Stimme des Lackschuhträgers. Er nimmt Bloki sanft, aber bestimmt die Schnapsflasche aus der Hand. »Erzählen Sie mal ...«

Bloki blickt auf. »Sie hasst mich! Ich hab was Furchtbares

gemacht. Es ist unverzeihlich!« Er schluckt schwer und stützt erneut verzweifelt seinen Kopf in die Hände.

Oh-oh. Hat mir Gitta in ihrer emotionalen Überforderung etwa nicht die ganze Wahrheit erzählt?! Was ist da passiert? Ich denke an Betrug, Fremdgehen, häusliche Gewalt. Ein furchtbares Bild nach dem anderen schießt in meinen Kopf.

Mein Nachbar bleibt weiterhin völlig ruhig. »Erzählen Sie!«, fordert er Bloki erneut auf.

Der schluckt und ringt nach Worten. »Ich ... Gitta hat mir vor sechs Monaten einen Stapel Einladungskarten gegeben. Die sollte ich eintüten und abschicken, weil sie nicht alle geschafft hat. Und ... und ... da hab ich gestern die Karten gefunden. Ich hab's total vergessen! Und jetzt kommen wahrscheinlich dreißig gute Freunde und Bekannte von uns nicht zur Hochzeit, weil sie keine Einladung bekommen haben. Und ich bin schuld!!!«

Ich kann es kaum glauben. Deswegen der ganze Terror?!

Bloki blickt noch immer verzweifelt vor sich hin. »Wir haben uns so gestritten! Ich hab gesagt, sie übertreibt es mit dem ganzen Hochzeitskram, und dann ist sie total ausgetickt! Ich hab's versaut!«

Der Bräutigam ist so am Boden, dass ich ihm für seine kindische Aktion, einfach wegzulaufen, nicht länger böse sein kann.

»Bloki, Gitta hat dir schon lang verziehen. Sie hat uns nicht mal von den vergessenen Karten erzählt. Sie macht sich einfach nur Sorgen!«

»Wirklich?«

Ich nicke grinsend. »Klar! Sie liebt dich über alles und das seit eurer ersten Begegnung. Das weißt du doch, du Kasperlkopf!«

Der Lackschuhträger blickt mich plötzlich sehr intensiv an. Dann reicht er Bloki lächelnd eine Hand, um ihm aufzuhelfen.

»Wie wäre es jetzt mit einem Kaffee – und einem großen Glas Wasser? Danach sieht die Welt bestimmt schon anders aus.«

Bloki wuschelt sich durch die Haare, nickt schließlich ergeben. »Is' vielleicht besser so.«

»Eben. Und Ihre Freundin kann sich in der Zwischenzeit um die Braut kümmern.«

Während sich Bloki mühsam erhebt, blicke ich meinen Nachbarn erstaunt an. »Sind Sie sicher? Sie müssen das nicht tun! Sie müssten doch bestimmt auch längst auf der Arbeit sein.«

Der grinst mich nur schulterzuckend an und deutet auf Bloki. »Egal. In *dem* Zustand braucht er jedenfalls nicht zu Hause aufzuschlagen. Das ist eine reine Krisen-Präventionsmaßnahme, verstehen Sie?«

Letztendlich schicke ich Sammy eine WhatsApp, und wir gehen gemeinsam ins nächste Café, wo wir Bloki bei einem starken Kaffee wieder zurück unter die Lebenden bringen.

Als wir ihn eine halbe Stunde später bei Gitta abliefern, ist diese so froh, ihren Bräutigam wiederzusehen, dass sie keine weiteren Fragen stellt. Beide fallen sich überglücklich schluchzend in die Arme.

Wahnsinn, solche Drama-Queens!

Sammy verabschiedet sich grinsend, und auch mein Nachbar und ich ziehen uns zurück. Die beiden glücklich Verliebten busseln sich nur immer wieder happy ab.

Kaum fällt die Haustür hinter uns ins Schloss, muss ich mich erst mal erschöpft auf den Treppenabsatz setzen. Schon wieder habe ich das Gefühl, gleich in Tränen auszubrechen. Na toll. Ich bin keinen Deut besser als das Emo-Ehepaar in spe.

»Geht's Ihnen gut?« Der Lackschuhträger besieht mich mit einem besorgten Blick.

Langsam kommt es mir wirklich absurd vor, dass wir uns bei alldem, was wir gemeinsam erlebt haben, immer noch siezen. Anzugträger halt.

Ich zucke hilflos mit den Schultern. Dabei scheine ich einen derart bemitleidenswerten Anblick abzugeben, dass er sich hilfsbereit neben mich setzt und mir wortlos ein Taschentuch reicht. Ich schnäuze mich geräuschvoll. Ein paar Minuten sitzen wir nur so da, sagen gar nichts.

Schließlich reiße ich mich zusammen. »Ich möchte mich *wirklich* noch mal entschuldigen für die Szene, die ich Ihnen neulich auf offener Straße gemacht habe. Es tut mir leid, ernsthaft!«

Mein Nachbar blickt kurz zu Boden, dann sieht er mich an, lächelt schwach. »Na ja, ich habe auch nicht gerade die beste Figur gemacht. Ich hatte einfach überhaupt nicht damit gerechnet, Sie bei dieser Veranstaltung zu treffen. Und nachdem Sie bereits die Augen verbunden und mich anscheinend nicht erkannt hatten, dachte ich mir – vielleicht ist *das* die Chance, noch mal neu anzufangen. Schließlich waren unsere Begegnungen bis zu diesem Zeitpunkt etwas ... sagen wir mal, explosiv.«

Ich lache sarkastisch auf. »So kann man das sagen, ja.«

Der Lackschuhträger blickt nervös auf seine Füße. »Aber dann fingen Sie an, mich sehr direkt auszufragen, da wusste ich einfach nicht mehr, wie ich reagieren soll.«

Ich lächle schwach. »Irgendwie habe ich ein Talent dafür, Männer in negativem Sinne aus dem Konzept zu bringen. Ich bin einfach eine bayerische Dampfwalze ...«

Darüber muss nun der Lackschuhträger schmunzeln. »Normalerweise bringen mich Frauen nicht so leicht ins Schleudern. Aber vielleicht war es ganz gut, mal den Kopf zurechtgestutzt zu bekommen. Dann wacht man zumindest aus dieser ewigen Dating-Lethargie auf.«

Ich sehe ihn überrascht an. »Sie daten auch?«

Er nimmt seine Brille von der Nase, um sie mit seinem Ärmel sauber zu putzen. »Seit einer ganzen Weile schon, ja. Und langsam finde ich es ziemlich ermüdend. Sie glauben ja gar nicht, was für verrückte Erlebnisse ich hatte! Aber nur zu Hause sitzen und hoffen, dass zufällig eine sympathische Frau vorbeikommt, ist ja nicht gerade effektiv.« Er lächelt.

»Ich weiß genau, was Sie meinen! Und es wird auch dadurch nicht einfacher, dass alle im Freundeskreis vergeben sind und man in unserem Alter auf einer Hochzeit nach der anderen eingeladen ist.«

»Exakt. Und bei jeder Feier sitzt man wieder alleine am Tisch und bekommt vor Augen geführt, dass man der einzige Versager im Raum ist.«

»Genau!« Ich blicke ihn verblüfft an. »Als würde sich da ein Club formieren, zudem wir einfach nicht dazugehören.«

Ich kann in diesem Moment natürlich sehr gut nachvollziehen, welches Gefühl der gar nicht so unsympathische Lackschuhträger da beschreibt. Doch statt wohligem Sympathisieren macht sich sofort wieder die Melancholie breit, und meine Augen fangen verdächtig an zu zucken. Großartig. Was ist bloß los mit mir? Nun blicke *ich* auf meine Füße und kicke einen Kieselstein weg.

Kurze Stille.

Bis der Lackschuhträger beginnt loszuprusten.

Und ich nicht anders kann, als einzusteigen.

»Oh Mann. Was sind wir nur für Versager!«

»Totalversager!« Mein Nachbar lacht so schallend, dass er sich die Tränen aus den Augenwinkeln wischen muss. »Also, ich muss Ihnen Respekt zollen. In Selbstmitleidsdramen sind Sie ja genauso begabt wie ich.« Er grinst. »Dabei bin *ich* der Mittdreißiger, der gesichtslose Banker ohne Hobbys – Sie sind zumindest eine äußerst attraktive Karrierefrau!«

Ich bin eine Sekunde lang ausnahmsweise still. Hat er gerade attraktiv gesagt?

»Na ja, vergessen Sie mal die bayerische Dampfwalze nicht! Die unmöglich chaotische, gern mal einen über den Durst trinkende bayerische Dampfwalze.«

»Ist das Ihr kompletter Titel? Wenn ja, kann ich Sie in Zukunft gerne so ansprechen, wenn wir mal wieder in einer abstrusen Situation übereinanderstolpern. Ansonsten – ich heiße Stefan.« Lächelnd streckt er mir die Hand hin.

»Angenehm. Felizitas. Also Feli ...«

Wir schütteln uns förmlich die Hand, und ich bin baff, wie ich innerhalb von wenigen Minuten so runterfahren konnte. Von Megadrama zu total entspannt. Ich mustere Stefan erstaunt und muss plötzlich lächeln. Er tut das Gleiche. Wieder sagt für einen Moment niemand etwas. Und ich weiß plötzlich gar nicht mehr, wo ich hinschauen soll.

»Also gut, Feli, ich mache mich mal auf den Weg. Tatsächlich habe ich heute ausnahmsweise etwas vor – arbeiten nämlich.« Stefan steht auf, streicht sich seine Anzughose glatt und zwinkert mir zu.

Ich nicke und will mich gerade ebenso erheben (schließlich sollte ich mich auch mal in Richtung Büro aufmachen), als Stefan – plötzlich doch wieder etwas schüchtern – sagt: »Ach ... also ... bitte verstehen Sie das jetzt nicht falsch. Ich will mich wirklich nicht aufdrängen ...«

»Du! Wir waren beim Du.«

Stefan lächelt und fährt sich nervös durchs Haar. »Stimmt. Ähem. Was ich sagen wollte: Bevor *du* dich wirklich unwohl fühlst auf der Hochzeit – und ich kenne ja das Gefühl –, ich habe am Samstag nichts vor. Ich würde dich sehr gerne begleiten, wenn dir das hilft und du das möchtest.«

Ich starre ihn an.

»Überlege es dir einfach. Ich kann auch spontan sein.« Er lächelt mir noch einmal zu und verschwindet dann gut gelaunt um die Ecke.

Einfach so.

Tag 146

Dienstag, 14. 07., noch vier Tage bis zur Hochzeit

13. Juli 2015; 21:05 Uhr

Heli: Sachen gibt's, die gibt's gar nicht ...
Sammy: And now what?
Feli: Na ja ... keine Ahnung.
Sammy: Gib es zu: Du magst ihn eigentlich doch irgendwie!
Feli: Hmm ... Vielleicht? Irgendwie? :-)

Tag 147

Mittwoch, 15. 07., noch drei Tage bis zur Hochzeit

»Muuuuuuuuuaaaaaah!«

Als ich an diesem Morgen aufwache, bin ich außergewöhnlich gut gelaunt. Mit außergewöhnlich meine ich, dass ich nicht wie üblich erst einmal zwei Stunden wie ein schlecht gelaunter Wookie vor mich hin brummle. Ich bin zwar ein »Macher« und habe strenge Zeitpläne – aber leider widerspricht das total meinem angeborenen Biorhythmus. Meine innere Uhr hat irgendeinen gehörigen Wackler – morgens immer müde, abends wach.

Meine gute Laune an diesem Morgen liegt aber nicht nur daran, dass ich zum ersten Mal seit gefühlt Monaten ausgeschlafen habe. Nein, nach zwei Tagen des sorgfältigen Überlegens und Abwägens bin ich zu dem Schluss gekommen, dass der Lackschuhträger, also Stefan, ein sehr passables Hochzeitsdate abgäbe. Er ist freundlich, gebildet, höflich – und er findet mich attraktiv! Außerdem mag ich ihn. Ziemlich! Damit wäre mein Dating-Problem kurz vor Ablauf des Countdowns doch noch gelöst. Hurra!

Ping. Mein Handy meldet sich. Gitta schickt mir den aktualisierten Terminplan meiner letzten Aufgaben bis zur Hochzeit. Vor ein paar Wochen habe ich vor lauter Torschlusspanik noch drei Tage Urlaub beantragt. Quasi für die Last-Minute-Date-Akquise. Da die aber nun nicht mehr nötig ist, habe ich frei.

Theoretisch. Denn Gitta hat sofort ihre Chance gewittert und spannt mich nun ein, wo es nur geht. Ich werfe einen Blick auf den Plan: Heute soll ich mit ihr die Anstecknadeln für die Gäste basteln und später irgendeine Großtante vom Bahnhof abholen.

Trotzdem bleibt noch Zeit für ein ausgiebiges Frühstück. Ich mache mir ein Müsli, koche gut gelaunt ein Ei und leckeren Espresso. Und weil der so gut schmeckt, gleich noch einen.

Drei Espressi später fühle ich mich energetisch aufgeladen wie das Duracell-Häschen. Ich habe das Gefühl, jetzt wirklich *alles* schaffen zu können.

Dem begeistert schnurrenden Tarantino stelle ich überdreht pfeifend einen übervollen Fressnapf hin, ziehe meine Vorhänge auf und öffne das Fenster, um die Münchner Sommerluft (gepaart mit dem Gestank der mal wieder übervollen Mülltonnen im Hinterhof) einzuatmen. Plötzlich verspüre ich große Lust, ganz filmreif »Guten Morgen, München!« zu rufen.

Das Leben ist total super: Ich habe ein Date für die Hochzeit und vielleicht auch schon den Mann fürs Leben gefunden. Die chaotischen Single-Zeiten sind hoffentlich vorbei! Alles läuft nun wieder nach Plan. Mir geht's endlich wieder gut. Grandios. Super. Happy End in Sicht!

Ich atme tief ein und schließe dann hibbelig das Fenster.

Ich sollte sofort runtergehen und Stefan wegen Samstag Bescheid geben. Ja, das mache ich. Vielleicht will er auch gleich einen Termin für *unsere* Hochzeit ausmachen?!

Moment. Nicht gleich übertreiben. Aber die nächsten Dates könnten wir arrangieren! Jetzt, nachdem wir uns endlich gefunden haben, können wir es angehen. So richtig verlieben können wir uns ja immer noch. Erst mal heißt es: Immer voran! Das ist das Motto. Das muss das Motto sein – ich meine: siebenundzwanzig, hallo?!

Ich habe gerade enthusiastisch und im Koffeinrausch mein Frühstücksgeschirr abgespült, als mein Handy klingelt. Beim Blick aufs Display bin ich kurz irritiert.

Harry?!

»Hey. It's me …«

Das ist mir natürlich klar, aber wieso ruft er auf einmal an?

»Have you got time to come to Marienplatz?«

Ich falle vor Erstaunen fast vom Stuhl. »Are you there?«

»Just come please.«

Was zur Hölle …?

Tag 147, zwanzig Minuten später

Mittwoch, 15.07.

Ich bin völlig von den Socken, und mein Herz klopft wie verrückt, als ich den irren Iren tatsächlich zwischen all den fotografierenden Touris bei der Mariensäule stehen sehe.

Er lächelt und zaubert hinter seinem Rücken eine rote Rose hervor. »This time I'll try to be a bit more traditional.«

Er kommt näher, um mich zu küssen, aber ich wehre ihn verwirrt ab.

Stop!

Eins nach dem anderen.

»What on earth are you doing here?!«

»Well …« Harry lächelt lässig (wobei ich auch bei ihm eine gewisse Aufregung spüre). »You said yes to a second date, I still had a lot of holidays left and I always wanted to go to Munich. You know how spontaneous I am.« Er zwinkert.

Natürlich. Typisch Harry, der Abenteurer. Ich muss das erst einmal kurz sacken lassen.

»And you told me about your wedding-date-dilemma. It is this weekend, right? So: Here I am, to save you.«

Jetzt lächelt er mich so süß an, dass ich gar nicht anders kann, als ein wenig dahinzuschmelzen.

Er fliegt also extra von Dublin rüber, um mich auf die Hochzeit zu begleiten? Nach allem, was ich in London abgezogen habe?! Gegen das Grinsen in meinem Gesicht kann ich nichts tun.

Dann aber geht mir auf: Er fliegt EXTRA von Dublin nach München, um MICH auf eine Hochzeit zu begleiten! Oh mein Gott!!! Ich spüre wieder die altbekannte Panik in mir aufsteigen.

»Wow, that is ... a lot of pressure and ...«

In der Sekunde klingelt mein Handy: Gitta. Mist, die Anstecknadeln! Ich drücke die Braut (ausnahmsweise!) weg und versuche, die ganze Situation irgendwie zu ordnen.

Rrrrrrrring.

Wieder klingelt das Handy. Mann!

Harry merkt meine Anspannung sofort. »Bad timing?«

Ich lache, halb überfordert, halb amüsiert. Dann erkläre ich vorsichtig, dass ich leider die nächsten zweiundsiebzig Stunden voll im Hochzeitscountdown-Programm eingespannt bin. Und mir geschworen habe, zumindest in diesen Tagen meine egoistischen Bedürfnisse und Befindlichkeiten der Braut und besten Freundin zuliebe hintanzustellen. Schließlich war ich anstrengend genug die letzten Monate!

»Oh ... don't worry! I really want to see the city. I'll just do some sightseeing, you do your things. I'm on holiday, I can take care of myself.«

Ich bin überrascht über so viel Zurückhaltung. Na ja. Für Harrys Verhältnisse.

Der lächelt weiter und versucht, seine Enttäuschung zu überspielen. Trotzdem merke ich natürlich, dass er mit meiner Reaktion nicht ganz glücklich ist. Was mich nicht verwundert, bei dem ganzen Aufwand, den der Typ für mich auf sich genommen hat!

Sofort fühle ich mich schuldig und versuche, es zumindest ein Stück weit wiedergutzumachen. »I tell the bride, that I'll be a bit late. Do you want a cup of coffee?«

Wir spazieren mit unseren Bechern bis zur Oper, dann weiter zum Hofgarten und zurück und quatschen wie gewohnt gut gelaunt und mit viel Gelächter. Ich bemühe mich, den Fremdenführer zu geben. Auch wenn ich wirklich erschreckend wenig über meine eigene Stadt weiß. Harry nimmt das zum Glück mit Humor.

Ich betrachte ihn nachdenklich von der Seite, während er gerade genüsslich und mit viel Geräusch den letzten Rest seines Iced Caramel Macchiatos ausschlürft. Es ist wirklich schön, mit ihm zusammen zu sein, auch wenn ich immer noch nicht so genau weiß, was hier gerade passiert. Einerseits genieße ich die lustige und aufregende Zeit, andererseits fühlt es sich komisch an, dass der Kerl plötzlich hier ist, mitten in meiner Stadt und so ganz ohne Vorwarnung. Diese Unberechenbarkeit behagt mir einfach nicht, so romantisch es auch ist.

Harry scheint das zu spüren. Er erklärt nett, ich soll mir einfach in den nächsten Tagen überlegen, ob ich mit ihm als Hochzeits-Date zur Feier gehen möchte. Wenn ja, wird er am Samstag da sein. Wenn nicht, macht er sich einfach einen schönen Tag in der Stadt und fliegt dann zurück nach Dublin.

Ich nicke erleichtert.

Harry stupst mich lieb an. »I can wait. You are definitely worth it!«

Wow! Ob ich will oder nicht: In mir breitet sich bei diesen Worten eine wohlige Wärme aus.

Harry küsst mich zum Abschied gewohnt innig, und ich kann sogar eine Minute alle Grübelei ausblenden.

»So ... I hope to see you on Saturday.« Damit dreht er sich um und geht.

Ich stehe noch ein paar Minuten grübelnd da und lasse sacken, was da gerade schon wieder Verrücktes passiert ist – als eine Gruppe Businessmänner geschäftig diskutierend an mir vorbeiläuft. Und mir plötzlich Stefan, mein lackschuhtragender und durchaus sympathischer Nachbar, wieder einfällt.

Zefix.

Zefix, zefix, zefix!

Tag 148

Donnerstag, 16.07., noch zwei Tage bis zur Hochzeit

»Excuse me? Der Mann kommt extra aus *Dublin* rübergeflogen – natürlich gehst du mit *ihm* auf die Hochzeit!« Für Sammy ist alles klar, als wir am nächsten Tag zum Cliquen-Polterabend in unserer Lieblingsbar zusammensitzen.

Die Hochzeit ist zwar erst übermorgen, aber Gitta möchte nicht, dass sie – wie sie es selbst ausdrückt – wie der »letzte alkoholkranke Zombie« vor den Traualtar tritt. Und um mit noch mehr Traditionen zu brechen, vernichten wir keine Tassen und Teller, sondern nur deren Inhalt. Äußerst Geschirr sparend – und es macht eigentlich sowieso viel mehr Sinn.

Allerdings ist meine aktuelle Hochzeits-Date-Zwickmühle anscheinend eh viel spannender als jedes Poltern.

»Moment mal! Wem läuft Feli denn schon seit *Monaten* immer wieder über den Weg? Das ist bestimmt ein Zeichen! Wie im Film: Der eigentliche Außenseiter entpuppt sich als Traumprinz!« Gitta haut energisch auf den Tisch. »Außerdem hört sich die Beschreibung von deinem Nachbarn süß an. Hmmm, Männer mit Brille sind sexy ...«

Sammy stöhnt auf. »What? Was ist mit der Liste? Der Typ ist total das Gegenteil von dem, was wir für Fee wollten!«

Doch Gitta, eindeutig Team Lackschuhträger, gibt sich nicht so leicht geschlagen. »Was hat sie denn für eine Zukunft mit einem Mann, der Hunderte Kilometer entfernt wohnt?

Dieser Stefan ist hier, direkt vor Felis Nase! Kein Mensch will eine Fernbeziehung.« Gitta blickt triumphierend in die Runde.

Oh weh.

Sammy zieht beleidigt eine Schnute, und Gitta fällt zu spät ein, dass unsere amerikanische Freundin seit Jahren ja genau so eine Beziehung führt.

»Besser einen aufregenden und spontanen Mann in einem anderen Land als einen Schnarchzapfen without hobbies auf der Couch daheim!« Sammy nimmt energisch einen Schluck aus ihrem Glas.

Gitta blickt zerknirscht erst zu ihr, dann zu mir. »Sorry! Ehrlich. Aber ich finde trotzdem, dass Feli sich ihren Nachbarn schnappen sollte. Das ist *der* Mann!«

Aha. Schön, dass ich auch etwas mitzureden habe, was mein zukünftiges Liebesglück angeht. Aber egal. Mir schwirrt ohnehin seit gestern der Kopf. Es schien doch alles so eindeutig! Wie Gitta sagte und es uns Hollywood immer wieder zeigt: Der unerwartete Volltreffer-Mann aus dem Hintergund. Liebes-Happy-End und so ...

Ich blicke hilflos zu Olli, der mir mit seiner Besonnenheit und pragmatischen Männerdenke schon oft aus der Patsche geholfen hat.

Olli blickt mich warmherzig an: »Na ja, die Frage ist doch: Mit wem *willst* du denn den Tag verbringen? Auf wessen Gesellschaft hast du eher Lust, zwölf bis vierzehn Stunden am Stück?«

Wenn ich das wüsste! Ein knappes halbes Jahr und unzählige Dates später bin ich so schlau wie zuvor. Und erstaunlicherweise hilft es nicht, dass ich einen Tag vor dem Ende meines selbst auferlegten Countdowns nicht mit null, sondern sogar mit zwei potenziellen Dates dastehe!

Tag 149

Freitag, 17. 07., noch ein Tag bis zur Hochzeit

Einen Tag später hat sich das Männer-Dilemma leider immer noch nicht auf magische Weise von selbst geklärt, wie ich es insgeheim gehofft hatte. Egal, wie oft ich die Situation durchgekaut habe – eine eindeutig zufriedenstellende Lösung ist dabei nicht herausgekommen.

Meine Mutter, selbst selig im frischen Liebesglück, war wie immer *sehr* hilfreich. »Spatzi, was stellst' dich denn so an? Das ist doch toll! Nimm beide mit, einer hat dann immer Lust.« Lautes, glockenhelles Lachen. »Zu tanzen, mein' ich. Übrigens, was ist jetzt mit dem Lachyoga-Seminar, das ich hier im Dorf anbieten will? Machst' mit?«

Grrrrr.

Ich habe bis jetzt keinem der beiden Männer zu- oder abgesagt. Was angesichts der Tatsache, dass die Hochzeit in knapp zwölf Stunden stattfinden wird, alles andere als fair ist. Kreizbirnbaumundhollerstaun!

Ich schmeiße mich frustriert auf mein Bett und betrachte mein grün-blau gestreiftes Cocktailkleid, das ordentlich aufgebügelt an meinem Schrank hängt. Welcher Mann wohl besser zu dem Kleid passt? Genau! Das ist die Lösung: Ich rufe einfach Harry und Stefan an und frage, wer von beiden eine blau-grüne Krawatte hat – und den nehme ich mit!

Ich vergrabe stöhnend meinen Kopf in mein Kissen. Okay.

Nein. Das ist auch keine Lösung. Ich sollte wohl einfach auf mein Herz hören. Das sagt man doch so. Vielleicht *fühle* ich dann ja, welcher der beiden Männer der Richtige für mich ist. Der irre, spontane Ire Harry oder der etwas verkorkste Brillen- und Anzugträger Stefan?

Ich bin gerade dabei, ganz tief und konzentriert in mein Innerstes hineinzuhorchen, als mich mein Handy aus der Meditation reißt.

»Ja?«

»FELIIIII! Es ist so schrecklich!«

Sofort muss ich schmunzeln. Ich hatte mich schon gefragt, wann der nächste Panikanruf von Gitta kommt.

Dieses Mal ist der »gottverdammtescheißkack Drucker« Grund allen Übels.

»Ich muss doch noch die Liedtexte für die Kirche morgen ausdrucken! Sonst kann keiner mitsingen, und dann gibt es keine Musik, und dann wird alles ganz schrecklich!« Gitta bekommt Schnappatmung.

»*Ich* kann die Liedtexte drucken.«

»Wirklich?! Das wäre sooooo toll!«

»Gitta, deswegen rufst du doch an. Gib es wenigstens zu.«

»Na ja, ich weiß ja, dass ich mich immer auf dich verlassen kann. Du bist einfach die Beste!«

Ein warmes Gefühl durchströmt meine Brust. »Morgen ist es also so weit.«

»Ja, morgen ist es so weit.«

Wir schweigen beide einen Moment, und ich muss Gitta nicht sehen, um zu wissen, dass auch sie lächelt. Ein schöner Moment der freundschaftlichen Verbundenheit.

»Und? Sag schon! Hast du dich entschieden? Wen nimmst du morgen mit?«

Mann!

Nach weiteren fünfzehn Minuten des Ratlos-an-die-Wand-Starrens rapple ich mich seufzend auf, um mich an meinen Laptop zu setzen. Wenn ich diese Liedtexte nicht mitbringe, habe ich morgen weit größere Probleme als die Date-Geschichte.

Ich öffne mein Postfach, um Gittas Vorlage runterzuladen – und erstarre.

Ganz oben, hinter unzähligen Hochzeits- und Spam-Mails (das eine ist definitiv nicht gleich das andere), blinkt mir eine neue Nachricht entgegen.

Und der Absender ist mir wohlbekannt.

Tag 149, zehn Minuten später

Freitag, 17.07.

»Miau!« Tarantino streicht um meine Beine und blickt mich mit besorgtem Katzenblick an.

Ich habe mich seit geschlagenen zehn Minuten nicht mehr bewegt. Wie festgefroren sitze ich auf meinem Schreibtischstuhl, starre mit offenem Mund auf den Bildschirm.

Das letzte Mal, dass ich von diesem Absender eine Mail bekommen habe, ist schon eine Weile her. Dabei waren es damals oft mehrere Mails pro Tag. Jedes Mal hat mein Herz einen kleinen Hüpfer gemacht, ist in eine naiv-romantische Ekstase ausgebrochen. Bis zur Herzrausreißnummer.

Mein Finger schwebt über der Maus. Eine Sekunde lang überlege ich, die Mail einfach zu löschen oder erst mal nicht zu öffnen, bis nach der Hochzeit.

Aber nein. So diszipliniert bin selbst ich nicht. Ich *muss* die Nachricht lesen. Jetzt, da ich weiß, dass sie da ist, führt kein Weg daran vorbei. Es ist wie das letzte Stück Kuchen, das man mit aller Willenskraft in das hinterste Eck im Kühlschrank schiebt. Das Kuchenstück, das man aus Diät-Gründen heute *nicht* mehr essen will. Man weiß trotzdem, dass es da ist. Die Wahrscheinlichkeit, dass man noch in derselben Nacht an den Kühlschrank geht, ist groß. Sehr groß.

Ich dachte eigentlich, mir wäre der Appetit auf diesen Kuchen für immer vergangen.

Trotzdem stehe ich auf, um mir eine Flasche Wein und vorsichtshalber auch eine Tafel Erdbeer-Joghurt-Milka zu holen, setze Tarantino als moralischen Support auf meinen Schoß, hole tief Luft – und öffne die Mail.

Manchmal wartet man insgeheim Wochen, Monate, Jahre auf bestimmte Worte. Und wenn man sie dann hört, ist man völlig überrascht. Weil man nicht damit gerechnet hat, dass man diese geheimen »Wunschworte« hört. Nicht wirklich. Schließlich sind das Worte, die man sich nur in seinem Kopf zurechtlegt. Sie existieren nur in der Fantasie.

Wunschworte sind beispielsweise: »And the Oscar goes to …«, oder: »Hey! Ich bin Jude Law. Ich habe mein Leben lang auf dich gewartet – du Frau meiner Träume!«, oder: »Herzlichen Glückwunsch, Felizitas, du bist die Klassenbeste in *allen* Fächern und damit viel klüger als all die doofen Jungs, die dich immer ärgern.«

Oder einfach nur: »Ich hab's versaut.«

Das Interessante und wirklich Faszinierende ist: Wenn diese Wunschworte plötzlich doch ausgesprochen werden, will man sie oft gar nicht mehr hören, oder – noch besser – man muss sie nicht mehr hören.

Ich sitze also vor meinem Laptop und lese gebannt diese lange Nachricht, voll von Wunschworten.

Tarantino schnurrt beruhigend auf meinem Schoß. Ich beiße geistesabwesend ein großes Stück aus der Milka-Tafel heraus.

Die Worte, die ich da lese, überraschen und überrumpeln mich total. Worte der Reue, der Traurigkeit, a bittersweet symphony. Worte der Hochachtung und Anerkennung. Sogar Worte der Liebe, irgendwie. Wenn auch auf eine ganz paradoxe Art und Weise. Diese Mail ist voller Widersprüche, ein Wirbelsturm aus hochemotionalen Aussagen und rationalen Gedanken – ein Sturm, der mir so bekannt und vertraut ist.

Es steht nirgendwo: »Ich will dich wiederhaben«, auch nicht zwischen den Zeilen.

Das ist auch gut so.

Und dann wird es mir plötzlich klar. Die Erkenntnis trifft mich mit phänomenaler Wucht: Es ist wirklich aus. Und vor allem: Es ist vorbei!

Nicht die Beziehung. Die ist natürlich schon lange vorbei. Aber etwas anderes, von dem ich nicht mal wusste, dass es noch da war, geht in diesem Moment auch vorbei. Der Hauch eines Gefühls, der immer wieder hochzischt, ohne dass man sich dessen voll bewusst ist. Dieses kleine, eng verschnürte Paket voll von Wut, Trauer, Angst und Wehmut, das immer noch irgendwo ganz versteckt lag und mich begleitete, löst sich beim Lesen in Luft auf.

Plötzlich fange ich an, Rotz und Wasser zu heulen. Mal wieder. Vielleicht ist es diesmal auch einfach nur die Erleichterung.

Tarantino springt, von dem urplötzlichen Geschluchze erschrocken, von meinem Schoß und starrt mich irritiert an.

Es tut gut. Es dauert auch nur vier Minuten. Dann hört es so plötzlich auf, wie es gekommen ist. Und ich weiß, es war das letzte Mal, dass ich wegen der Herzrausreißnummer und allem, was danach kam, Tränen vergossen habe. Ich bin frei!

Draußen auf meinen kleinen Balkon atme ich erst mal tief durch. Über München sieht man den Sternenhimmel. Keine Ahnung, wann ich das letzte Mal Sterne in der Stadt gesehen habe. Die Luft riecht nach Sommer, und obwohl ich barfuß und in kurzem Rock draußen bin, ist mir nicht kalt. Endlich. Ich stehe bestimmt eine Viertelstunde einfach nur so da. Lächelnd.

Als ich schließlich zurück in die Wohnung gehe, setze ich mich wieder an den Laptop und antworte knapp, aber mit Bedacht auf die Mail. Dann lösche ich sie.

Leicht wie eine Feder lege ich mich in mein Bett. Und kurz bevor ich Sekunden später schon tief und fest schlummere, weiß ich, wer morgen mein Hochzeits-Date sein wird.

Schritt 10:

Hochzeitstag

Tag 150

Samstag, 18.07., Hochzeitstag

»Ich bin gleich da. Keine Panik. Ich muss nur noch schnell ... etwas Wichtiges erledigen!«

Hektisch versuche ich, mit einer Hand den Reißverschluss hinten an meinem Kleid hochzuziehen, während ich mit der anderen die letzten Haarnadeln in meine Frisur stecke.

Mist!

»Beeil dich! Wir sind jetzt beim Friseur fertig und auf dem Weg zu mir. Umziehen! Um elf ist die Trauung!« Eine hypernervöse Gitta tönt vorwurfsvoll durch mein Handy.

»Ja-haaaaaa ...«, flöte ich beruhigend.

Ich will ja keine schlafenden Bräute wecken!

Über mein Handy höre ich einen Sektkorken knallen und Sammys Stimme: »Relax! Hier, trink noch einen Schluck!«

Gitta atmet bemüht ruhig aus. »Okay. Oooooooookay. Wir warten. Aber mit wem kommst du jetzt eigentlich?«

Ich grinse. »Siehst du dann. Bis gleich! Ich muss mich beeilen – hast du selbst gesagt!«

Ich bin gerade kurz davor, mir bei meinem Reißverschluss-Yoga die Schulter auszurenken, als es klingelt.

Es ist so weit!

Ich öffne nervös die Tür.

»Hey! Wow, you look amazing!« Harry lächelt mich an.

Er will mich schon innig küssen, überlegt es sich aber im

letzten Moment anders und drückt mir betont zurückhaltend nur ein Bussi auf die Wange.

Ich lächle und bedanke mich für Harrys Kommen.

Dann werde ich ernst. »I really wanted to talk to you face to face!«

Harry sieht mir direkt in die Augen. »I already knew you weren't taking me to the wedding. The moment you walked away on Wednesday. I had a feeling.«

Zefix. Ich wünschte, ich hätte das ebenso schon am Mittwoch gewusst.

Schuldbewusst erkläre ich Harry, dass es mir wahnsinnig leidtut, sich die ganze Sache im Moment aber irgendwie nicht richtig anfühlt. Nicht total falsch, aber eben auch nicht zu hundert Prozent gut.

»I don't want you or me to be uncomfortable. And I don't want to hurt you!«

Harry nickt verständnisvoll. »Well, after all that you are the more rational person.«

Trotzdem sieht er eine Sekunde so geknickt aus, dass ich gar nicht anders kann, als ihn fest zu umarmen. Schließlich mag ich ihn ja trotzdem!

»It really was a crazy and wonderful adventure! And you are a great, spontaneous and crazy guy. But the thing is ... I am not. Not yet, anyway.«

So gerne ich es auch hätte, ich bin eben nicht spontan und verrückt. Im Gegenteil. Und ich kann mich nur wohlfühlen und ganz fallen lassen, wenn ich »ich« sein kann. Und nichts anderes möchte ich im Moment. Endlich, nach all den aufreibenden Monaten!

Harry lächelt und weiß wohl selbst, dass alles ziemlich rasant war. »I would still like to have a cup of tea with you, when you are in London or Dublin next time. Just write to me, when you are ready.« Er hebt eine Hand wie zum Schwur. »As friends of course!«

Ich nicke lachend, und Harry gibt mir noch einen sanften Kuss auf die Wange, dann geht er.

Auch wenn ich den verrückten Iren nur ungern aus meinem Leben lasse, ich bin mir sicher: Ich habe mich richtig entschieden.

Jetzt muss ich nur noch Stefan Bescheid geben und dann …

Aaaargh! Schon so spät!

Tag 150, eine halbe Stunde später

Samstag, 18. 07.

»Voilà. Fast pünktlich. Alles roger!« Ich fasse mir keuchend an die Hüften, als ich in Gittas Wohnung ankomme.

»Von wegen alles roger!« Gitta blickt mich hysterisch an.

Es gibt anscheinend bereits den nächsten Katastrophenalarm. Susan und Sammy durchwühlen diverse Einkaufstüten, während Gitta ihre Akupunkturpunkte an den Ohrläppchen drückt, um nicht loszuheulen.

»Shit! Wo ist dieses verdammte Teil?« Sammy dreht fluchend eine Papiertüte auf den Kopf.

»Ich traue mich gar nicht zu fragen …«

»Der BH!« Gitta zittert und kann sich nur mühsam beherrschen. »Der trägerlose Spitzen-BH, den wir extra zum Kleid gekauft haben, ist we-he-heg!«

Oh Mist.

»Ach Quatsch. Da liegt doch auch das Strumpfband. Der muss hier irgendwo sein!«

Sammy schmeißt mir fluchend einen Stapel leerer Plastiktüten entgegen. »Fuck. Was denkst du, was wir seit zwanzig Minuten machen?! Der BH muss im Laden liegen geblieben sein.«

»Hast du keinen anderen? Oder sollen wir schnell einen neuen kaufen?« Ich lege Gitta beruhigend eine Hand auf die Schulter.

»Neeeeeiiiiin! Ich trage normalerweise keine trägerlosen BHs, das hält doch so schlecht bei meiner Oberweite!« Gitta heult nun doch los. »Und wir müssen in einer halben Stunde an der Kirche sein! Wie sollen wir es da noch mal zur Brautmodenboutique schaffen? WIE?!«

»Scheiße. Gitta, dein Make-up!« Susan eilt sofort herbei und tupft Gitta nervös mit einem Taschentuch um die Augen herum.

Ich atme durch und blicke meiner besten Freundin streng in die Augen. »Gitti, wir kriegen das hin, zusammen werden wir ...«

In dem Moment kommt eine hübsch zurechtgemachte Lena aus dem Schlafzimmer gestürmt, in den Händen hält sie einzelne BHs. »Gitta, schau mal – vielleicht kannst du ja einen von denen anziehen, wenn man die Träger ... Oh, hi Feli!«

Ich ziehe eine Schnute.

Lena lächelt. »Ich wollte eigentlich nur kurz vorbeischauen, um Gitta meine weiße Weste für die Kirche vorbeizubringen, und kam irgendwie mitten in dieses Chaos ...«

»Aha«, sage ich leicht schnippisch statt einer Begrüßung.

Nein, Feli! Sofort aufhören damit!

Ich schüttle meine falsche Eitelkeit ab. Es tut nichts zur Sache, dass Lena, die Gitta eigentlich erst seit Kurzem kennt, vor mir hier am »Kriegsschauplatz« ist. Hier geht es schließlich um Wichtigeres – die Braut!

»Okay Leute, wir brauchen einen Plan B, Plan Busen sozusagen!« Ich blicke fragend in die Runde.

Gitta ist kurz vorm Verzweifeln.

Lena zuckt mit den Schultern. »Ich würd' dir ja meinen BH leihen, aber der wird dir nicht passen.« Sie deutet entschuldigend auf ihre flachen Brüste.

Das wiederum bringt Sammy auf eine Idee. Sie mustert mich in meinem Corsagenkleid. »Fee, hast du nicht ungefähr dieselbe cup size wie Gitta?«

»Äh … was?!«

»WAS?!« Auch Gitta ist baff.

Zumindest stoppen die Tränen.

Sammy grapscht mir ungeniert an die Brust. »Yes! Das könnte passen.«

»Ich glaub, du spinnst!« Empört schlage ich Sammys Hand weg.

Doch die duldet keinen Widerspruch. »Zieh deinen BH aus – now!«

Auch Gitta ist alles andere als begeistert von der Idee, zumal mein BH schwarz und nicht weiß ist. Doch das sieht man unter dem Hochzeitskleid zum Glück nicht. Und da Gittas Vater bereits vor der Tür steht, um sie abzuholen, hat die Braut keine andere Alternative, als sich meinen schwarzen BH anzuziehen.

Der weitere Plan sieht vor, dass Gitta mit dem Leihstück zur Kirche fährt und dann Lena oder Susan irgendwann nach der Trauung zum Brautmodenladen fahren, um das passende Modell für die Hochzeitsnacht zu kaufen.

Allerdings stehe jetzt *ich* ohne BH da. Was tut man nicht alles für die Braut.

Sammy grinst. »Hmmm, wir könnten deine Brüste tapen. Irgendwo hier habe ich Gaffer-Tape gesehen.«

»Auf GAR keinen Fall! Dann lieber ohne!«

Ich lege schützend meine Arme über meinen Busen und sehe dabei anscheinend so panisch aus, dass alle, inklusive Gitta, losprusten.

Immerhin ist damit nicht nur die Braut, sondern auch die Stimmung wieder gerettet.

Ich versuche ächzend, mein Freischwebendes-Busen-Desaster, so gut es geht, zu verstecken.

»Mit euch macht man was mit!«

»Warte!« Lena lächelt. Sie nimmt ihren langen Seidenschal ab und drapiert ihn mir lieb über mein Dekolleté. »Du schaust klasse aus – auch oben ohne!«

Ich mustere sie einen Moment.

Dann strahlen wir uns beide freundlich an.

Sammy atmet erleichtert aus. »Great. Alle sind happy. Können wir jetzt endlich los?«

Ich schnappe mir meine Tasche. »So hübsch das Tuch aussieht – ich hole mir trotzdem schnell einen BH von daheim. Ich komme dann direkt zur Kirche!«

»Nicht dein Ernst, das schaffst du nie!« Susan schüttelt ihren Kopf.

Ich renne jedoch schon zur Tür. »Dann nehm ich halt ein Taxi! Aber – keiner – taped – mir – die – Brüste!«

Tag 150, noch etwas später

Samstag, 18.07.

In zwanzig Minuten von Gitta zu mir, fliegender BH-Wechsel und schon wieder auf dem Weg zur Kirche. Das soll mir mal einer nachmachen! Ha! Ich bin ein Genie!

Dennoch beschleicht mich ein ungutes Gefühl. Irgendetwas habe ich doch vergessen?! Aber was?

Während ich gleichzeitig zur Haustür renne und mein Hirn anstrenge, reicht meine Aufmerksamkeit nicht mehr dazu aus, um auf meine Schritte zu achten. Ich latsche auf Lenas lange Seidenstola, die immer noch locker um meinen Hals baumelt.

»Hoppla!« Stefan fängt mich erschrocken auf, als ich ihm schwungvoll und halb stranguliert in die Arme falle.

Ach ja, richtig! *Das* war es!

»Oh Mann – sorry!« Ich kann nicht verhindern, dass ich ein bisschen rot werde. »Ich bin spät dran.«

Mein Lackschuh tragender Nachbar schmunzelt. »Na ja, ich bin inzwischen die rasanten Zusammenstöße mit dir gewohnt.« Er wirft mir einen bewundernden Blick zu. »Auf zur Hochzeit?«

»Ja!«

Meine Gedanken schweifen ab zur aufgeregten Braut, den Mädels, der bevorstehenden Feier … Ich strahle euphorisch. Bis ich bemerke, dass Stefan mich amüsiert und erwartungsvoll ansieht.

»Und?«

Ich schüttle mich, erwache aus meiner Starre. »Äh ... ja. Heute ist die Hochzeit! Bin, wie gesagt, etwas spät dran. In fünfzehn Minuten soll die Trauung losgehen!«

»Und hat es irgendeine besondere modische Bewandtnis, dass dein Kleid hinten offen ist?«

Hoppla.

Sanft bedeutet mir Stefan, mich umzudrehen, und schließt dann vorsichtig den Reißverschluss an meinem feinen Corsagenkleid. Kurz wünsche ich mir, seine Hände würden noch eine Sekunde länger auf meinem Rücken bleiben.

Als ich mich wieder umdrehe, lächelt Stefan mich schüchtern an. »Da du dich nicht gemeldet hast, gehe ich davon aus, du brauchst kein Hochzeits-Date mehr?«

Ich schüttle den Kopf. »Nein. Tut mir leid!« Schuldbewusst blicke ich Stefan an.

»Muss es nicht. Wirklich! Es war ja nur ein Angebot.«

Ich lächle erleichtert, und Stefan tut es mir gleich. Doch dann mustert er mich einen Moment lang nachdenklich.

»Ist was?« Nervös schaue ich an mir herab, auf der Suche nach dem nächsten Outfit-Fauxpas.

»Nein. Nur ... du siehst so anders aus. Du strahlst förmlich. So, als wärst du einfach richtig glücklich.«

Auf meinem Gesicht breitet sich erneut ein Lächeln aus. »Das bin ich auch. Das bin ich wirklich! Ich habe das Gefühl, dass ich endlich angekommen bin.«

Für einen Moment glaube ich, eine Spur Wehmut in Stefans Gesicht lesen zu können. »Oh, das ... freut mich, dass du jemanden gefunden hast, der dich so glücklich macht!«

Ich muss lachen. »Ja, mich. Ich gehe allein zur Hochzeit! Genau so und nicht anders ist es für heute perfekt. Bescheuert, oder?«

Stefan schüttelt lächelnd den Kopf. »Überhaupt nicht. Das hört sich richtig gut an. Hut ab! Vielleicht gehe ich bald bei dir in die Lebensberatung.«

Ich grinse – dann fällt mir panisch die Uhrzeit wieder ein.

»Mist. Die warten schon auf mich! Ich wünsche dir noch einen wunderschönen Tag!«

»Ich dir auch. Und bis bald!«

»Genau, bis ich wieder wie eine bayerische Dampfwalze in dich reinrenne.«

»Ich kann es kaum erwarten!«

Stefan grinst, ich strahle zurück und eile dann beschwingt davon.

Tag 150,
kurz vor knapp

Samstag, 18.07.

»Du hast KEINEN der beiden Männer mitgenommen?!« Gitta sieht mich sprachlos an.

Sie steht in voller Hochzeitskleidmontur (inklusive Leih-BH) und mit Brautstrauß in der Hand vor mir, über uns läuten sich die Kirchenglocken einen Wolf.

»Aber wieso? Und was mache ich jetzt mit dem Platz neben dir?!«

»Hast du nicht schon vor Wochen gesagt, du bräuchtest eigentlich einen Sitzplatz für die DJane, damit sie mitessen kann? Voilà.« Ich grinse. »Das wird bestimmt superlustig!«

Gitta blickt mich ernst an. »Und das ist wirklich kein Problem für dich? Ich meine, vor ein paar Wochen hat sich das noch ganz anders angehört ...«

Ich sehe meine beste Freundin und wunderschöne Braut an, und ein warmes Gefühl breitet sich in mir aus. »Glaub mir, ich war mir noch nie bei etwas so sicher. Ich will heute gar kein Date, ich will einfach nur Spaß haben. Mit dir, mit euch.« Ich grinse die Mädels an. »Meine beste Freundin heiratet schließlich!«

Gittas Lippen fangen an zu beben.

»Make-up!«, erinnert Sammy sie warnend, aber auch unsre ach-so-coole Freundin schluckt ein wenig, als mir Gitta stürmisch um den Hals fällt.

»Ach, Feliiiii!«

»Gitti!«

Schluchz.

Angesichts der Tatsache, dass ich auf die »Wir heiraten«-Nachricht vor etwas mehr als einem halben Jahr so völlig inadäquat reagiert habe, bin ich jetzt doch sehr ergriffen. Und das völlig zu Recht!

Das waren natürlich nicht die letzten Tränen des Tages. Es geht in einer Tour weiter: Als wir alle auf den Kirchenbänken sitzen und Gitta Hand in Hand mit Bloki einmarschiert. Als Gittas Vater bei den Fürbitten für alle Freunde des Brautpaares bittet. Als Gitta und Bloki mit brüchiger Stimme das Ja-Wort rauspressen.

Ich lege das Taschentuch für den Rest der Trauung gar nicht mehr aus der Hand. Was soll's. Dann heul ich halt mal wieder. Könnte es einen schöneren Grund geben?

Der Gottesdienst ist trotz vorheriger Schwarzmalerei (»Dieser Pfarrer …!«) ohnehin sehr emotional. Und auch ganz unterhaltsam.

Besonders der Moment, als Robert, Blokis Bruder und Trauzeuge, aus Versehen die falsche Bibelstelle vorliest. Ich blicke irritiert zu Olli rüber, als Robert, ohne mit der Wimper zu zucken, nach drei Minuten immer noch die ausführliche Beschreibung irgendeines blutigen Kampfes verschiedener biblischer Stämme vorträgt.

»DAS hat sich Gitta rausgesucht?«, flüstere ich.

Olli zuckt mit den Schultern. »Ist auf jeden Fall innovativer als der ewige Korinther 13.«

Ein Blick in Gittas erstarrtes Gesicht zeigt, dass sie wohl doch nicht so innovativ war.

Langsam scheint auch dem Vorleser sein Fehler aufzugehen. Nach einem: »Oh, falsch«, blättert er um und fängt seelenruhig noch mal von vorne an. Diesmal mit der richtigen Bibelstelle.

Großes Gelächter. Gute Stimmung in der Kirche. Was will man mehr?

Als wir später den wunderschön geschmückten Festsaal betreten, staune ich nicht schlecht. Da haben sich all die Bastelstunden und Panikattacken doch wirklich mal gelohnt!

Ich suche den Tisch, an dem ich mit meinen engsten Freunden direkt neben der Brauttafel Platz nehmen darf. Ich lächle gerührt. Gitta hat sogar noch Zeit gefunden, uns kleine Schokoherzen auf die Teller zu legen, mit einer lustigen »Dankeschön«-Notiz.

Ich blicke auf den gedeckten Platz neben meinem und stelle das selbst beschriftete Platzkärtchen mit der Aufschrift »DJane« auf, als mich jemand von hinten antippt.

»Hey! Du bist Feli, oder?« Eine flippige Endzwanzigerin mit lustig funkelnden Augen reicht mir die Hand. »Ich bin Jane, die DJane. Gitta hat mir schon gesagt, dass ich heute netterweise dein ›Date‹ sein darf und mich zwischendurch zum Essen zu euch setzen kann. Super!«

»Finde ich auch!«, sage ich und meine es auch so.

»Dann hast du quasi Heimvorteil, was Musikwünsche betrifft!«

»Ach ja? Ich habe tatsächlich eine Aufgabe für dich!« Verschwörerisch schmunzelnd ziehe ich einen USB-Stick aus meiner Clutch.

Die DJane lauscht meiner Erklärung und kommt schließlich aus dem Lachen gar nicht mehr heraus. »Mega! Das ist wirklich eine großartige Idee. Du kannst auf mich zählen!«

Ich nicke dankbar.

Großartig wird es auf jeden Fall – allerdings auch nicht geringfügig peinlich!

Ich setze mich mit den anderen an den Tisch, als Robert, der Trauzeuge, mit einem Messer an seinem Glas klimpert und damit eine Reihe recht rührender Reden eröffnet (diesmal mit korrektem Text).

Gitta tupft sich die ganze Zeit die Augen, vor allem als ihr Vater das Mikro an sich nimmt.

Ich beobachte derweil meine Freunde um mich herum. Sammy, die gerade bemüht unauffällig, aber heftig unter dem Tisch mit ihrem Freund Pete füßelt. Olli, der, Hand in Hand mit seiner Lisa, unmännlich gerührt eine kleine Träne wegdrückt. Und natürlich Gitta, die wunderschöne, wenn auch zwischenzeitlich etwas anstrengende Braut und ihren selig lächelnden Bräutigam.

Die Beziehungen meiner Freunde werden langsam erwachsen, und trotzdem geht es gerade noch nicht zwingend um Kinder und Kita oder den Vernunftumzug ins Reihenhaus auf dem Land. Noch nicht. Jetzt geht es erst mal nur um die Romantik. Aus den aufregenden ersten Dates, die wir bei Kaffeeplörre in der Mensa analysiert haben, sind ernsthafte Beziehungen geworden. Heiratsanträge! Der romantische Wunsch, für immer zusammenzubleiben!

Und ich bin live dabei. Es ist großartig! Ich nehme lächelnd einen Schluck Weißwein. Langweilig wird es die nächsten Jahre auf keinen Fall werden.

»Und jetzt haben die Freundinnen der Braut etwas vorbereitet!« DJane Jane (was für ein Künstlername!) winkt uns auf die Tanzfläche.

Zefix. Jetzt ist es also so weit. Ich werfe Sammy einen Blick zu. Wir exen unser Weinglas (für den Mut) und stehen zusammen mit Susan, Lena und ein paar anderen Mädels, die beim Junggesellinnenabschied mit dabei waren, auf. Lena zwinkert mir zu, ich zwinkere grinsend zurück. Die DJane reicht mir das Mikro.

»Liebe Gitta, das soll dich für immer an unsere gemeinsame Zeit erinnern. Und daran, wie sehr wir dich alle lieben!«

Gitta schluchzt bei diesen Worten schon wieder los.

Die Musik startet, ich atme tief ein, und dann …

»Sag das Zauberwort, und du hast die Macht, halt den Mondstein fest und spür die Macht. Du kannst es tuuuuuun. Oh Sailor Moooooon …!« Ich schmettere voller Inbrunst und so falsch, wie es wahrscheinlich nur ich kann, los.

Währenddessen tanzen die Mädels hinter mir theatralisch die einstudierte Choreo.

Gitta jauchzt wiederholt begeistert auf, während wir ein Medley aus Gittas schrecklich-schönen Lieblingssongs der letzten zwei Jahrzehnte performen. Die Hochzeitsgesellschaft tobt. Vor allem, als ich beim letzten Akkord von *Wannabe* von den Spice Girls meine Arme schwungvoll nach oben in die Schlusspose reiße – und mein halterloses Corsagenkleid samt Ersatzbüstenhalter der Schwerkraft nachgibt.

Huiiiiiiii.

Was soll's. Dafür habe ich für den Rest des Tages nun bestimmt immer einen Tanzpartner!

Allerdings legt die fantastische DJane Jane (die übrigens auch eine grandiose und spannende Sitznachbarin abgibt) nach dem Abendessen ohnehin nur noch Discomusik auf.

Auch jetzt wählt sie wieder eines unserer Lieblingspartylieder aus.

Gitta springt sofort euphorisch auf die Tanzfläche und zieht einen verliebt strahlenden Bloki mit sich. Ich lache und applaudiere begeistert, als der schon etwas angetrunkene Bloki Gitta wild um die eigene Achse wirbelt.

»Na, ganz allein?« Olli setzt sich neben mich. »Scheint aber gar nicht so schlimm zu sein!«

Ich blicke mich verblüfft um, denn ich habe tatsächlich nicht bemerkt, dass ich inzwischen alleine am Tisch sitze.

»Wo ist denn Lisa?«

»Eigentlich nur auf die Toilette, aber ich glaube, sie ist mit Susan und Lena an der Bar hängen geblieben.«

»Hey! Warum sitzt ihr hier rum?« Eine leicht verschwitzte Sammy lässt sich neben uns auf den Stuhl fallen und schlüpft stöhnend aus ihren High Heels. »Those shoes are killing me!«

Sie streckt zufrieden die Zehen aus, während sie nach der Weinflasche greift.

»Ach ... by the way ... Pete hat gefragt, ob wir übernächstes Wochenende alle mal zusammen wandern gehen wollen. Oder ist das doof, Fee? Mit all den Paaren?«

Ich war wohl wirklich anstrengend die letzten Monate! Zum Glück sind die Zeiten vorbei. Ich lasse mir zufrieden lächelnd von Sammy nachschenken.

»Ich hab leider keine Zeit.«

Olli sieht mich überrascht an. »Ach?«

»Ich hab vorhin einen Flug nach Schottland gebucht – gleich Montag reiche ich Urlaub ein. Da wollte ich schon lange mal hin. Außerdem ist eine längere Reise wirklich überfällig!« Und bevor Sammy überhaupt anfangen kann, wilde Theorien aufzustellen, füge ich an: »Alleine! Mit dem Backpack zwei Wochen rumreisen. Ich freu mich schon tierisch!«

Olli prostet mir lächelnd zu, und ich strahle glückselig, bis auch Gitta zu uns stößt und mit meinem schwarzen BH vor meiner Nase herumwedelt.

»Hier. Mit Dank zurück!«

»Gitta!« Ich schnappe mir den Büstenhalter und ermahne sie empört. »Doch nicht hier vor allen Leuten!«

Und tatsächlich nähert sich bereits Blokis Großtante Erika, ihres Zeichens größte Klatschbase Bayerns, und starrt neugierig auf den verschwitzten Büstenhalter der Größe 75D in Gittas Hand. »Na, was ist denn bei euch so lustig?«

»Ach.« Gitta bleibt total ernst. »Wir unterhalten uns nur über mein eben zu Ende gegangenes, ausschweifendes Liebesleben. Es ist wirklich ein Jammer!«

»Ja genau. Und deswegen gibt die Braut jetzt auch symbolisch ihren Aufreiß-BH an ihre Single-Freundin hier weiter.« Sammy grinst.

Tante Erikas Augen weiten sich. »*Wie* bitte?!«

»Tja ...« Ich setze ein betroffenes Gesicht auf. »Ich habe es eben leider nicht so drauf wie unsere heiße Braut. Deswegen bin ich heute ja auch ohne Mann, dafür aber mit meiner lesbischen Geliebten da.« Ich winke Jane am DJ-Pult zu, die mir sofort fröhlich eine Kusshand zuwirft.

Neben mir gefriert Tante Erika zu Eis. »Also ... das ist doch ... unmöglich!«

»Überhaupt nicht! Unsere Feli hier macht alles richtig, und wir sind mächtig stolz auf sie!« Olli wirft sich in die Brust und zwinkert mir lieb zu, sodass es mir gleich ganz warm ums Herz wird.

Auch Sammy und Gitta lächeln bewegt, während Tante Erika irritiert und leise über »die jungen Leute heutzutage« schimpfend von dannen zieht. Herrlich!

»Jetzt ist aber genug!« Gitta wischt sich zum gefühlt hundertsten Mal heute in den Augenwinkeln herum. »Die ganze

Gefühlsduselei ist ja nicht zum Aushalten. Auf geht's – ich will mit euch tanzen!« Sie rennt mit Sammy an der Hand auf die Tanzfläche.

Olli reißt mich mit, und wir springen wie verrückt zum Beat auf und ab.

»A little party never kiiiilled noboooooody! So we daaaance until we drop!«

Ich verlasse den Rest des Abends die Tanzfläche nicht mehr. Außer, um schnell Flüssigkeit zu mir zu nehmen oder wieder loszuwerden. Ich tanze und tanze und tanze, obwohl ich weiß, dass mich meine Füße und Knie morgen umbringen werden (man ist ja keine zweiundzwanzig mehr!).

Langsam drehe ich mich um meine eigene Achse, schließe meine Augen und spüre den Rhythmus der Musik. Nach Jahren in Partnerschaften habe ich endlich Zeit, vor allem *eine* Beziehung zu pflegen: die zu mir selbst. Kann man auch ohne Mann glücklich sein? Ich weiß es nicht. Aber man kann in jedem Fall auch als Single jede Menge Spaß haben. Denn es geht mir saumäßig gut – wer hätte das gedacht?!

Und was alles andere betrifft – erst mal abwarten.

Ich blicke grinsend quer durch den Raum zu einem von Ollis Fußballkumpels. Ein lustiger Typ, der schon seit zwei Stunden hartnäckig versucht, mich anzuflirten. Ich lächle und gehe dann, etwas außer Atem, zu unserem Tisch, um mir einen Drink zu genehmigen.

Mein Blick fällt auf das blinkende Handy in meiner offenen Handtasche.

18. Juli 2015; 23:05 Uhr

La Mamma: Spatzi!! Stell dir vor: Wir heiraten! Dein Vater hat mir einen Antrag gemacht, mit Kniefall und allem. Was sagt man dazu?! Hochzeit wahrscheinlich kommendes Frühjahr. Ach ja, nimmst du wen mit?

ENDE

* * *

Danksagungen: 150 days later …

… war nicht nur ein kleines, aber leidenschaftliches Blogprojekt zu Ende. Plötzlich schrieb ich ein Buch! Weil mich das auch heute, wo das Endprodukt in meinen Händen liegt, immer noch genauso umhaut wie alle irren Iren und McCharmings dieser Welt zusammen, muss ich »Danke« sagen.

Allen voran Daniela und Rebekka, die mit derselben Begeisterung und Leidenschaft an diesem Projekt dran waren wie ich.

Und natürlich auch den Personen, ohne die es den Blog rund um Felis Dating-Welt gar nicht erst gegeben hätte:

- ✓ Den Mädels vom Junggesellinnenabschied (»Aufsibraut!«)
- ✓ Der wundervollen Braut (an dieser Stelle vielleicht noch mal: Sorry für die unangebrachte Reaktion damals!)
- ✓ Meiner eigentlich ziemlich normalen Mutter für den gewollten und ungewollten Input (»Des schreibst' jetzt aber ned auf!«)
- ✓ Meinen Omas … für alles! (auch oder gerade wegen der ewig selben Frage nach meinem Beziehungsstatus)
- ✓ Den Männern für all die lustigen Dates und neuen Bekanntschaften
- ✓ Und natürlich den ganzen anderen, kämpferischen Singles

für den Input bei diversen Wein-Recherche-Runden. Keep on Dating! (»Tschakka!«)

Check!

Eure Feli aka Katharina Lang